U0015684

看穿前世今生

十週年典藏紀念版

之家有千千結

SEE THROUGH YOUR PAST LIFE

跨越陰陽、預言占卜　　盡己所能、苦海明燈

這是一個又一個因果輪迴的故事，也是一本現實人生的寫照。

來找邢渲尋求解答的，有達官貴人、平民百姓，無關身分，每個人的背後都有一段難以言說的故事，

他們對父母和人生充滿怨恨，就此自我放逐……

邢渲以看穿陰陽、望穿前世今生的能力，幫忙解開心中的結。

同時也告訴眾人：「我們無法挑選家庭，卻能改變自己命運的結局。」

【推薦序】

隨喜善行

格西堅央嘉措（本文作者爲薩迦大學教授）

台灣佛友——邢渲，是尊貴大堪布貢噶旺秋的學生，邢女士看到世界的混亂及眾生的無明煩惱，為了幫助眾生，她把所見所聞實例詳實地報導，希望藉由這些實例，將來若有人遇到同樣的情境，可以引以為戒，解決其困難及問題。

邢女士是基於佛教的慈悲心，為了幫助其它生命而寫此書，不是為名聞利養，且她具有豐富的經驗，非紙上談兵，相信此書可為讀者，帶來莫大的幫助。

我衷心隨喜她的善行！

【推薦序】

偷看別人的劇本

范立達（資深新聞評論員）

對於玄學，我向來無知，對於法與術，周遭的朋友則多少有些奇人異事，曾令我大開眼界。例如，一位深交多年，於山、醫、命、卜、相五術有著深刻研究的朋友，曾在二十年前大膽預測我的感情路，並在我大兒子出生後，憑著命盤，娓娓道出他長大後的模樣。而這一切，在二十年後的今日，回首對照，竟分毫不差。因此，若說這世上沒有超乎科學所能解釋的事理，未免過於武斷。

對玄學，我基本心態即是如此，或說是存而不論，或說是寧可信其有，總之，我總是不敢鐵齒的說，絕無此事。但從另一個角度講，對於這一類的人與事，總要眼見為憑，不管人家說得如何天花亂墜，在未曾親眼目睹前，心中多少是抱持著半信半疑的態度。

認識邢渲老師，是在一個飯局上。見面之前，我已經看過她之前的兩本大作《望穿前世今生》、《望穿前世今生之情結百年月》，對於第一本書中提到她的成長記事、第二本書中談到的紅塵男女的情感糾葛，自然有著難言的感動，但對於這兩本書中提到邢渲老師的陰陽眼、卜卦算命、神佛加持，則不免略有疑慮。說真的，兩本書中描寫的這些情節，過於離奇，也遠遠超過我的理解程度。我無法想像關老爺也有編號，也無法想像七爺八爺長得就跟廟裡供奉的神偶一致。究竟是「上帝依祂的模樣創造了人」？還是「人依祂的模樣形塑了神」？這難解的公案，在看了邢渲老師的書後，愈難解答。

直到與邢渲老師見了面，交談過之後，心中的疑慮始漸漸放下。

從見面的第一眼開始，就覺得她與我想像中的模樣不盡相同。光從書中描寫的故事去揣想，再加上以往對於命理界人物形貌的刻板印象，總覺得像邢渲老師這類奇人，長相應該不同凡俗，甚至應該有些嚴厲、有些可怕。但見面後卻發覺，邢渲老師一點都不讓人覺得有威脅感，不覺得會被她一眼看穿，也不必擔心自己會不會像是被剝光了衣服後，扭捏不安地站在她面前。她態度親切的和我們閒話家常，對於她的天賦，她直言無諱，語氣自然，既不賣弄，也不浮誇。同桌朋友隨口請教她兩事，她輕鬆道來，既精且準，全桌友人無不嘆服。這時，我終於知道這世上的高人之多，遠超過我的想像。

席間，我問她：「如果妳的眼能夠看透陰陽界，難道妳不覺得這世界很擠嗎？預知未來真的會比較快樂嗎？知道，但卻無力挽回、無法改變，不會有無力感嗎？」

對於我的問題，她一一解惑。

她說，這世界本來就很擠，看習慣，也就不覺得有什麼不同。預知未來，當然不會比較快樂，無力改變即將要發生的厄事，當然也會有無力感，但老天爺既然要給她這種超乎常人的天賦，她就必須接受伴隨而來的一切好與壞。

結論就是，這種能力，或許是一種使命。

套句電影《蜘蛛人》中，班叔叔對彼得．帕克說的那句話：「能力愈強，責任愈大。」邢渲老師異於常人的能力不為損人，不為謀財，只為行善，只為解決紅塵俗世中芸芸眾生的苦難與困惑。

很高興看到邢渲老師要推出第三本大作了。在這本新書中，邢渲老師介紹的，都是她處理過的家庭故事。其中談到父女之間的不倫、婆媳之間的不和、母親將女兒推入火坑的悲劇、家庭暴力下對下一代成長造成的陰影等等，讀來字字血淚，令人掩卷三嘆。當然，書中也不全然是負面的故事，當中也有些男女主角，在面對逆境挑戰後，以健康的心態，或過人的毅力，終究突破難關，覓得屬於自己的一片天。而在關鍵點上，邢渲老師的臨門一腳或當頭棒喝，無異發揮了醍醐灌頂的效果，這或許正是邢渲老師深受信眾們信賴的原因吧！

俗話說：「窮算命，富燒香。」又有人說：「命愈算愈薄。」這些話是不是一定正確？

見仁見智。就我個人而言，我不喜算命，也不常算命，因為就算真的算了命，預知未來，也不見得就一定比較快樂。既然如此，又何必庸人自擾呢？套一句蘇貞昌說過的話：「人生的劇本早就寫好，只是不能事先偷看。」如果一切都是命定，不必偷看，但隨遇而安，或許也不失為人生之道。但，人的一生總非順遂，遇到徬徨時，該如何自處？要如何平心靜氣地面對及解決迎面而來的任何一個難題？其實，就算不偷看自己的人生劇本，從邢渲老師書中看到的旁人故事，或許，也不失為一種啟發吧！

【推薦序】

與幸福結緣

謝育秀（電視工作者、編劇）

與邢老師結緣約已十年的時間，不論在工作、感情、家庭上有所疑惑或面臨抉擇時，老師總會適時給我提點，令我豁然開朗。

其實我並不認為老師是個「先知」、「通靈者」、「算命仙」，這類的稱謂總令人有種「神棍」的錯覺，與其冠上這些帶著神祕色彩的稱謂，其實更多的時候，我看老師卻更像是一個睿智的良師益友，以旁觀者清的角度、充滿善意的一顆心來助人趨吉避凶，甚至給予當頭棒喝，引導人到達良善的境界、凡事朝著光明面思考與發展，我認為這是更崇高且難得的。

與老師結緣是種幸福，因為在老師身上所感受到的正是這個社會漸漸流失的善意與溫暖；而閱讀這本書的讀者們也是幸福的，因為在人生的功課中，家庭永遠是我們必須面對的一環。老師透過淺顯易懂的流暢文字，提點我們面對家庭課題時的盲點與心結，即使閱讀令

【推薦序】

幸得良師，終生受用

李鼎新（北京新浪網星座頻道主編）

能為邢老師的新書寫序，我感到很激動也很榮幸。

認識邢老師是在二〇〇七年，此前由於工作的原因也結識了不少大師和專家，但像邢老師這樣的通靈師卻是第一個。邢老師不是一個普通的命理學家，而是具有佛家所說的天眼通和宿命通能力的人，能看到過去已經發生、以及未來將要發生的人，是能看到六道眾生和生命輪迴真實現象的人。

大多數人相信跟我一樣，在看老師的書前，對生死和輪迴都只有模糊的認識，人死真的如燭滅嗎？前世是否存在？天堂地獄真的有嗎？

看了老師的第一本書，很多靈異的故事難以相信但似乎又是那麼真實，帶著一連串的疑問，我終於見到了老師。

老師非常和藹非常親切，總有種似曾相識的感覺。不錯，老師說我們前世確實認識，而且我經常向她討教學問。老師給我講解了我前幾世複雜的經歷以及和現在親人的關係，並把我心中的疑問一一解答，令我又驚訝又彷徨，好像進入了一個全新的未知世界。過去許多的想法和認知在這一刻被推翻，一個更高的境界向我展現。

此後，我查找了大量前世和輪迴的資料，無論是國外有關靈魂研究的實驗，還是大量佛經中講到的輪迴，都跟老師書中寫的一模一樣，到這個時候，我才深深地、也是第一次完全明白了生命的意義。

我們生活在現今時代，有太多太多的欲望，總想索取更多佔有更多，結識邢老師以後才發現，一本好書，一個好導師，才是你人生中最值得擁有的那一部分。

【推薦序】

滿懷感恩

林育鑫（富鑓室內裝修工程有限公司行政主管）

認識邢老師時，她是公司老闆聘僱的風水老師。

民國九十四年八月媽媽的乳癌擴散到腦部，傷心難過又無助的我，剛好遇到老師南下看新店面的風水，於是我鼓起勇氣（因為剛看完老師的第一本書《望穿前世今生》，因此我知道等一下所得到的答案，將會是真實的）請老師幫我媽媽卜卦。

老師告訴我，千萬不要動刀喔！我再次提起勇氣，直接地問媽媽剩下多少時間？老師也很直接地告訴我，最快是今年十一月、最慢是明年二月，聽到的當下都快停止呼吸了。冷靜過後，我把卜卦結果告訴爸爸（他是無神論者，但他選擇相信老師，因為他知道老師是真的懂這些玄妙的事情又是正派的人），十月的某天，爸爸交代我去找禮儀公司，先安排好媽媽的後事……

民國九十五年一月五號，我回公司開會，前一天醫生已經告訴我，媽媽大概剩一周的時間。當天晚上開完會後，我帶好友去找老師卜卦，老師看到我的第一句就說：「妳媽媽今年沒有辦法和妳吃年夜飯了……」然後老師給了我助念師兄的電話，要我回家後立刻打給他，他會教我後續的事宜。

八號凌晨，我媽媽很安詳地走了，我們一家也因為助念師兄和諾那文教基金會的教導下，很平和、安靜地陪伴著媽媽走完最後一程。

接著一〇二年的十二月，我爸爸被檢查出胰臟癌要立刻開刀，開刀的前二天，我和先生決定去找老師卜卦。去找老師的當天，老師就告訴我們，如果在開刀中 爸爸走了，我們要感恩醫師，不要責怪，因為本來手術就有風險，而且胰臟癌痛起來要人命，如果手術順利，就給爸爸八個字：「活得精采、走的優雅」，因為剩下來的時間大約半年，要好好珍惜。後來開刀順利結束，我們也告訴了爸爸，老師送他的八個字，爸爸點點頭說他知道了，後來他選擇不化療，要好好珍惜所剩時間，認真過完他人生最後的半年。

爸爸真的很認真、也很享受他的每一天，每天都過得很精彩，也學會放下、看開、珍惜、擁有，兄弟姊妹齊聚一堂、親朋好友歡聚。他真的很開心，也感恩老師的勸慰。爸爸在一〇三年五月二十日安詳地在睡夢中離開人世，而「活得精采、走的優雅」這句話也成為我們家的精神指標。

真的很感恩在我的生命中有您相陪，謝謝老師，讓我在面對媽媽和爸爸的生離死別時，可以很沉穩和平靜地接受，也幫我做好後續所有安排。因為如此，對於爸爸媽媽，我們彼此沒有遺憾，只有懷念和感恩。

雖然認識老師超過十年了，但是她平時非常忙碌，我們住得也不近，無法時常見面。因此感謝老師出書，讓我有機會更了解她，也能讓更多的人透過這本書認識她，給予更多人正面能量，教導他們能更珍惜所有、懂得感恩，要珍惜家人、愛要及時要說出來。

【推薦序】

穿越陰陽的溝通者

林秉熙（自由禮儀公司老闆）

邢老師和我，是在蓮友——林果蜜居士的引見下認識的，至今結緣已二十幾年。這二十年來我和邢老師經常一起為蓮友看風水地理、整理陰陽宅、用佛教禮儀禮請法師辦後事。邢老師的通靈能力能與往生者溝通，因此可讓痛失親人、處於極度哀傷的家屬得到溫暖安慰、讓他們在手足無措的時候平靜、心安。和邢老師一起工作，原本人人敬而遠之的開棺揀骨工作變得輕鬆而溫馨，更瞭解到老祖先所說飲水思源、慎終追遠的意義。

風水、地理、論命是中國老祖先五千年來的智慧，是我們最重要的文化資產。看風水、地理、算命最終的目的只是趨吉避凶、闔家平安，而不是坐等成功從天而降。人從生來這世上，慢慢地成長，知識愈學愈豐富，但是快樂卻愈來愈少，為什麼呢？物質慾望太多，能力卻無法負荷，衍生出來的不平衡心態與懶惰，讓自己的抱怨與憤恨越來越多。邢老師的工作就像一個「焚化爐」一樣，燒光我們的不平衡、轉換我們的觀念，讓我們的人生時時保持正軌。邢老師從我們一起工作的心得中寫出家庭和諧，希望這些故事能讓更多的人惜福、知足。

【推薦序】

能在生命中相遇的都是有緣人

何漢成（新加坡物流協調員）

我是在二〇一二年的一個書展中看到邢老師這本《望穿前世今生》的書，當時老師正在臺上演講，並讓臺下的粉絲們發問。在好奇心的驅使下，我立刻翻了翻書架上的書。老師在書中描述自己幼年時的經歷，整個過程描述得歷歷在目，讓人看得入迷、愛不釋手，整體讀來卻淺而易懂。最後，我把整個系列三本書都買回去，讀完後便成了老師的大粉絲。

同年在一個機緣巧合下，得知老師會來新加坡卜卦，我便馬上預約了。我當時是為了新工作而去找老師卜卦，當老師知道我是先辭職再找工作，就把我訓了一頓，因為她知道我是因為跟公司鬧得不愉快，為了爭一口氣才辭職的。接著老師說她認識一位朋友，當初也是為了爭一口氣而辭職，結果後來幾年都找不到工作，還有什麼氣可言，這句話我一直牢記在心裡，也成了我人生的座右銘，自此之後就經常和老師聯繫並詢問一些生活上的難題。

二〇一四年，老師在新加坡辦了一場大型皈依法會，在老師的協助下，我皈依了三寶。

法喜充滿。

今年二〇一六年，我跟老師分享了我和太太想懷孕的事，慈悲的老師就為我和太太祈福，讓我們戴上加持物，並預言大概六到八月份就會懷孕，結果果真，六月太太就懷上了，而且還是個男寶寶！

在我的印象中，老師是一個直率、有話直說的再世活菩薩，世間萬事萬物皆有相遇，能夠相識相知是一種令人珍惜令人難忘的緣，而也因為這個緣，讓我與老師，從粉絲變成朋友，再從朋友變成家人。

【推薦序】

感恩老師，協助改善多年夫妻關係

陳淑玲（亞太地區人力資源主管）

偶然從報紙上的文章認識了邢渲老師，為了更加了解她，所以我特地從日本的網路書局買齊老師的三本書（因為新加坡書局已賣到斷貨），後來上網搜尋並連絡上老師。我忘不了和老師第一次見面的情況，她很年輕、漂亮，個性非常爽朗，完全不是我原先想像中，那種帶著一副老花眼鏡、手裡拿一本厚重通書的命理老師的模樣。

老師個性直爽、真誠，說話不拐彎抹腳，總是一針見血，從不「口軟」，不過老師都會提出解決方法，然後循循善誘地為你解釋、分析。老師很真心地一直希望我們能過得好，知道我們哪些事情沒做好，就會很著急，終於，在老師的協助下，困擾我多年的夫妻相處問題，最後都順利地一一解決了。

現在的我非常快樂，也感恩老師在我最無助的時候拉了我一把，現在我們夫妻感情改善了很多，我更了解我老公，知道他需要什麼，我們一家人還安排今年一起去度假呢！（全家已八年沒一起出去玩了），真的打從心裡非常謝謝老師。

【推薦序】

感謝我的人生導師

鍾詩禮（半導體工程師）

二〇一〇年，我因《望穿前世今生》一書而和邢渲老師結緣。從書中得知邢老師擁有「特異功能」，也就是所謂的預知未來和擁有陰陽眼的天賦，我當時正處於逆境，也因好奇心的驅使下，而找刑老師看命占卜。沒想到，邢渲老師不單單只是為我解答了生活中出現的問題，她甚至還掏心掏肺地教導我如何做得更好，如何改變自己的看法，雖然聽起來只是溫馨的提醒，卻彷彿是看穿了我的內心與缺點般，苦口婆心地一再勸告。

除此之外，她還會替我修法祈福、替我做功德培福，讓我非常窩心與感動。我在邢渲老師的幫助下，從婚姻的問題中走了出來，對此，我和太太對老師有無限的感激。

在此，非常感謝邢渲老師讓我在她這次改版後的書中寫推薦序，謝謝老師讓我懂得要活得更好、活得更精彩。希望所有讀者能透過此書，讓生命更加精采與圓滿。以上是我簡單地闡述我和邢渲老師的相識，若想更進一步的了解邢渲老師，那就必須好好地看看此書了！

【背景介紹】

邢渲　天賦使命的再來人

童稚之眼　同看陽界與陰界

我第一次看到所謂「非人」的世界，是在農曆七月半的拜拜。

那一次，在我家大門外的院子廣場上，看到一群人穿著古裝的衣飾。有些「人」穿得破破爛爛；有的帽子上串掛著珠珠，十分好看；而有的則穿著就像是武將關公；還有的臉擦得黑黑的；更有「人」的臉上塗著一半黑一半白，戴著高高的帽子，有很長的舌頭（第一眼我還以為是這個人咬了一張紙，後來我在廟裡看到才知道原來這二個人是七爺與八爺）。

看來就像是歌仔戲團在院子廣場上演著戲。還是小小孩的我，大約年僅四歲吧，很興奮地跑進家門跟母親說，院子有戲團正在演戲，有好多人來哦。

母親聽完我的話後，就走出大門，看向廣場，然後對我說：「那有人！」接著便罵我亂說。

對於母親的責罵，我不敢再多說些什麼，但是我心裡想，那些「歌仔戲團的人」真的是在院子啊！

第一次「看」到未來　畫面栩栩如生

隨著年齡的增長，到了高中時，我不僅可以看到另外一個世界的人，我的第六感特異能力也變得愈來愈強了。

有一次，我在學校的走廊上和一位女同學擦身而過，我發現有兩個男的「灰灰的」跟在她的後面，我當下直覺是她快死了。那天下課後，我一個班級一個班級的找那位我不認識的女同學，放學後還在校門口看能不能等到她，差點因為這樣錯過回家的最後一班公車。

隔天在學校集會時，教官提到：「昨天有一個女同學因為趕著來學校上課，在過馬路的時候被車撞了。撞倒後立刻爬起來，當時並沒有發現哪裡有撞傷或是不舒服，就直接來學校上課了。課上到一半這位女同學突然覺得不舒服，回到家之後仍覺得不對勁，送到醫院時已來不及救治，經檢驗後才發現被車撞時，已造成內臟大量出血。」

教官一邊講我一邊哭，我的同學都覺得我很奇怪，還問我：「妳認識她嗎？妳和她有什麼關係？」我哭的原因是，我沒有運用我的「特異」能力，即時幫助那位過世的女同學。

預知未來事　未來事不可說

從小到大，除了天生就看得到陰陽兩個世界之外，我還有兩位重要的老師，一位是白髮老先生，另一位是關公，這兩位老師都會出現在夢中，教我有關命理和風水的事情。這樣在夢中學習的過程，讓我覺得比別人擁有多一倍的時間，同時也讓我進入另一個時空，但卻跟醒來時的世界一樣真實。夢中除了學習之外，也具有預言的作用，有些夢隔天、或是隔幾天就會真的在真實的生活中發生。

年輕時，我常常會問自己，我看到的這些是幻覺？還是真的？這些**特異天賦隨著我的年齡增長同時增強，從只是可以看到另一個世界的魂，到聽得到未來要發生事情的聲音，或是看到過去曾發生過的事情，以及未來要發生事情的畫面，甚至一個人的前世。**

這種看到過去、預知未來的能力，在成長過程中曾讓我痛苦不已。小時候我可以預先知道今天會被媽媽毒打，也可以知道弟弟今天會流血受傷，甚至可以預先看到心愛姊姊發生車禍，或是我最愛的阿爸的死亡……提前知道，只是提早恐懼，知道了之後，每天的日子還是要過下去，而我也曾想把自己的一生會如何，預先都搞清楚，然而經歷成長的許多苦痛之後，我還是覺得**堅強與毅力，以及瞭解自己擁有什麼天賦，這才是最重要的。**

到今天，來找過我的朋友不勝枚舉，太多人困在自己的私心當中，跳不出來，當然也就看不到別人的好。**煩惱大多都是自尋而來，人天生所具有的力量與創造力是很可怕的，可以讓自己處在天堂，同時也處在地獄，常常吃足了苦頭，仍不相信自己的力量。**在這一個又一個真實的故事裡，即使不是發生在你我身上，但就像一面又一面的鏡子，或許有機會照亮你我的心，看清自己內在的寶藏和力量。

地藏王菩薩拉一把　鬼門關前走一遭

民國九十六年五月，某天晚上我夢到關老爺告訴我：「妳生病了，妳要去看醫生！」我以為祂在說我先生，我正想起床時，又看到千手觀音站在我的床腳對著我說：「邢渲妳生病了，妳要面對自己的生命。」

精密的檢查過後，醫生發現我的左肺長了東西，形狀是不規則的，醫生建議我開刀，可是我自己跟上師 堪仁波切打卦的結果都是先觀察，暫時不開刀，因此當下我決定持續追蹤觀察再做打算。等到九月從印度齋僧回來後，醫生在我的右肺又發現了另一個陰影，並催促我趕快開刀。

十月，我開刀切除了三分之二的左肺、一半的右肺。醫生化驗出兩邊都是惡性的，而且都是「原生癌」，並不是擴散，醫生說，兩肺同時出現原生癌的機率非常低，也從來沒有在台灣出現過。

在加護病房時我一度停止呼吸，我看到床頭有個無臉的女生在等我，我心想：「如果我死了，她就有臉了。」接著，我看到了我最尊敬的上師 堪仁波切、看到了我最愛的阿爸，我看到地藏王菩薩出現在我的床尾，手中還拿著好大顆的念珠，聲音無比洪亮地叫我：「快跟著我唸佛號！南無地藏王菩薩！」當祂一唸完「薩」的時候，我吸進了拔掉呼吸器後的第一口空氣。

經過這趟鬼門關的旅遊經驗，我對生命又有了新的體悟。人很渺小，生命無常，我之前一直盡最大的力量想幫助需要的人，從凌晨張開眼睛到深夜閉眼休息，時間只要安排得上，我每天幾乎都是沒有休息的「接客」。但我發現這樣的速度還是太慢了，我只有一個人，我的時間有限，我的體力也有限，怎麼樣才能讓更多人了解因果循環？了解消除仇恨心，才能得到踏實的快樂？

於是，藉由第三本新書《望穿前世今生之家有千千結》的出版，我願走出來，告訴大家更多真實的故事，讓我們從自己或別人身上看到的遺憾，學習感恩，也學習將忍耐苦痛的心轉化為慈悲心，並將經驗分享給所有人。

最後，我想借用星雲法師所說的話，與所有讀者共勉：

我鼓勵慟失親人者，走向社會，關懷眾生；

我勉勵事業受挫者，從跌倒的地方自己爬起來；

我安慰感情失落者，以慈作情，以智話情；

我勸告婚姻觸礁者，以愛才能贏得真愛。

CHAPTER 2 家暴陰影　身心永遠的痛

沒有人可以選擇家庭。生長在變態、扭曲環境中的孩子，必須比別人擁有更堅定的信仰、用更大的力量，才能跳脫黑暗，自創光彩的人生。

CHAPTER 3

教養不同　命運迥異

親子教育是永遠的功課，沒有終點。過與不及的懲罰、父母自以為嚴厲有效的教育方式，或許已造成孩子心中的缺陷和創傷。

CHAPTER 4

疏於溝通　親子關係冷漠

最親密的關係，最遙遠的距離，親子間若失去溝通，日積月累的誤解，徒增彼此的心結，也讓雙方變成最親密的陌生人。

CHAPTER 5

婆媳問題　心結難解

百年才能修得共枕眠，能成爲婆媳，也是難得的因緣。前世種下惡因，今日必定收成惡果，唯有用包容心和同理心，才能在今世化解婆媳間的種種心結。

Chapter 1 錯誤身教影響一生

無論有心或是無意，父母的言行舉止無一不影響孩子的成長。
偏差的觀念、不當的行為，都會在孩子心上留下永遠的陰影。

重男輕女　家庭關係冷漠疏離

即使無心，父母的偏差觀念，仍會在孩子的幼小心靈上留下永遠的陰影。

祖先墓中躺　禍從哪裡來

阿竹，是個很傳統的鄉村婦女，她沒受過什麼教育，平常連報紙都不會看，但我的書她卻從頭看到尾，邊看還會邊流淚。阿竹第一次來找我，是因為她婆家為了分財產的事跟親戚鬧上法院，她看到我書裡面有寫到把風水改一改就可以改善，於是便開始懷疑家裡這麼多年來，所有的問題是不是都因為祖墳不好才造成的？還是因為拜祖先哪裡拜錯了？不然怎麼原本感情還不錯的親戚現在都變得很不好。

我從羅盤上看到阿竹家的祖墳都已經揀骨揀好，而且都重修整理過了，每一個都弄得很好，我很直接地和阿竹說：「妳沒有什麼風水可以改啊！你們家五個墳墓都已經整理好了！」

阿竹一聽，馬上說：「喔ㄟ妳真的有陰陽眼喔？就厲害欸！我們家三年前就揀過了，啊是揀得不好嗎？還是不應該揀？不揀就不會有事？」阿竹說，因為祖墳整理好的那一年，就發生她的兒子跟先生兩人在家打架拿刀互砍的事情，所以她一直認為一定是祖墳的風水影響了她的兒子。

我斬釘截鐵地告訴她：「祖墳修不修妳的狀況都不會有什麼改變的。」

母親觀念的偏差　對子女作出錯誤的示範

阿竹二十一歲的時候，經由媒人介紹嫁給了開鐵工廠的先生，婚後她和先生的感情、以及公婆、大姑、小姑、大伯的關係都還不錯。不過阿竹所謂的「不錯」，就是「每次拜拜我都會把拜完的食物分一些給這些親戚，然後他們拜完也會分一些給我們」，實際上她們生活情感的交流互動是非常少的。

自從阿竹的大女兒國中畢業後，阿竹的先生就常常出去交際應酬，每次都喝得醉醺醺的，回家後還會告訴阿竹他到外面找女人。阿竹聽了當然非常生氣，她罵她先生說：「你在外面應酬喝酒也就算了，竟然還要告訴我你去找女人！」

可是她先生卻跟她說：「妳怎麼這麼傻？妳老公在外面有女人喜歡，妳應該要覺得驕傲才對啊！」

阿竹傻傻地想：「這樣說也對啦！他白天都很認真地工作，晚上喝花酒都是人家請的，『呷免錢ㄟ那唔要緊！』」就這樣，阿竹也就不太在意，有時候她先生喝完回家意猶未盡，阿竹還會做下酒菜，然後出去再買兩瓶酒回來給先生喝。

阿竹的大女兒覺得媽媽很奇怪，怎麼不勸爸爸少喝點，反而還去切菜買酒回來給爸爸。阿竹說：「喝酒是男人的事，小孩不要管。如果妳老公以後也是這樣子，妳要記得，要覺得這是很驕傲的事。」

我越聽眼睛越瞪越大！天啊！眼前這個女人的頭殼是不是少根筋？怎麼會這樣教小孩？她一點都不在意地繼續說，有時候她先生喝醉酒回家，還會以為她是茶店的小姐，要她陪酒，等清醒了一點發現是阿竹坐在旁邊之後，馬上一臉厭惡地說：「怎麼是妳？走開！走開！」她因為害怕先生變心，所以都儘量地附和他。

之後，每次她看到先生下班騎腳踏車出去，就會叫還在唸國中的兒子也騎著車去跟蹤爸爸，看看爸爸到底去了哪裡？兒子回來稟報後，她就會給兒子五十元當做獎勵；如果跟丟了，就會生氣地罵兒子：「你怎麼這麼笨！」阿竹說，她現在回想起來，那時候好像都沒有叫兒子唸書欸！兒子放學回到家以後，就是等著去跟蹤爸爸，一去就是三、四個小時，書當然也就沒空念了。至於小女兒，阿竹說：「她是怎麼長大的我都忘記了！」

一巴掌打壞的是女兒身　打斷的是親情

阿竹四十五歲那年，發現自己的肚子變得越來越大，每次月經來時都像血崩一樣，到醫院檢查後發現子宮長瘤，於是就開刀把子宮整個拿掉。

她說：「那時候人家告訴我，女人子宮被拿掉以後會變得像男人婆一樣，老公會更沒有興趣，所以我很害怕，我的疑心病大概就是從這個時候開始的吧！而且開完刀後我老公也不再跟我行房，看到我就好像看到路邊的野狗一樣討厭，有時還會對我吐口水。」

我問：「對妳吐口水？那妳的反應呢？」

她無所謂地說：「他要呸就給他呸啊！去洗一洗就好了。」

我苦笑著開她玩笑說：「妳的忍辱修得很成功欸！」

有次更誇張。某個颱風天，風雨很大，阿竹她先生沒辦法出去和朋友喝酒只好一個人在家喝，喝了幾杯之後開始怨歎，說：「喝酒沒伴實在是喝不下去。」

阿竹聽了，就跟先生說：「不然我陪你喝啦！」

她先生白了她一眼，很兇地回她：「瘋查某，誰要跟妳喝啦！」

阿竹也很天才，她想想，乾脆叫已經二十一歲的大女兒妝化一化，口紅擦紅一點出來陪爸爸喝酒。

「啊？妳叫妳女兒假裝是酒店小姐陪爸爸喝酒？」聽了這麼久，真是越聽越離譜了。

「對啊！可是我老公完全不領情耶，他氣得大罵：『她又不會喝，妳叫她來幹嘛？』」

阿竹完全不覺得自己有錯，繼續說：「她就當小姐陪你啊，幫你服務啊。」

大女兒出來後，坐在爸爸旁邊看著他一杯接著一杯，擔心地說：「爸，你要注重健康啦！不要每天都這樣喝酒，對身體不好。」

沒想到，她爸爸竟然把酒杯重重地摔在桌上，還一巴掌往女兒的臉上甩過去，或許是太過用力，這一巴掌讓阿竹的大女兒咬斷了舌頭，送醫急救治療後，有六年的時間講話都很不自然，也不再開口跟父母講話了，二十六歲的時候大女兒就租了房子搬出去住了。

我問阿竹：「她要搬出去住，有跟妳商量過嗎？」

阿竹回我：「要搬就搬啊！幹嘛跟我商量？」她沒有絲毫愧疚地告訴我，反正養小孩是賠本的啦，她說：「我也沒有對不起她啦！我跟妳說啦，老師，養她這麼大，我又沒有叫她跟她爸睡，我就只是想叫她在旁邊添個酒夾個菜，幫我把她爸顧好，這樣哪有不對？誰叫她要碎碎唸，才會被打，這能怪我嗎？」

我生氣了，說：「當然怪妳！妳怎麼都不會覺得抱歉啊？」

阿竹說：「我有抱歉啊！可是抱歉又能怎樣？算她卡衰啦！又不是我打的。」我真的快昏倒了，我幾乎要叫：「來人啊！趕人！！」不過，阿竹認為這個大女兒還是很上進的，她說：「至少她大學時就開始兼家教賺錢，畢業後也有馬上找到好的工作，沒有再跟家裡拿過一毛錢，不過她也沒拿錢回家過啦。」

摑掌事件發生後，阿竹的先生真的外遇了。

我問阿竹：「妳知道後有沒有很生氣？」

她說：「有什麼好氣？也不曉得是哪一個，好像有二、三個吧！我知道有一個是死尪的啦，還有一個離過婚的，另外一個是有尪啦！那也沒怎樣啊！反正他玩膩了自己就會回來啦！從以前就是這樣啊。不過，後來他直接把女人帶回家住，嫌我在家礙眼，就把我趕出來了。」

聽到這裡，我懷疑眼前這個女人怎麼會對家人情感如此的「無所謂」，就像一群住在一起的陌生人一樣。

我說：「他憑什麼把妳趕出來？」

阿竹說：「他有朋友來，就叫我出去啊！我出去了他就不讓我回去，把門鎖都換掉，我也回不去。」

「那妳怎麼辦？」我接著問。

那時阿竹的大女兒已經搬出家裡，在外面租房子了。阿竹回不了家，想說快一年沒看到女兒，不然就先去投靠女兒好了。結果當她到大女兒的住處時，竟然是一個男人出來應門，這個男的看著阿竹問：「妳找誰？」

阿竹甩也不甩，直接推門進去說：「我找我女兒啦！」

阿竹看到女兒穿著家居服從房間走出來，上前立刻就是一巴掌，還罵道：「不要臉！還沒結婚就跟男人同居。」

女兒摸著臉冷冷地說：「媽，妳不要這樣，我們結婚了，他是我先生。」原來，阿竹的大女兒搬出來的隔月，就和交往多年的男友到法院公證結婚了。

阿竹愣了一下，然後生氣地說：「怎樣？是父母都死了喔？家裡是沒有人囉？結婚也不讓我們知道，既然這樣我們母女一場到此為止啦！」就這樣，阿竹原本還想投靠女兒的，結果沒想到會弄成這樣的場面。

我說：「妳不應該動不動就打小孩耳光，這樣會把小孩的自尊打掉的。那，後來妳女兒有留妳住下來嗎？」

阿竹回答：「有啦！可是我就覺得很沒面子啊，就離開了。」

我開玩笑說：「妳還要面子喔？那妳住哪？」

阿竹說：「就在工廠附近租房子住啊。」

「那妳怎麼不直接住在工廠裡？」我好奇地問。

她說：「那個鐵銹味很不好聞耶，而且我白天還是會到工廠工作啊，晚上就不要住在那邊了。」

我訝異地說：「妳被妳老公趕出來，還會回工廠幫忙喔？那妳老公呢？他也會去工廠嗎？」

她說：「會啊！」

我問：「那你們碰到面不會尷尬嗎？有講話嗎？」

阿竹搖搖頭：「沒啊！沒講話啊！他當我是臭人。」

我實在覺得很不可思議：「難道你們工作上都沒有交集？」

阿竹回答我：「有啊！有人要叫貨我就會跟他說，還有就是叫他吃飯啊。」

我驚訝地大叫：「啊？妳還煮飯給他吃喔！他也吃嗎？」

阿竹說：「沒！他都沒吃，有時候還會呸一口口水在盤子裡。他不吃就不吃啊，他呸他的，我吃我的！」

我都快從椅子上摔下來了，我想，這個阿竹的腦袋應該不只是少根筋，應該是少了好幾條筋才對。

刀光劍影　父子反目

就在阿竹的兒子二十五歲，也就是阿竹搬出來的第二年，有一天，阿竹在自己的租處接到鄰居打來的電話，說警察在家裡等她，請她趕緊回家一趟。原來，阿竹的先生跟兒子兩人打架還拿刀互砍，搞得鄰居報案請警察來才解決。事情過後，阿竹的兒子就搬出家裡，和阿公阿媽一起住了。

我問阿竹：「妳兒子也在工廠裡做事嗎？」

阿竹說：「沒有啦！他就吃不了苦做不來啊，又沒有一技之長，找工作也是有一搭沒一搭的，和他爸打架之後就有去電動玩具店打工啦……講到這個我就氣！在店裡賺的都不夠他自己打電動，還要回來跟我要錢。好加在有一次有黑道在他們店裡鬥毆，有人開了一槍，可能把他給嚇到了，之後就不敢再去電動玩具店上班了。」

我又問：「那他現在在做什麼？」

阿竹說：「就結婚了啊！生了兩個女兒，現在在電器行工作。」

我說：「那還不錯啊！還會結婚、還能生女兒，那是誰幫他辦婚事的？」

阿竹不以為然地說：「阿公阿媽辦啊！他們可以早點抱孫，當然辦得很高興。」

「那妳有參加嗎？妳老公有去嗎？」

阿竹說：「有啊！當然都有去啊！再怎麼樣他也是爸爸，不然要丟臉喔？」

我開玩笑地說：「這時候『面子』又很重要了。」

我問：「你兒子現在一個月賺多少？」

阿竹說：「就三萬二啦！」

我說：「三萬二，還要養二個小孩嗎？」

阿竹說：「他老婆也有工作啊，一個月二萬出頭啦！誰叫他要娶這種老婆，電動玩具店會認識什麼好貨色？也沒讀什麼書啦！」

「貨色？又不是在菜市場買東西！妳媳婦叫什麼名字？她高中有畢業嗎？」我皺著眉頭問。

阿竹的反應讓我十分意外，她竟然講不出她媳婦的名字！連問她姓什麼，阿竹都說：

「我哪知？我又沒問。」

我又快昏倒了，說：「阿竹，人家幫妳生了兩個孫女，妳竟然連妳媳婦姓什麼都不知道？」

她給我的解釋是：「我自己都快煩死了，哪管她姓什麼。他們是自己戀愛的啊，關我什麼事！」

講到這，阿竹突然歪著頭對我說：「老師，我現在也很懷疑我們那個小女兒是怎麼長大的耶，一直到她哥哥結婚的時候，我才知道她大學畢業了耶。」

當阿竹這樣說的時候，我已經一點都不意外了，只是搖搖頭嘆氣。

分到的是財產　分散的是親情

阿竹的兒子喜宴辦完沒多久，阿竹的公婆就決定分財產。

阿竹說：「講到分財產哦，我真的會被這些財產害死……」

原來，阿竹的公婆將一塊地分給了阿竹的老公，但是大伯的兒子在這塊地上做生意很久了，不願意搬走，就這樣，阿竹的老公告姪兒侵佔。第一次阿竹的老公敗訴，他很不甘心就再告第二次，還加告大姑小姑，阿竹的先生認為：「她們分到的遺產太多了！」

大姑小姑都叫阿竹回家勸勸自己的先生。阿竹跟她們說：「阮尪不會聽我的啦！」不過她還是有試著跟先生談，結果，果然被打。

我問：「妳有受傷嗎？妳有沒有還手？」

阿竹傻愣愣地說：「沒有啦！也不會很痛啦！如果讓他打一打，然後他答應不要告，這樣也不錯啊！」

我實在是對她的「兩光」甘拜下風，我問：「那妳是勸他不要告，然後地給姪兒……」

阿竹很正經地說：「不行啦！老師妳怎麼這樣說？我當然希望我老公告贏啊，那是阮尪的財產，以後就是我兒子的財產欸，我怎麼可以要他告輸！我是想有沒有辦法不要告，然後他們就自己搬走。」

我問阿竹她這些親戚的名字，阿竹沒有辦法講出任何一個完整的名字。我搖搖頭，請阿竹打卦問問看這一次的官司她先生告不告得贏，結果她卜到一個「觀卦」，這是一個空虛的卦。

我搖搖頭直截了當地說：「不會贏。」

阿竹聽完很天真的問我：「仙欸！妳有沒有什麼法可以作？讓我大伯的小孩可以有點良心自己搬走？我公婆其實對我還不錯，大伯他們人也很好，做人家的媳婦應該要努力讓家庭和樂，我也覺得阮尪和姪兒這樣告來告去的，好像也不對。」

我眼睛一亮，聽她嘮叨了這麼多，就這一句話讓我覺得她的神經線接回來了。我跟阿竹講：「我不是仙，是渲，我覺得這個官司還有得打啦！不過我建議在『作法』這一塊，妳要不要把妳的小孩跟老公都考慮進來？讓妳的大女兒也能夠家庭和樂、願望都能達成……」

沒等我講完，阿竹就說：「這免！這條不用，這和我沒關係！」

她的神經線再次短路，我退一步問：「那讓妳的小女兒出外平安，一切順利……」

阿竹又說：「這嘛不用啦！她又沒有不順利，長大了就出去啦！有需要花這個錢嗎？」

我繼續說：「如果花一個錢可以讓妳們家父子和樂，長女、次女順利，另外再加一個家宅平安讓你祖上有德、公婆平安、親人和樂、大家都賺錢……」

阿竹不耐煩地喊：「啊～自己顧好自己就好，求到那麼遠去……好啦、好啦，不然就這個啦！這樣要花多少錢？」

阿竹的反應和心態真讓我啞口無言，她竟然沒有這個肚量去祝福自己的家人。最後，阿竹選擇只替他兒子跟先生祈福，希望他們父子和樂。

隔天早上，我用鈴跟杵幫阿竹祈福，希望她家宅平安、增長智慧、心情安定。我在杵的前面放了八疊的銅錢，然後點香稟報佛祖跟關公，當香燒到一半的時候，八疊銅錢裡有四疊突然倒了下來，水杯裡的水也灑了一些出來，感覺上好像有人撞到桌子，但是當時並沒有人在佛桌附近。

這天來拜訪我的桂香姊用懷疑的眼神看著我說：「老師，是不是有東西？我看不到但是我感覺到了，我全身突然起雞皮疙瘩欸……」

我往神桌方向一看，我看到一個個子很高大、肩膀很寬的男性灰灰的背影，他留著長髮紮成馬尾，不過綁得不是很整齊，不曉得是不是因為來得太匆促沒時間整理？他還穿著西裝，看起來似乎是故意把神桌上的錢弄倒希望能讓我發現他。

我一個念頭閃過：「難道他是阿竹家的祖先？」

我沒有打擾他，我想：「如果他有事，自然會來告訴我！」

桂香姊拍拍我說：「老師，妳不要一直往那邊看啦！我會怕耶。」我安撫桂香說我只是在看香燒到哪了。然後，這個高大的灰灰不一會兒就消失不見了。

一個半月後，開庭的結果出來了，就跟我講的一樣——輸了。

阿竹又打電話跟我預約，電話裡還不斷地抱怨：「我就跟妳說作法就只要做讓我老公贏就好了，妳就要我求一大堆有的沒有的，還求到我女兒那裡去，那甘唔要緊？」

講到這裡，阿竹的故事要先暫停一下，因為在阿竹等開庭的這一個半月時間裡，有一個特別的客人來找我，那就是王小姐。

阿竹忙官司　意外客來訪

王小姐也是看了我的書以後才來找我的。她第一次來找我的時候並不曉得自己要問什麼？她說：「我只是很想來拜拜關老爺。」

第一眼看到她時，我嚇了一大跳。她的衣服很髒，領口袖口的地方都是黑的，胖胖的身材又把衣服都紮進褲子裡，看起來很不好看，頭髮也沒整理，很難相信她是個才二十出頭的荳蔻少女。

我問她：「王小姐，妳看我的書，最令妳感動的是什麼？」

她告訴我，當她看到我媽會打我的時候，她並沒有特別的感觸。「但是，我覺得妳有一個很好的爸爸，你們的感情很好。」她很認真地回答我。

後來她問我：「我什麼時候可以過來卜卦？」我請助理替她安排時間，二個星期後她來問自己的工作。

她說，她的公司有一個機會可以到大陸去工作，她不知道該不該去，所以過來找我問問看。當她問完自己的工作以後，她說：「老師，我可不可以再問我們家的狀況？我覺得自己好像投錯胎了，我家人跟我之間好像沒有什麼關係。」

我心疼地看著她問：「為什麼這樣講？」

她遲疑地說：「他們好像都忘了我的存在。國中的時候，有一次姑婆他們娶媳婦，我爸媽叫我們快點快點，當我衝到樓下的時候，只能眼睜睜地看著他們載著姊姊哥哥開車走掉，他們都沒有發現我還沒上車。還有一次我放學回家，門鎖著，我去阿媽家，門也鎖著，我在外面等了三個小時，原來我們全家都去給人家請，但是他們都沒有帶我去。我很難過地問我媽媽為什麼不帶我去，我媽說：『就沒想到妳啊！』有太多次這樣的經驗了，到後來，我都不再問我家人要去哪裡？要做什麼？而且國小國中的母姊會都是我自己參加，老師問，我就跟老師說我爸媽開鐵工廠很忙。」

我問：「那妳跟妳哥哥、姊姊誰比較好呢？」

她聳聳肩，這二個名詞對她來說似乎很陌生，她說：「應該都沒有吧！我姊姊也很忙啊，而且她不跟我爸媽講話，有一次我爸爸打傷她，她就再也沒開口講過話了。」

我愣了一下，突然覺得這樣的情節好像似曾相識，不過當下我並沒有想太多。我繼續問：「妳姊姊有跟妳講話嗎？」

王小姐說：「有啊！她只是不跟我爸媽講話而已，不過妳現在這樣問我，回想起來我們似乎也沒有講過很長的一句話耶。大概都是我姊問我：『妳在幹嘛？』然後我說：『看書。』要不然就是問：『要不要喝飲料？』我說：『不要。』都是很簡單的對話。有一次我同事她姊姊生病住院，我看她在公司哭得好傷心，我覺得很奇怪，『有這麼嚴重嗎？姊姊生病需要哭成這樣嗎？』」

我好奇地問她：「妳有沒有為你姊姊哭過？如果妳現在接到一通電話，說妳姊姊出事了很嚴重，正在醫院急救，妳會怎麼樣？」

她木然地看著我說：「喔！那……就祝福她吧！」

我聽到她的回答突然很想哭，因為我想到當年我姊姊出車禍的時候，我接到警察打來通知說姊姊已經車禍身亡，屍體停在太平間要我們去辦手續的電話，我帶著我媽坐在計程車上，強忍著悲傷，不斷地告訴自己：「姊姊還活著，姊姊一定還活著，一定是警察搞錯了，等一下我到的時候她一定還有呼吸，還在喊痛……」我媽雖然平常對我們很嚴厲、很冷淡，可是當她到醫院知道真相時，她也沒有辦法接受，腿一軟整個人就昏過去了。我很同情、也很心疼王小姐，因為父母的疏失和教養問題，讓她們手足親情如此淡薄，她未來的人生，將會花很長時間去學習這一段。

我繼續問她曾經叛逆過嗎？有沒有離家出走過？

她說：「有啊！有一次我媽跟大姑媽在家裡又罵爸爸又罵姊姊的，我一衝動就跑到同學家去住了兩天。本來想說不要跑太遠，這樣她們比較好找。結果，第一，沒有人找我，第二，我回來也沒有人知道。反正他們打架也不會打到我，吵架也不會吵到我，我在家像是隱形人一樣，我也沒有別的興趣，剛好可以好好唸書，我是我們家裡最會唸書的。」

她坦白說，其實她不喜歡大陸的生活，而她想去大陸工作的唯一理由，是「到那邊至少我媽她找不到我」。

我問：「妳媽對妳不好嗎？」

她說：「也不是對我不好，就是很會碎碎唸。」

我問王小姐：「妳媽媽叫什麼名字？」

當王小姐說出她媽媽的名字時，我差點從椅子上摔下來，原來就是阿竹！我跟她說：「妳相信嗎？妳媽媽一個多月前才來找過我。」

寬大的肩膀　溫暖失落的童年

我很直接地告訴王小姐：「妳的內心是空虛的，妳很喜歡來我們家，是因為我們家很多人，彼此間會講很多話，而且是一連串的對話而不只是一個詞而已。妳不要怪妳的媽媽也不要怪妳的兄姊，他們只是不夠熱情，他們的內心其實是有溫度的，只是不善於表達而已，所以才會對妳疏於照顧與愛護。他們沒有告訴妳：『我是愛妳的、我是擔心妳的、妳是我們王家之光……』」

聽到我這樣說，王小姐開始大哭起來，而且可說是哭到一整個渾然忘我的境界。我第一次看二十多歲的小姐可以哭到口水鼻涕流得整件衣服都是，還要我過去幫她擦口水。當我走到她身邊時，她就靠在我懷裡，最後她哭我也哭，我很心疼她這麼大了一個伴都沒有，也沒有學習到愛。

她一邊哭一邊啜泣地說，她很恐懼，上班很害怕，因為主管會罵她，同事也會嫌她。

我問：「妳怎麼都不說？」

她說她不敢講，從小到大的經驗讓她實在有很多的不敢，她永遠只記得一個人，一個巨人，那就是她的曾祖父。

王小姐說：「我很喜歡去廟裡看七爺，但是我只喜歡看七爺的肩膀，因為我曾祖父的肩膀也很寬。我記得很小的時候，曾祖父都會把我放在肩膀上帶我去散步，當曾祖父要把我放下來時，會用手接著我讓我倒栽蔥的翻下來，那是我最快樂的時候。」

她在講的當下，我想到之前在替阿竹修法時，出現在佛堂前的灰灰，原來就是王小姐的曾祖父。

我問王小姐，妳相不相信妳的曾祖父有來找過我，我把替她母親修法那天的狀況告訴王小姐，可是我沒有告訴她是在幫她母親修法。

王小姐馬上問我：「我的曾祖父他好不好？他知道我要去大陸發展嗎？他會不會來大陸看我？」

她劈哩啪啦地問了一連串的問題，我告訴她說：「這一切我會幫妳轉告，不過我覺得妳要不要自己跟菩薩講，只要妳相信菩薩，菩薩就會跟妳的曾祖父相應，就會將妳的心聲轉告給妳曾祖父，妳不用透過我去跟菩薩講，這樣可以省掉一個中間傳話的人。」

隔天一早我被電話吵醒，王小姐打電話告訴我說，她昨晚夢到她跟曾祖父在我們家的佛堂前聊天，而且聊得非常開心。她還問我：「老師，我今天晚上下班後還可不可以去你們家拜拜啊？」

我說：「當然可以啊！」我還開玩笑地問她：「妳曾祖父有沒有再把妳放到他的肩膀上？」

王小姐笑笑說：「沒有啦，我長大了，而且我太胖了。」

我說：「對啊，妳真的要減肥了！這個夢代表妳曾祖父過得很好，因為妳的夢境是歡樂的。那妳曾祖父有沒有給妳什麼祝福的話？」

她說：「沒有欸！因為來得很倉促所以忘記問他了。」

晚上她來我家時，整個人煥然一新了，頭髮梳得整整齊齊的，衣服也是新的，傻傻的笑讓人覺得她細看其實還滿可愛的。

有心凡事都有可能　無心菩薩也難插手

阿竹再次來找我時，距離上一次預約已經過二個月了。她一進來就說：「仙欸！我要告訴你一個好消息跟一個壞消息。」

我再次強調：「我是渲，不是仙！」

「唉呀！都一樣啦！好消息喔，就是上次的修法很有效欸！我兒子突然一直關心他爸爸的狀況，以前他講到他爸就好像講到仇人一樣，現在雖然口氣還是很不好，不過他都有在問耶。」

阿竹說，她兒子的講法是：「地是阿公阿媽的，給誰都一樣，何必去打這個官司跟大伯他們鬧得翻臉。」

阿竹告訴兒子：「你怎麼可以這樣說？你爸是在為你打官司耶，這些財產以後都是你的啊！」

可是兒子聽她這樣說，竟然告訴她：「那就不要打了，如果我不要，爸是不是就不用打這個官司了？」

阿竹感慨地說：「這樣就好了，父子之間就有希望了。」

阿竹讓我覺得還算可取的地方是，她雖然重男輕女，但她終究還是希望兒子與父親能和好。當初父子反目的時候，兒子曾發重誓說，他爸死的時候他絕對不會去送他，阿竹一直都很擔心兒子是認真的。

後來她告訴我，她想要投資賣咖啡粉的生意，問我能不能做得起來。阿竹在問的時候，我突然耳鳴起來，而且她丟了六次卦，竟然有二次丟下來的時候錢還黏在手上。她自己都疑惑地說：「奇怪，今天怎麼手這麼黏？」

我當時的直覺是：卦神好像不太想回答這個問題。而且阿竹的氣場給人一種不想動的感覺。

她卜出來的是「渙卦」。

阿竹問：「這是什麼意思？」

我說：「有氣無力啦！妳也不會很認真做。」我建議她可以兼差，但不會是很好的收入。

她自己也說：「其實我是自己很喜歡這個咖啡的味道啦，可是我覺得在雲林那個小地方應該沒辦法做得很好。」

接著她繼續說，她要告訴我的壞消息就是官司打輸了，現在要再上訴，她希望我能夠再修法讓她先生的官司打贏。

可是我卻坦白告訴她：「還是會輸啦！」

她不相信，堅持要再卜一次卦問看看。她嫌剛剛拿出來的銅板太黏，所以換了六個銅版再卜一次，結果打出來的還是「渙卦」，跟剛剛問事業是一樣的卦。

我告訴她：「問不一樣的事打出來一樣的卦，這樣的機率是很小的，凡事不要強求啦！我建議妳輸了以後不要再打了，找一個公證人去跟大伯和姪兒談，是不是再讓他們使用個幾年，收一些租金，簽好合約……」

阿竹馬上就回我：「那不可能啦！」

我愣了一下說：「你們為什麼不去試就說不可能？這個卦就是一盤散沙，但如果妳願意集中力量去解決的話，就一定可以成功。妳就釋出誠意、善意，沒有不可能解決的事情，自家人哪有什麼不可能？而且能做一家人也是一種因緣啊！打這種官司沒意義，勞民又傷財。」

阿竹沒有把我的話聽進去，還是告訴我：「阮尪就固執欸！不可能的啦！」

阿竹離開的時候，我給了她一個千手菩薩和一個綁好金剛杵的八卦，要她每天雙手握著這些東西，然後說：「諸佛菩薩在上，我阿竹祈求菩薩讓我增福增慧，去除所有惡因惡果，去除所有的障礙。」我交待她，每天都要唸，但是不用花很多的時間，有空就唸，對她會有幫助的。

心開　眉開　智慧開

這個官司後來繼續糾纏了半年，一直都沒有開庭。阿竹又來找我，她說這半年來她先生每天都跑去找姪兒吵架、去罵公婆不公平，還威脅說如果他打不贏官司就要在那塊地上自殺，做陰鬼鬧得大家不得安寧。

她這次來就說：「老師，我看破了啦！也想通了！我們來看看能修什麼法或是帶什麼東西，能讓阮尪甘願啦！就像妳講的，找他們談一談看房租多少？幾年期？趕快把這個官司了一了。」

阿竹跟我說，她想要了解因果，她相信一定有因緣才會造成今天這樣的局面。

我跟阿竹說：「對！很多不好的因造成很多不好的果。以前妳叫你的兒子去跟蹤爸爸，所以在兒子的心裡面，對爸爸永遠都是不好的印象，他瞧不起自己的父親，今天妳的兒子才會跟老爸拿刀相砍，這些都是誰害的？」

阿竹沒有生氣反而跟我說：「對啊！我過年時還在想，我好像不會教小孩耶！」

我說：「妳以前都沒有想過嗎？」

阿竹不好意思地說：「沒啦！以前很忙，都沒有想過耶。老師，真的欸！我跟妳認識以後好像讓妳開智慧成功欸。真的厚！一定是有什麼因緣還是惡緣才會來認識，才會變成這樣的結果，我覺得是這樣的。」

我笑著說：「那阿竹妳告訴我，我認識妳是幸？還是不幸？」

她馬上說：「不行欸！這樣算妳欠我的！妳就給我欠一次，我就是因為沒唸什麼書啊！所以妳要幫忙我啦！」

她真的很可愛也真的改變了，她的面相比之前來的時候有感情多了。

我幫阿竹看了她跟先生的前世，阿竹的前世是個女僕，她和員外的兒子（阿竹的先生）相愛，員外當然不會讓兒子娶這個女僕，所以另外替兒子找了一個門當戶對的媳婦。媳婦娶進來後，女僕就常常做一些壞事，然後栽贓給媳婦，讓公公婆婆及他兒子都不喜歡這個媳婦，而員外他們也都不曉得這個女僕跟兒子還有私通。

阿竹問我：「那他上輩子有愛我嗎？」

我說：「應該是喜歡這種偷情的感覺吧！所以你們倆都有這樣的習性，妳先生喜歡到外面去玩，妳也覺得無所謂。不過你們一定有相愛，有愛的許願，所以這輩子才會再在一起。妳被趕出來到現在有沒有想過要離婚？」

阿竹不好意思地說：「沒啦！夫妻吵吵鬧鬧，再怎麼樣都是夫妻。」

我說：「對啦！把它修完啦！妳現在還來得及去教導妳的小孩，多跟他們互動、多關心他們，妳就會發現他們其實是愛妳的。」

阿竹很感動地告訴我：「這八年來，我有廟就去拜，也花了很多錢去算命，可是沒有一個老師給我一個很直接的答案，每次都是說『卡陰啦，要驅鬼啦！』要不然就是說『要做法斬桃花啦！』只有妳會跟我說因果啊、勸我不要亂想，我回去真的就不會亂想了。」

我說：「對啊！鬼都是自己幻想來的啦。妳看妳以前陷害員外兒子的老婆，妳老公現在外面的女朋友可能就是前世的那個老婆啊，所以妳應該把過去的事情放下啦！」

阿竹問：「老師，放下就是原諒他嗎？」

我想了一想，說：「應該說，放下妳前世對她的貪念，對妳之前做的那些栽贓的事懺悔。妳就觀想，有一個媳婦，妳以前對她做了一些不好的誣陷，然後現在誠心地跟她道歉懺悔，這樣妳的心情就可以放鬆，這就叫做放下。」

對阿竹來說，官司的贏或是輸都已經無所謂了，她說：「我有去問過啦！高等判下來不管是贏還是輸都不能再告了，等結果下來，我再來勸勸阮尪啦！」

我說：「你不怕被他打喔？」

阿竹講：「不會啦！他打也不會痛。老師，妳說的對耶，上次來問的時後，我是有一點放不下，現在我放下了，覺得滿輕鬆的耶，也沒有什麼好爭的。」

我又反問她：「你不是很在乎你兒子有沒有得到財產嗎？」

阿竹說：「唉喲！他好手好腳的，自己努力賺比較快啦！我老了存的錢也會給他啊！我想過了啦！再有錢也不能帶進棺材裡。」

這時候，我很詭異地笑著跟阿竹說：「講到因緣喔！我跟妳講一個很好笑的因緣喔！妳記得妳是怎麼認識我的？」

阿竹說：「我看書啊！雖然我沒唸過什麼書，可是妳的書我看好幾遍，也哭過好幾遍欸！」

我說：「那妳知道妳女兒也有來找我嗎？」

她一臉驚訝地說：「哪有可能？真的嗎？哪一個女兒？」

我說：「妳小女兒是不是住在台北？住內湖那邊？」

阿竹興奮地說：「對啊對啊！妳怎麼知道？」

我說：「她也是讀者啊！她來過好幾次，常常來拜拜。妳有沒有感覺妳都沒有關心過她？」

阿竹說：「有啊！過年的時候我就在想啊，我好像太重男輕女了。而且我覺得兩個女兒好像都不是我生的一樣，跟我都不親。大年初二的時候，我看到隔壁鄰居的女兒都回娘家了，我就想打電話叫我大女兒回家，我剛拿起電話她就回來了，我才知道她生了一個兒子，都二個月大了。」

我說：「那妳有沒有把妳的感覺跟她說？」

阿竹說：「沒有啦！也不知道要怎麼說。」

我說：「就告訴她，妳很想她，妳正要打電話給她，她就回來了！」

阿竹和大部份的父母一樣有共通的毛病，不好意思對子女表達自己心裡面的情感，她覺得「有必要這樣說嗎？」可是，我覺得把心裡的感覺講出來是絕對有必要的。

懂得分享　學習成長

今年農曆七月的時候阿竹來找我，因為我給她的八卦金剛杵的線，已經被她唸得黑黑髒髒的了。她問我可不可以拿去洗？我想乾脆請她拿來重新換線好了。

她說，現在她兒子都會主動幫她去收收帳，有時候還會幫她去談一些生意，不像以前叫都叫不動。這一次看到阿竹，覺得她變得更不一樣了，她的臉上多了快樂與關心的表情，而且開始會安排自己的生活，也會出去運動。她發覺人與人之間的互動還蠻愉快的，她不斷地和我分享她在公園跟阿公阿媽跳扇子舞的心得，滔滔不絕地跟我分享她的快樂與生活。

人之所以會做出悖離倫常的事情，常常和家庭教育、背景脫不了關係。但人性中必有善根，到我這裡來的人，多數都不用關老爺出馬，只要願意「改變想法」，就能得到出乎意外的好結果。

2 手足不親　父母痛心

兄弟姊妹朝夕相處，擁有共同的親人與生活環境，共同參與對方的成長過程，形成一種非常親密的關係。也就是因為親密，往往忘了應該給與對方的生活空間、基本的尊重與體諒，總是為了一些芝麻綠豆小事吵得無法開交，甚至在言語及肢體上暴力衝突，誓言老死不相往來。這些看在父母的眼中，手心手背都是肉，情何以堪？

我和冷少爺是在民國八十八年認識的，為何會叫他冷少爺？是因為剛認識他時，他很嚴肅、很兇，跟他講笑話也不會笑，還會面無表情的問你：「好笑嗎？」認識久了才發現，冷少爺其實是個孝順父母的人，只是他實在不善表達自己的情感。

火紅色的憤怒　藏藍色的憂傷

冷少爺是從朋友小葉的口中知道我的。因為小葉非常鐵齒，可是他卻非常相信我，所以冷少爺認為我應該是真的很厲害吧。當時，冷少爺的未婚妻小舞遇到工作瓶頸，於是就跟小葉要了我的連絡方式，建議老婆來找我請教。

小舞第一次來找我的時候，是要問她的工作和健康，可是很奇怪，不知道為什麼，我對她的感情狀況非常有興趣。

當她一進到我的辦公室，我就問她：「妳未婚吧？」

她愣了一下回答我：「我快結婚了。」

我又問：「那妳未婚夫是做什麼的？」

她大概以為我是好奇吧，看了我一下，說：「他在跑船。」

我主動提議說：「妳要不要問問自己的感情？」

她愣了一下，然後搖搖頭說：「我今天來是要問事業和健康的……」

可是我依舊不放棄，要她把未婚夫的名字寫給我。我猜她那時大概是一邊寫一邊在想，這個奇怪的老師該不會是耳背吧？

當她把冷少爺的名字寫給我的時候，我看到一個男人的背影，這個男人站在冷少爺前面，應該是他的父親。他父親前面是一個孤單的老阿嬤，老阿嬤前面有一個木頭的相框，應該是已經往生的爺爺。老阿嬤跟這個孫子——冷少爺身上的顏色都是很漂亮的粉紅色，我想他們祖孫的感情應該很好。特別的是，圍繞這個冷少爺的粉紅色外圍又有一團火紅色，看來他對家裡的平輩應該是非常火大。

我看著名字，和坐在我前面的小舞說：「他和家人間的關係有問題耶……他有兄弟姐妹嗎？」

小舞的眼睛瞪得好大，張著嘴，半天講不出一句話來，等她回神後說：「老師，妳怎麼知道的？妳是不是看到了什麼？他和他妹妹已經八年沒有講過一句話。我聽說他們感情原本是很好的，他很疼妹妹，可是不知道為了什麼事，現在他和妹妹與妹婿處得很惡劣，他妹妹結婚時他沒有參加也沒去祝福。周遭的親友沒人能說服他，他的父母也很難過，但是我們都不敢講也不能講，因為他的脾氣很硬又很拗……他和他妹妹現在是老死不相往來耶，而且他還不准他妹妹回家。」

我心想：「怎麼會有這種人，還不准妹妹回家看父母。」在小舞跟我講他有妹妹時，我已經看到他和他妹妹的關係，他們的後面是一種很難看的藏藍色，那是一種憂傷與痛苦的顏色，我有一種很不好的預感，一種好像會來不及的感覺，一個提醒著千萬不要留下遺憾的聲音出現在我的腦海裡。

我告訴小舞：「妳去跟妳未婚夫說，妳來問過後覺得這老師很厲害，老師有看到你跟你妹妹的事……」我才講到這，小舞的頭就搖得跟波浪鼓一樣，一邊搖一邊用驚恐的眼神告訴我：「我不敢……老師妳不知道，他很可怕、很兇的！他只要聽到妹妹二個字就會變得很暴躁，我……不敢講。」

我說：「喔？那妳還敢嫁給他？」我笑了笑跟她說：「妳就跟他說：『老師看到了你跟你妹妹的事，她說這一定要處理。』」

小舞離開後，我想到昨晚夢到有人教我用白紙描下自己的左手跟右手，然後將描好的手疊來疊去的疊在一起。在夢裡我看著自己的手，想著：「哇！怎麼有這麼好看的手！」我記得夢中沒有任何一個主神也沒有關老爺，我不曉得是誰在教我做這些事，我也不曉得自己要幫誰做這些事。

小舞走後我立刻拿紙描自己的手，我一共畫了三張，然後將這三張手疊在一起，最上面的一張手寫下冷少爺的名字，寫完後我把它給捲起來，插進關老爺的香筒裡頭。

當晚我就夢到關老爺跟我抗議，祂說這個捲軸不是他教我的，我把它放進祂的香筒裡讓祂的香筒變得很擠。我還心想：「這麼小氣喔，不是祢教的就不能借放一下。」

早上起床我給關老爺上香時，看到這個捲軸怎麼沒插好，好像快掉出香筒了。我一邊伸手把它抽出來，一邊講：「趕快把你拿走好了，不然你好像快被踢出來了！」當我把它拿出來時，外面突然放起了鞭炮。我很高興，我想這一定是在賀喜，我覺得我一定可以把這個事情給辦成功，所以這一整天我的心情特別地好。

當小舞和冷少爺一起再來找我時，已經是兩個月之後了。他們來找我合婚，而且非常急，因為冷少爺的阿嬤在九月初的時候過世了。

冷少爺告訴我：「接到阿嬤過世消息時，我的船還在印度洋上，正從南非開往新加坡的方向。當時我正在睡覺，但是睡得很不好，還做了一個奇怪的夢。我急忙接起電話，聽到小舞用很急促的聲音告訴我：『阿嬤過世了，你趕快回來！』我起初還不相信，因為四天前我才跟阿嬤通過電話，怎麼可能會過世？等我回到家時已經是九月底，家人已經在替阿嬤做三七了。」

阿嬤突然的離開，打亂了他們原本的計畫，婚期必須提前趕在百日內完成，所以他們才這麼緊急地跟我約了時間來合婚。離開前，小舞請冷少爺先到外面去等，她說還想問我之前的一個問題，想跟我單獨聊一下。

小舞小小聲地問我：「老師，他和他妹妹的恩怨，有辦法解嗎？」

阿媽的離開，讓小舞驚覺到冷少爺的父母已經老了，她希望能幫上一點忙。

小舞的善良與孝心，讓我覺得她是一個很好的女孩子，我告訴她說：「不用擔心，相信我，會有辦法的！」我要她過幾天再帶冷少爺來我這裡，我會好好地勸他。

晚上我就接到小舞的電話，聽得出來她很緊張也很興奮，她說：「老師，他願意過去妳那邊跟妳談了！」

原來，他們離開後，小舞就開始想怎樣才能把冷少爺再弄到我這來。她說，冷少爺車子才剛開出我家路口，馬上就靠邊把車停下，面無表情地質問小舞：「妳是不是有事要跟我說？」

小舞支支吾吾地告訴他：「沒…沒…有啦！是…邢…邢老師知道你和你妹妹的事，她想跟你談一下，要你有空去找她……」

電話那頭的小舞告訴我，當時她感覺到冷少爺的頭頂好像開始冒煙了，她在車上嚇得「皮皮剉」。

冷少爺冷冷地問：「是不是妳說的？」

小舞顫抖地回答：「沒…沒有喔…是老師自己看到的。」

之後車裡一片寂靜，她動都不敢動一下，連心臟都快不敢跳了。沉默了一會兒，冷少爺才說：「該來的就讓它來吧。」講完就發動車子走了，一路上她都不敢再多說一句話。

我心想：「妳怎麼這麼怕他？這樣婚是要怎麼結？」

家人同心　泥土成金

幾天後，他們一起來了。其實從我第一次見到冷少爺，我對他就有一種莫名的親切感，看到他，我會心疼、會傷心，那種感覺就像是親人一樣，同時我也感覺到，他的個性很像軍人，很有責任感，但是不會表達感情，冷血、一板一眼非常固執。

冷少爺說：「我和我的妹婿原本是高中的死黨，感情好到比親兄弟還好，做什麼事都在一起。我很早以前就知道他很喜歡我妹妹，那時候我們三個也常常一起吃飯聊天，可是他一直都不敢對我妹妹有所行動。後來因為一些小事情，我和他吵翻了，沒想到我們的冷戰，反而促成了他與我妹妹之間的姻緣。我妹妹大概是想讓我們和好吧，所以開始和妹婿走得比較近，也許是日久生情，二人最後決定要共渡一生。只是……我和妹婿之間的問題並沒有因此得到改善和解決，妹妹的加入，反而讓我們三人之間的關係降到了冰點。他們的婚禮我拒絕參加，我不想和她講任何一句話，也不想看到他們，如果我知道哪一天他們要回家裡，我就會在那天出門去。」

這下換我做了一個深呼吸，心想：「是發生什麼樣的事，可以讓家人變得比陌生人還陌生？」

我問：「那你當初究竟是為了什麼事和你妹婿吵翻？」

冷少爺含糊地說：「很多事情的發生，到最後弄得很僵。」

我感覺他是一個自尊心很強的人，有一種很堅持自己領地範圍的感覺，不論是他的親人或朋友都不能輕易觸犯他的領地。我提醒自己等一下講話得小心點，否則弄巧成拙就更難收拾了。

我看了一下他們三人的前世，六百年前他們三個是軍中的同袍，一起出生入死感情非常好，他和妹婿那時候是雙胞胎兄弟，他是老大，妹婿是老二，這一世的妹妹是當時的拜把兄弟，年紀最小所以排行老三。後來他戰死了，這個老三哭得最傷心，說什麼都要把他的屍體帶回去安葬，不願見他曝屍荒野。

我跟他講完這段前世後，告訴他：「每一個人都有一種個性、一種習性、一種固執與認知，這樣並不是不好，只是當你陷入自我的固執與認知而無法自拔時，所要付出的代價往往是後悔與永無止盡的遺憾。血緣之間的關係是無法切斷的，我們可以和朋友、鄰居、情人，這些關係都可以緣起緣滅，但是手足親情不同，更何況你們的手足情誼是從幾世前就開始了。所謂『一喜擋三災』，你要不要利用結婚這件喜事，來化解你與妹妹、妹婿之間的誤會，讓你父親高興一下？。」我不曉得為什麼我會突然這樣問他，只是有一個聲音一直在催促我：「要快點！快來不及了，千萬不要留下遺憾！」我很擔心他的父親等不及看見他們兄妹和好。

冷少爺聽完後很不客氣地問我：「有差嗎？這跟我父親有什麼關係？我可不可以不做？」

我說：「當然可以不做啊！但是『養兒方知父母恩』，等有一天你自己做爸爸的時候，你就會了解你現在所做的事，在你父母心中是怎樣的傷痛！你會比現在多好幾百倍的痛苦吧！你要做爸爸還是很久以後的事，但你爸爸年紀大了，這個遺憾是隨時可能發生的，如果父母在過世前看到他的小孩是和樂的，那他不是能走得比較安心嗎？」

他一副不可一世的冷酷表情說：「照妳這樣說，我老爸是快死了。」

他的態度讓我很生氣，我的脾氣也來了，真的很想大叫：「來人啊！趕人！」可是我沒有，我耐著性子說：「我還是會勸你做啦！不過不管你做不做，我該做的我會做。」他不知道的是，其實在小舞第一次來時，我就已經「動手」做了。

他斜眼打量了我一下，然後冷冰冰地說：「我回去考慮看看。」

他的傲慢真的讓我很想拿金剛杵去K他一頓。

隔天做「十齋日」的時候，我許了一個願望：「我要讓他父親在走前沒有遺憾，化解他和妹妹間的仇恨，三個兄弟姊妹一輩子和樂。」

願許完後我突然眼冒金星，看到很多的黑石頭出現在我眼前。我看著石頭，心想：「喔！瞭解！」我進辦公室找了三顆黑石頭，並在上面畫一個藥壺。三個石頭剛好大中小，畫好後我就先放著，想說等有感覺時再處理。

這一天晚上，我睡到凌晨四點突然醒過來，看到書房的燈亮亮的，我爬起來要去關燈，走到門口時聽到聖誕歌曲，我心想：「什麼時候了還唱聖誕歌？」當我走進書房時，發現石頭竟然按大小很整齊地排成一直線放在我的桌上。我看了這三個排成一直線的石頭，心想：「嗯！成了，冷少爺一定會接受我的建議。」

早上起床後，我到廚房找了十幾雙全新的筷子，然後用紅線將筷子綑在一起，放到佛堂上。我邊綁邊想：「我希望他能一心不亂，堅持和我配合的決心，也期許他們全家能團結一致，就像人家講的：『家人同心，泥土成金。』」

夢中已預言　行孝要及時

一個星期之後，冷少爺自己打電話來跟我說，如果他妹妹改變很多，他或許會考慮接受我的建議。同時他也強調：「我絕對不會主動去找她喔，也不要想叫我打電話給他。」

我說：「先生，你不打電話給她可以，你不主動跟她招手也可以，但是你總要跟她見面吧！」

他問：「我為什麼要跟她見面？」

我說：「你不跟她見面怎麼知道她有沒有改變很多？」

他說：「難不成還要我請他吃飯？」

我說：「免！你只要讓她回家就好，你讓你媽媽叫她回來吃飯。」

他立刻說不要：「吃飯我不要。」

我說：「那你請你媽媽叫她回家看看就好，你媽媽講，她一定會回來的。」

他心不甘情不願地答應了我。

之後，冷少爺竟親自邀請了妹妹一家人參加他的婚禮，妹妹也真的很給面子的全家出席。婚禮雖然辦得很倉促，但是很溫馨，這個婚禮讓他們全家人的心重新聚在一起。

婚禮結束後的第三週，冷少爺的父親突然中風了，住院第三週，冷少爺的母親發現父親的肚子上長了一個東西，在醫院要檢查的前一天，他們打電話給我，想先問問看父親的狀況，我請他們隔天就過來找我。

隔天，他們五個人一起來到我的辦公室。我和冷少爺的母親是第一次見面，她一坐下來就先跟我道謝，謝謝我讓他們兄妹和好。她一邊謝眼淚就一邊掉，她說：「老師真的很謝謝妳啦，如果沒有妳喔，我們這口灶實在很悲哀也很可憐啦，兄弟姐妹才三個，就不相好。他喔，是很孝順啦，就是個性很拗，誰講都沒效，只有妳講他聽得進去耶。」

我看了他們父親的資料後告訴他們，最好有心理準備，爸爸算是正壽，最快年底，要不就是過年前會離開，再拖也頂多是一年或一年半的時間。後來，檢查出來的結果是大腸癌末期，醫生告訴他們的時間和我所說的一樣。

年底的時候，冷少爺的父親過世了。他打電話給我，說：「老師，我爸爸走的很平靜，沒有很痛苦，全部的兄弟姐妹都圍在父親的旁邊，陪伴他走完人生的最後的一程。那時候，我心裡暗自慶幸，還好我老婆有告訴您我的問題，還好，我接受您的勸，選擇放下跟原諒，還好我沒有留下遺憾，還好我沒有讓父親留下遺憾。我的心裡真的一直想著：『還好還好……』老師，我偷偷告訴妳，當我阿嬤過世時，小舞打電話給我的那一天，我在船上做了一個奇怪的夢，我夢到兩個牌位，一個是阿嬤的牌位，已經供在桌上，另一個我拿在手上，還問說：『這個要放哪？』我很清楚地看到上面寫的是父親的名字。現在想想，這個夢也是在提醒自己，父親的時間不多，行孝要及時吧。」

沒有遺憾　人生圓滿

民國九十五年，冷少爺的母親過世了，在母親過世前，他的弟弟和弟妹決定搬回家與母親同住，在同時，小舞也傳出懷孕的喜訊。

冷少爺說：「我們很意外，結婚這麼多年終於有了消息，最高興的當然是我媽媽了，她一直很希望能看到我有孩子。當一切都變得非常順利圓滿的時候，有一天在我上廁所的時候，腦袋裡突然閃過一個念頭……該不會有什麼事情要發生了吧？我記得父親生病前，有好幾天我都一直聞到一股奇怪的臭味，說不上來是什麼味道，也找不到來源。最近，我又開始聞到那股怪味道，我開始擔心母親會不會有什麼事情，到了晚上也不大敢睡，怕她老人家有事叫我而我沒聽見延誤了，我變得很緊張，隨時隨地處於備戰狀況。」

果然，五月的某一個晚上，冷少爺的母親因為突發的氣喘，在緊急送醫後，就在醫院裡過世了，他的弟弟妹妹也都趕到醫院見到母親的最後一面。小舞在醫院哭得非常的傷心，那時因為她有孕在身，冷少爺擔心她的身體會受不了，所以先送她回家。

他告訴我：「一回到家，我發現小舞很平靜地注視著前方，我問她是不是不舒服，她說剛剛一進家門，就看到前方突然出現一片花園，還看到爸爸牽著媽媽的手在那裡摘花，好恩愛好寧靜的感覺。她一邊說，斗大的淚珠一邊從眼眶裡滾落，我看了看掛在客廳的日曆，發現媽媽過世這一天正好是爸爸的生日，我笑了，我想我老爸今天一定收到了一份天大的禮物。」

「老師，我爸爸中風後三十八天過世，我爸媽結婚三十八年；爸媽年齡相差六歲半，爸爸走後六年半媽媽過世了；媽媽過世的日子剛好是爸爸的生日，這些究竟是巧合？或是冥冥之中上天早就做好的安排呢？」冷少爺笑著問我。

「家和萬事興，家不和被人欺。」手足互相怨恨，最心疼的一定是父母。兄弟姐妹是除了自己的伴侶之外，唯一可以陪伴自己、相互扶持最久的親人，這份一輩子的情誼是沒有任何東西可以取代的。

我常常告訴來找我的朋友，人生要圓滿，圓滿的人生就是不要讓自己有恨，不要讓自己留下遺憾，更不要讓自己的親人留下遺憾。

3 母親錯誤引導　女兒自毀前程入歧途

莫怪孩子做錯事，所謂「有樣學樣」，父母何不先回頭想想自己的行為觀念是否早已偏差？

民國九十五年一月，我第一次看到玉惠時，她整個人呈現很漂亮的粉紅色。當時她帶了一個小孩子的八字來找我，並說這個孩子是她領養來的。我看了八字之後，心裡立刻產生很多疑問——這個孩子是領養來的，但為什麼我會看到小孩和玉惠的先生有血緣關係呢？於是我只好小心翼翼地問了玉惠跟先生之間的關係。

結婚未帶生子運　領養小孩為求子

玉惠說，她和他的先生——阿康，在高中時就認識了，不過當時兩人不算在交往，只是對彼此都有好感而已，畢業後，兩人也一直沒有連絡，就這樣過了四年。有次他們在同學會上又碰面了，而且發現彼此仍然很有好感，之後他們便開始交往，四個月之後就結婚了。阿康的母親沒有反對，玉惠也只覺得阿康的媽媽是個好媽媽，應該也會是個好婆婆吧。

結婚一年後，有一天，婆婆突然帶了一個一歲的小女孩回來給她，說是領養來的。因為玉惠結婚一年都沒有懷孕，所以婆婆告訴玉惠：「我去算命，算命的說因為妳結婚沒帶生子運來，所以妳要「跟花」，先領養一個小孩，而且一定要是女孩，接下來才會生一個兒子，先有女再加一個子，才能湊成『好』字。」

當玉惠描述領養這個小孩的過程時，我看到她的旁邊啵啵啵的冒出很多小白花來，我以為我眼花了，因為小白花冒出來後隨即枯萎，立刻往下墜落。

她看到我盯著她看，很緊張地問我：「老師我怎麼了嗎，頭髮亂亂的嗎？」

我回過神來趕快解釋說：「沒有啦！我是在看妳的氣場。」

玉惠不疑有它，繼續說：「我跟我先生是有計劃的，結婚後我們有刻意避孕，所以當然不會懷孕了。可是我看到婆婆的舉動覺得很不好意思，老人家可能真的很想要抱孫子吧。我和阿康商量後，決定不再避孕了，只是一年過去，我還是沒有喜訊。」

她表情疑惑地說：「我婆婆很疼愛這個小女孩，抱回來的這一年裡，只要小女孩一哭，我婆婆就會認為是我沒照顧好，而且會非常生氣地責備我。剛開始，我覺得我婆婆很有愛心，可是慢慢地我發現她的行為很怪異，到了讓人匪夷所思的地步。她常常會質問我：『妳是不是偷打她？因為她不是妳生的，妳就欺負她對不對？』三個月前我做了一個夢，夢到這個小孩的媽媽來找小孩，並且跟我談判說：『這個小孩是我跟妳先生生的……』我連續三、四個月都重複做著這個夢。我把這夢告訴我婆婆，我婆婆竟然很生氣地說我會虐待小孩，還把小孩帶走不讓我碰，連晚上睡覺也讓小孩睡在她自己的身邊，而且……」她猶豫了一下才吞吞吐吐地告訴我，她發現這個小女孩真的長得和先生有點像。所以她想問我：第一，她是不是真的沒有生子運？第二，這個小孩是不是她先生在外面偷生的？

當玉惠講到她的惡夢已經連續快四個月的時候，她旁邊開始長出像海帶一樣的草，長長黑黑的，這個草站起來又倒了下去，樣子很像海裡面飄的海帶一樣。我幫玉惠打了個卦，告訴她：「這個小女孩跟妳先生家是有血緣關係的，但她不是妳先生的小孩。」

我接著問她：「妳是不是流產過？」

她眼睛瞪得很大，點點頭說：「妳怎麼知道？連續作惡夢的這幾個月裡，我流產了二次。」

我安慰她說：「妳的壓力跟恐懼太大了，這樣會生病的。」

我一邊和玉惠說話一邊剪線，我用七十二條彩線編了六條紅色、六條五彩的金剛繩給她，要她六條掛在她跟先生的衣櫃裡，另外六條掛在前後陽台，並交待她：「掛好後過幾天打電話給我，看看有什麼變化。」

隔天，玉惠就打給我說：「老師，我昨晚都沒有再做惡夢了，一覺到天亮耶！而且我今天一整天心情都非常愉快。好神奇喔！為什麼這麼普通的繩子這麼好用？而且我現在一直在想，要怎樣照顧好這個小孩？要怎麼樣安撫我的婆婆，怎樣才能改善和婆婆之間的關係。」

我鼓勵地跟玉惠說：「妳先生是很愛妳的，妳要信任他。有機會多和妳婆婆聊聊天，她是個很沒安全感的人。小孩妳要發自真心地好好照顧，時間到了真相自然會大白。」

竹網防護罩　八卦阻自殺

玉惠回去之後五個月，某天，本來一個人在外面租房子的小姑突然搬回來了。玉惠的婆婆非常開心，她要小女孩叫小姑「媽媽」，改叫玉惠「阿姨」。玉惠覺得婆婆的行為非常怪異，因為婆婆仍然要小女孩叫阿康「爸爸」。當下雖然阿康也覺得母親怪怪的，但他們並沒有多問。

某天下午，玉惠在房裡午睡時被驚醒，原來是小姑在陽台上不知道跟誰在講電話，越講越大聲，吵得非常兇，後來還聽到小姑咆哮地大叫：「我替你生了一個女兒耶！」玉惠這才恍然大悟，原來小女孩是小姑的女兒。

真相大白的隔天，玉惠的小姑就在家裡服藥自殺，救回來後因為嚴重的憂鬱症，精神變得恍恍惚惚，常常自言自語地說：「媽媽說會生兒子的……媽媽說會生兒子的……這樣他就會更愛我……會娶我……」玉惠打電話來問我，是否有辦法可以幫幫她小姑。

我算了一下，跟玉惠說：「這幾天妳要看好妳的小姑，我擔心她會再次自殺。」

掛上電話，我馬上準備了二個凸八卦並綁上金剛杵，雖然我第一次做，但我的動作異常熟練。我不知道為什麼我會這麼綁，就好像八卦上已經有解說圖一樣，哪裡該繞圈、繞幾圈、哪裡要打結、打什麼結，全都清清楚楚地畫在上面，我就是照著編就好。

這個凸八卦的用意，是要將小姑的恨從根部排除，幫助她去除死亡的念頭、堅定努力活下去的意志，以免再次自殺。我將做好的二個八卦放在佛堂前拜拜，晚上睡覺時，我夢到關老爺出現，祂用八根竹筷子交叉編成一個網狀的方塊。

關老爺說：「我忘了教妳把這個也綁一綁一起寄過去給她，告訴她，這個要放在窗戶外面。」

夢裡我問關老爺：「這要做什麼用？」

關老爺說：「這是一個有保護作用的柵欄。」

我心想：「就這八根竹筷這樣綁一綁放在窗外，風吹雨打的不是很快就壞掉了。」

關老爺好像聽出我的心思似地，馬上說：「妳不要想這麼多，記得叫她要放在窗戶外面。」

隔天早上，我立刻將二個八卦和編好的竹網用快捷寄過去給玉惠。然後打電話跟她解釋，兩個八卦鏡，一個放在客廳，另一個放在廚房，因為這兩處是她小姑最常活動的地方。那個柵欄我還特別叮嚀，要放在小姑睡床躺下來右手邊的窗戶外，它就像替這個房子設結界一樣，保護住在這間房子裡的人。

玉惠在電話裡訝異地說：「老師，妳怎麼會知道她的窗戶在右手邊？她的房間也只有右邊有窗戶，左邊沒有耶。」

我說：「因為關老爺昨天出現就站在那裡啊！所以我知道右邊有窗戶。」

玉惠收到我寄過去的東西後，馬上照我的話將東西掛好。三天後她打電話告訴我：「收到東西的那一天，我小姑的意志還是很消沉，一直抱怨、非常傷心，我們都很擔心她會像妳說的再次自殺。我告訴她：『我找了一個老師，她寄給我一些保平安的東西可以幫助妳，我可以把這些東西掛在妳的房間嗎？』她沒有表示意見，但當我把妳給我的東西都掛好後，昨天她的精神變好很多，心情也開朗多了，也願意開口跟我講話，而且還告訴我整個事情的始末。醫生說，如果今天情況沒有惡化，再觀察幾天就可以準備出院了。」

母親錯誤的觀念　影響女兒的行為

我問玉惠：「到底發生了什麼事？」

「唉！說來話長啦！」原來玉惠的小姑以前在酒店上班，因為工作的關係，認識了一個男生。這個男生彬彬有禮、事業有成，但已經有了自己的家庭。他對玉惠的小姑很好，會帶她出去玩，也鼓勵她要上進。玉惠的小姑原本只是逢場作戲，沒想到最後竟真的愛上這個有婦之夫，甚至希望這個男生能放棄原本的家庭跟她共渡一生。

於是玉惠的小姑聽從母親的建議，開始計畫讓自己懷孕。玉惠的小姑和這個男生說，她不想結婚，但她很喜歡小孩，所以打算去精子銀行買精，生一個只屬於自己的小孩。不過她又很擔心借來的精子品種不好，目前還在猶豫當中。

這個男生一聽，打從心底欽佩小姑的勇敢與獨立。

小姑還和那個男生說：「如果你要，我也可以幫你生一個兒子。」不過這個男生很明白地告訴小姑：「我已經有很美滿的家庭，我的人生並不會因為沒有兒子而感到遺憾。」

這個男生並不知道玉惠小姑的計畫，還對她說：「如果妳不想結婚，卻真的很想擁有自己小孩的話，那麼我們可以生一個，不管是男是女妳都可以留著，也算為自己找一個人生的寄託。」這個男生以為這是一段理智的感情，沒想到卻是建立在一個天大謊言的陷阱上。

玉惠說：「小姑和那個男生協議好的結果是：這個男生幫小姑生一個小孩，但不會因此給小姑名份。但是我小姑只相信我婆婆的話，以為只要生了小孩，而且又是個兒子的話，就可以去跟對方談判、爭取地位，甚至開始幻想這個男人會為了自己和孩子，放棄原本的婚姻。之前我聽到小姑在吵架的那次，就是因為我小姑要求讓女兒認祖歸宗，但這個男人認為當初都講好了，現在竟然變成一場騙局，所以他當然不願意。」

「阿康知道之後，也想不透自己的妹妹怎麼會這麼笨，所以他很心疼我，請我原諒他媽媽的所做所為之外，還很謝謝我這麼替他妹妹想。」玉惠繼續說道：「其實我覺得小孩是無辜的，而且都是阿康家的小孩，沒有必要分到底是誰生的，所以我還是會把妹妹的小孩當成是自己的疼。」

後來，小姑的狀況越來越穩定，也感受到玉惠的用心付出，所以兩人的感情變得越來越好。不過，玉惠的付出卻引來婆婆極大的不滿，婆婆認為玉惠將所有的功勞都搶光了，還偏激地認為「為什麼兒子和媳婦的感情可以這麼好？自己的女兒卻嫁不到一個好男人？只能當人家的情婦，還得幫人家生小孩？」她婆婆甚至直接跟玉惠說：「你們的恩愛讓我很痛苦！」婆婆不平衡的心態，將所有的錯都轉嫁到玉惠及小孫女的身上。

一個母親竟然會嫉妒兒子和媳婦的感情好？我問玉惠：「妳婆婆很寵兒子嗎？」

玉惠說：「不會啊！我覺得她比較疼我小姑耶，她們母女比較有話講。」

「那她跟妳公公的感情好不好？」

這下玉惠又嘆氣了：「我嫁過來時公公已經過世了。阿康跟我說過，我婆婆是個很好強、很愛比較的人。她有過兩次婚姻，第一次是因為我婆婆對先生很不滿意，結婚半年就把老公踢出來了。然後她為了證明自己可以嫁得很好，離婚三個月後就和我公公結婚了。因為我公公當時是做拆貨的，而且是拆那種國際性貨運公司的貨櫃，所以常常可以揀到一些貴重的傢俱、或是運送途中因碰撞而有瑕疵的物品，像是鋼琴、沙發、桌子等等，運氣好的話還可以揀到昂貴的名牌貨。聽說景氣最好的時候，我公公手底下有二十多個工人，所以我婆婆以為我公公事業做得很大，是個有錢人，才會那麼快就決定嫁給他。」

「結了婚之後，我婆婆才發現她先生原來只是個搬貨工頭，她的物質生活達到標準了，但她卻嫌棄公公知識水準太低，所以她又後悔了，開始每天抱怨我公公說：『你根本就是個草包！我以為你事業做得有多了不起，原來都是揀一些破銅爛鐵，當初如果不是為了要報復，我才不會嫁給你。』其實，我公公是個很有生意頭腦的人，他會把揀到的貴重傢俱轉賣出去，而且價錢賣得很不錯。只是我婆婆愛賭，輸了很多錢，一直到我先生唸大學時，我公公的生意不像以前那麼好，家裡真的沒什麼錢了，我婆婆才停止到外面的場子打牌。後來我小姑開始上班賺錢，婆婆有了錢，又開始到外面去賭。阿康自己都說：『賭害了她一輩子，而她對愛情的不切實際又害了妹妹。』」

玉惠的婆婆因為感情不順，所以一直沒有安全感，她虛榮心強、對愛情不信任之外還有不切實際的妄想。所以當她看到兒子與媳婦相互扶持的樣子，心裡很不是滋味；看到女兒跟自己一樣，又有同病相憐的憤慨。當女兒自殺躺在醫院時，她跟兒子抱怨說：「除了你，男人沒一個是好東西！妳看看我，兩次的婚姻都被騙，你妹妹也被騙！」接著看著小孫女罵說：「今天妳要是有『那一根』，妳祖媽今天就有錢了啦！」

看到自己的媽媽這種樣子，玉惠的先生很生氣也很無奈，他們只能更用心的教育小孩，不讓小孩繼續受到污染和傷害。

耐心付出　總算得到回饋

阿康常常對玉惠說：「妳不要覺得痛苦喔！因為她是我媽媽，妳站在她的立場想，其實她也是很可憐的！我會用我的愛來彌補妳的。」阿康溫柔的安慰，讓玉惠願意去幫助、接納婆婆。而且她覺得自己真的很幸福，老公對她很好，什麼事都能好好溝通，所以我第一次看到她時，她的顏色是很漂亮的粉紅色。

玉惠的小姑出院後，心情穩定，也越來越開朗了。她辭去酒店的工作，開始和朋友合夥做生意，沒多久就到大陸去工作了。玉惠夫妻也和小姑商量，小孩就交給他們來扶養，而且還勸小姑如果遇到好的對象，一定要勇敢追求。

去年母親節玉惠打電話告訴我，她說她送了婆婆一條珍珠項鍊，她的婆婆非常高興，而且還為自己之前自私的想法和作法道歉！她婆婆對玉惠說：「妳不只愛我的兒子，還幫我的女兒、接受她的小孩，也不嫌棄我。當初我到處求神問卜亂拜，原來菩薩這麼慈悲，已經給了我一個好媳婦，真慶幸妳個性這麼單純沒有被我嚇跑。當初我也不是因為愛錢，只是想幫我女兒得到她想要的，那個男人條件不錯，我想，如果我女兒能生個兒子，那她每個月都有錢可以拿，就像領薪水一樣，又有一個伴可以依靠，沒什麼不好的。唉！現在想想，那時候我應該勸我女兒好好工作才對，而不是用盡心機佈這個局。」

一年過去，今年母親節玉惠又打電話給我，她說她婆婆現在每天都很開心，而且竟然還說要出去工作，連阿康都說：「我媽從來沒有工作過，現在竟然會想出去工作，真是新鮮事！」現在他們家就像一般家庭一樣，和樂融融，再也沒有心機和糾紛了。

當孩子的思想、行為偏差時，父母應當站在客觀的立場糾正，不應等到錯誤發生時，才來怪東怪西，就是不怪自己沒把小孩教好。

婆媳問題中，做先生的常常很委屈又無奈的自以為處在一個夾心餅乾的位置，卻沒想過自己是否正是問題的根源。其實，不管身為家庭中的那一個角色，只要是一家人，就沒有所謂的「計較心」，包容，永遠是化解問題的最佳方法。

4 腦性痲痺的小仙女　讓父母學習惜福感恩

身心殘障的孩子不是魔鬼，更不是做了壞事而來討債的累贅；每一個孩子，都是為了讓父母更懂得感恩惜福而派來的小天使。

民國八十年左右，我曾在三重租房子替人卜卦算命。那是一間長方型格局的小房子，通風不太好，因為那時我才剛結婚一年，日子過得還很辛苦，所以只能找這樣的小地方開業服務。不過這地方雖小，我們還是有供奉關老爺，只不過要委屈關老爺安在牆上釘的三夾板上。

也就是在三重開業的這段時間，我認識了做衣服的許小姐，我都叫她瑋瑋。有一回她來找我卜卦時，問我有沒有興趣遷到台北去，因為三重這個地方實在不好找，停車又很不方便，而那時她剛租下臨沂街一間有地下室的房子，她問我有沒有興趣跟她分租，一樓給我當辦公室使用，她的成衣工廠只要地下室就夠用了。

瑋瑋告訴我：「老師，我台北的朋友聽到三重都不想過來欸！」

我很不以為然地問：「有這麼遠嗎？」

她左顧右盼了一下，然後小小聲地說：「不是啦！是感覺比較亂啦！因為講到三重都會讓人家想到那種刺龍刺虎的兄弟，很可怕耶……」

瑋瑋的個性就是這樣大剌剌的，我大笑著跟她說：「對啊！妳現在正在跟論緣堂的堂主講話哩！這樣有沒有很可怕啊！」

當天晚上，我就夢到家裡的大門是打開的，所有的傢俱行李都打包好了，我跟先生倆人正在研究是要先把家當都搬上車，還是先把關公請上車去。

隔天一早，我就跟我先生說：「我們要搬家了！」

他含著一口早餐，滿臉驚訝地問我：「搬去哪？」

就這樣，我和瑋瑋連絡好，馬上就跟先生倆人跑去臨沂街看房子了。

桃紅色代表喜事　咖啡色代表家庭問題

瑋瑋的成衣廠一共有四個員工，應門的是一位張先生，我覺得他跟瑋瑋倆人是情侶，因為我看到他們倆身上同時出現桃紅色，可是瑋瑋不承認，只說張先生只是員工之一。接著，我走到地下室去看她的工廠時，著實被嚇了一大跳，因為樓梯下來就是個死角，光線昏暗，很難注意到旁邊有沒有人，一直走到最後一階，我才猛然發現牆邊站著一個女人。這個女人穿著打扮很樸素，可是左半邊的身體全部是咖啡色的，特別是手跟腳的地方顏色特別地深，再加上光線不足、旁邊堆放著深色絨布的情況下，猛一看，她的身體就像只剩下一半一樣。

我突然閃過一個念頭：「這個女的一定有問題。」但因為那天我趕時間，所以沒有多問。迅速地看過房子之後，我和我先生都很滿意，一樓辦公室格局方正，五天後我們就搬進去了。

搬過去以後，好幾次我到地下室去都沒有再看到那位咖啡色小姐，又過了二個月，瑋瑋公司的會計高小姐先上來找我問她女兒的前途，我跟她聊完後便順口問道：「你們樓下有一個頭髮很長、身材瘦瘦的小姐是做什麼的？」

這時，我才知道原來咖啡色小姐姓吳，是個打版師傅，跟著老闆瑋瑋已經六年了。

高小姐很好奇我為什麼要打聽吳小姐，我告訴她：「她看起來悶悶不樂的樣子，我覺得她一定有家庭上的困擾。」

高小姐不可置信地看著我說：「對啊！她很可憐耶！瑋瑋沒有告訴妳嗎？她兒子一出生就是嚴重的腦性麻痺病人，完全沒有行為能力，吃東西都要用灌食的，她的公公很早就過世了，婆婆也中風癱在床上，一個家就癱了二個……」

我說：「難怪……」

高小姐好像想到什麼一樣，咻地站起來說：「對喔！我們應該叫她上來給妳看一下對不對？我現在下去叫她上來。」

她下去後，吳小姐並沒有上來，不曉得是吳小姐太忙了，還是因為她不想問，我沒再追問。後來，吳小姐是在發生了以下兩件事後，才鼓起勇氣來找我。

帳款沒收到　反帶回五六個灰灰

就在會計高小姐找我之後的三個月，有一天我正在整理關老爺的桌子，瑋瑋突然從外面慌慌張張地進來，只喊了我一聲就往地下室衝，而且後面還跟著五、六個灰灰的，同樣很快地跟著瑋瑋衝到地下室去。

我把關老爺的香插上後，趕緊追到地下室去看看發生了什麼事。一下去，我沒有看到剛剛那幾個灰灰，也沒有看到瑋瑋。

張先生看到我，順口問：「邢老師，妳下來看衣服喔？要不要買衣服？」

我左右看了一下，地下室的衣服還真不是普通的多，我說：「這些衣服有在賣喔？」

張先生笑笑走過來說：「當然……」張先生話還沒說完，這時，我才看到瑋瑋摸著肚子從廁所走出來，說：「好險，剛剛差一點就要拉出來了……」

我問瑋瑋：「妳剛剛去哪裡了？」

瑋瑋臉色不太好的癱在椅子上，有氣沒力地說：「去收帳，可是老闆不在，因為老闆的爸爸今天出殯。我一離開那裡肚子就很痛，路上還吐了二次。」

她剛講完，剛剛那幾個「灰灰的」又出現了，而且這次還圍在她旁邊，我看了看，說：「小姐，妳要不要上來給關老爺點個香啊，妳剛剛帶了五、六個朋友回來耶。」

瑋瑋一聽嚇死了：「真的喔？我沒有做壞事欸！它們會不會對我怎麼樣？」瑋瑋聽朋友說過：「當邢老師看到特別的東西時，眼睛的顏色會變得不一樣喔！」她這時看出我眼白的顏色變得不太一樣，於是她馬上站起來緊緊地牽著我的手，一起到樓上跟關老爺上香。

一到樓上，這幾個灰灰馬上就跑到佛堂前，像疊羅漢一樣疊成一排。這時我要瑋瑋點香，然後敲鐘向關老爺稟告，並請求關老爺引領這些灰灰去它們該去的地方。剛講完，灰灰就在燭火旁越變越小，最後「啵」的一聲就不見了。

瑋瑋把香插上後告訴我：「感覺好像好多了耶！老師，該不會是我去收款，老闆的爸爸看我不順眼要給我好看吧！」

我說：「不是啦！大概是妳長得太可愛了，這些灰灰想跟妳打招呼啦！」

瑋瑋把手按在心臟上，說：「還好有妳！」

我笑著說：「它們沒有惡意啦！就算沒遇到我，妳自己也會好起來的，頂多就是拉個幾天肚子吧，妳就當減肥好了。記得，有空就上來給關老爺上上香！」

她下去後，馬上把我的英勇事蹟給宣傳了一遍。好玩的是，隔天竟然換張先生有事了。

路邊的野花不要採　地上的東西別亂揀

這天下午張先生一進門，我就看到他頭上兩邊各有一個彩色的小鬼，看起來就像梳了二個髮髻在頭上一樣。很明顯地，今天張先生的心情不太好，也沒有和人打招呼，就自顧自地邊罵邊往地下室走去。

我隨後也跟著下去，一下樓，瑋瑋正拿起電話要打，一看到我就把電話放下，還顫抖地說：「啊……是我嗎？不會又是我吧？」我癟癟嘴搖搖頭，指了指正往後面走的張大哥。這時，突然一股惡臭從後面飄出來，所有人都聞到一股很重的屎味，趕緊用手摀住鼻子。

吳小姐小小聲地說：「不要理他，他今天好像吃了炸藥一樣。」

瑋瑋也壓低了聲音問：「怎麼了？發生什麼事？」

吳小姐聳聳肩，說：「我也不曉得，他今天比較晚到，一進來就一直罵罵罵，也不曉得在罵誰。」

瑋瑋一副膽顫心驚的樣子，說：「難怪，我剛剛問他事情也不回答我，一開口講話就很衝，像吃了大便一樣。」她一講大便，那股臭味馬上又跑出來了，而張大哥這時也不知怎地，突然氣沖沖的走到瑋瑋面前，很兇的說：「隨便啦！我告訴妳，老子不幹了！看什麼看，老子不幹了！」講完後他就走上去了，臭味也不見了，只留下錯愕的我們。

瑋瑋看著我問：「邢欸！妳看到什麼？」我說：「他頭上插了二個小鬼！看起來他應該是有去怒犯到別人。」

我一講完，所有人都好奇地抬頭往一樓的方向看，瑋瑋馬上說：「唉唷！只有邢老師看得到啦！」我用手比著要瑋瑋別上去，我去看看就好。上去後，就看到張大哥氣呼呼的站在門口抽煙。

我從他背後拍了一下，說：「張大哥，你今天怎麼這麼兇？」我一拍，那二個小鬼馬上掉到地上，還抬起頭來看著我。

張大哥說：「早上我去送貨，停車的時候不小心碰到了前面的車子，開車的那個人一下車就大罵三字經說我冒犯了他們。」

我聽張大哥的語氣似乎沒這麼氣了，接著問：「你怎麼冒犯他們？」

張大哥說：「我也不曉得，我看他們好像在請牌位吧，車上有一個老先生，另外好像還有一個男的拿著一個竹簍子。」

我又問：「那你有沒有跟對方吵起來？」

他說：「沒有啦！我只跟他們說『也不用這樣就罵人吧！』他們好像也在趕時間，上了車就離開了，我就覺得心情很不好。」

我問：「你覺得是哪一種心情不好？」張大哥抽完最後一口煙，把煙頭往地上一丟、手一揮說：「不知道，反正就是怪怪的。」然後就回屋子裡去了。

我跟在張大哥屁股後面，問他要不要給關老爺上個香？他搖搖手告訴我，他沒有拜拜的習慣，而且一邊講一邊往地下室走。那兩個彩色的小鬼並沒有跟他到地下室去，反而停在樓梯口那邊往下張望。

張大哥才走三個階梯，竟然就整個人摔下去，把嘴都撞破了，幸好沒有大礙。爬起來後他馬上到關老爺前面雙手合十拜了一下，嘴裡還不甘願地說：「我剛才講話冒犯了，你們家關老爺生氣了。」

我心想：「亂牽拖，明明就是自己心情不好走路不專心才會跌倒的，關老爺那麼慈悲怎會為這種小事生氣。」不過，當他雙手合十跟關老爺拜拜時，我看到那兩個小鬼咚咚咚地疊在一起，然後就消失不見了。

這天晚上，我夢到兩個小鬼在我面前跳過來又跳過去，抓都抓不到，累得我一個晚上都沒有睡好。到了第二天晚上，我又夢到關老爺輕輕捏著我的鼻子叫醒我，我本來要坐起來的，可是關老爺用食指抵住我的額頭要我躺回去，我看到他另一隻手拎著一個東西，兩頭釣著二個小鬼。

這時我才醒過來，關老爺不見了，不過床邊卻掉了二根關老爺頭上的紅線。

到了公司之後，張大哥一進門，我馬上就問：「張大哥，你撞到對方那天有沒有揀到什麼東西啊？」

他想了一下，說：「揀東西喔……有啦！那天我在車門地上看到二朵小春花（一種祭拜祖先用的花飾），我覺得很漂亮，就把它揀起來放在車上。」

我請張先生把春花拿給我，並且把這兩朵花放在關老爺的桌上，等到拜拜的時候一起燒掉。（老一輩的人都會交待我們不要隨便揀路上的東西，如果揀回家或收起來就麻煩了，可能會倒楣或生病好幾天。）

燒掉後的一個星期，某天張大哥一反常態，一進門就主動給關老爺上香，我問張大哥怎麼了，他告訴我：「邢老師，我今天又去那家店盤點，和老闆及店員聊到那天發生的事，我才曉得那天說我冒犯的那些人就住在那家店的樓上。那家人只有兩兄弟跟老爸爸，老闆說那家人都不太正常，唯一正常的就是那個老爸爸。我還問老闆：『他們的媽媽呢？』老闆說不知道是自殺還是病死了，而且老先生之前就娶過老婆，好像也生了二個小孩，不過都沒留下，有人說是難產死了，也有人說是母親殺了小孩後又自殺，反正很亂啦！」張大哥喝口水後繼續說：「邢老師，當我聽到有二個小孩死掉，就想到你說有二個小鬼跟著我，我整個頭皮都發麻了！」

當天晚上凌晨二點半左右，我突然醒過來，看到關老爺就像包公在審案子一樣，坐在一張很大的椅子上，前面還擺了一張大桌子，桌上擺了很多張名單。關老爺很威嚴地拍了拍桌子，底下跪著三組人，最前面的是一個老太太，老太太後面有一個柵欄將她跟後面的人區隔開，後面跪著兩個女人，後面各跟著一個小孩，我一看到那兩個小孩馬上就認出是張先生頭上那兩個彩色的小鬼。

看起來，關老爺似乎是在審問、定罪並幫助她們渡過關卡。關老爺告訴老太太，只要走到他的後面繞兩圈，她的苦難就會從此結束。我看到老太太照做，然後就像坐電梯一樣一直往上升，慢慢地就不見了。

輪到後面的婦人跟小鬼時，關老爺突然轉向我這邊，用手一指要我跪下，我當時的反應是：「啊！被發現了！」當我還在想要跪在哪裡時，一個聲音告訴我：「就地跪下！」我咚地一聲馬上就跪在房門口，一道金色的紗簾從天而降將我跟他們隔開，那個金色的簾子好漂亮好柔軟，我發現除了關老爺以外，其他的人並沒有看到我，我就像是在上課一樣地跪在旁邊。

原來，老先生有二任老婆，大老婆生完兒子後沒幾天就過世了，兒子也跟著夭折，後來老先生續弦，二老婆也生個兒子，小孩五、六歲的時候又病死了，一年後二老婆也跟著病死了。這時我心想：「喔！原來是這樣啊！」當我這樣想時，所有的景像都消失了，就像電視突然被關掉一樣，只剩下金色的紗簾還在我的前面，我趕快躡手躡腳地溜回床上繼續睡覺。

經過這件事情之後，張大哥已不再那麼鐵齒了，和大家的感情也越來越融洽，家裡有什麼事情都會過來找我聊聊。

因病化解婆媳問題

張大哥的事結束後沒多久就是農曆年了，過完年後，因為咖啡色吳小姐的婆婆二度中風送加護病房，加上瑋瑋的宣揚和二次親眼目睹同事的經歷下，吳小姐終於鼓起勇氣來找我，問道：「這一次婆婆會不會走？」

瑋瑋口無遮攔地在旁邊講：「唉喲！妳婆婆走了妳要去放鞭炮啦！」

我很嚴肅地瞪了瑋瑋一眼，說：「話不能這樣說。」

瑋瑋小小聲地告訴我：「邢欸！吳小姐嫁過去的第四年，婆婆就中風了，癱到現在也四年多了，她還有一個小孩也是躺在那需要照顧。妳看她有多可憐。不是我沒同情心啦！可是，她婆婆走掉真的比較好啦！」

吳小姐給人的感覺就是一副很苦的樣子，沒什麼光澤，我告訴吳小姐說：「算算看吧！我的直覺不會錯。」於是吳小姐把她婆婆的名字跟生辰八字寫給我，我算了算，說：「妳婆婆這一次只是進廠保養，以她的八字來看，她的壽命是到七十六歲，她現在是七十三歲，應該還會拖個二、三年吧！不過人的壽命會因為個人的因果業報而加長或變短。」

瑋瑋在一旁叫著：「天啊～妳還要再熬二、三年喔？好久喔～那我們是不是多做點壞事，這樣就可以不用活這麼久了？」

我說：「壞事作多所受的苦不見得是壽命變短，也可能是你活得很長壽，可是卻活得比別人辛苦，受更多的折磨。」

吳小姐倒是一點也不意外地說：「我婆婆過六十九歲生日前曾經做過一個夢，夢裡有個老先生跟她說，她的正壽是吃到六十八歲，六十八歲以後的壽命都不是她的。結果她過完六十九歲生日的隔天就中風了。」

瑋瑋疑惑的問：「六十八歲以後不是她的？那現在中風的這個人是誰？」我看著吳小姐，說：「六十八歲之後的日子就是妳跟妳婆婆的功課了，不管她是不是活到七十六歲，妳就認真把它做到最後吧。」

吳小姐很不甘願，她說：「為什麼會是我？她有三個兒子，大兒子家境最好，而她最疼的是小兒子，他們的太太都不用照顧而我要？為什麼我跟先生很認真的工作，我們沒有做壞事，我懷孕的過程都跟其他的孕婦一樣，我沒有亂吃藥也沒有亂釘東西，老天爺卻給我這樣的小孩？」

我靜靜聽完她的埋怨後問：「妳婆婆中風前跟中風後對妳的態度有沒有改變？」

吳小姐說：「我剛嫁過去的時候，婆婆對我的家世很挑剔，因為我父親是個工人，母親是小兒麻痺，她嫌我長得薄相沒有福氣，生完小孩看我更是不順眼。不過，因為她中風後都是我在照顧她，每次幫她擦完身體，她的表情好像都很感動，有幾次，她看著我，似乎很努力地想說謝謝。其實我婆婆中風後對我是不錯的，而且她並不難照顧，只是要餵食、幫她翻身跟清理大小便而已。」

我說：「對啊，因為這場病、因為妳的照顧，婆婆才有機會知道妳是一個好媳婦，而且才會對妳心懷感恩。」

不甘心生下腦性麻痺兒　再接再厲繼續生

問完婆婆的身體狀況後，吳小姐還想問有關她兒子的問題。我請她將她本人、先生及小孩的資料寫給我，但很奇怪的是，吳小姐剛把三個人的資料寫完，突然就停電了。我還記得那時是下午四點半快五點的時候，停電停了將近二十幾分鐘，所以吳小姐的這個問題我當天並沒有算完。

隔天早上十點多，我又把吳小姐的資料拿出來看，我一算，心想：「糟糕！吳小姐應該會很堅持想再生小孩，而且，她生下的小孩都會是來受苦的，以科學角度來說，就是『男方的基因有問題』。」我看著吳小姐的資料思考著，現在只能勸吳小姐去做基因培養，讓醫生來證明了。

我走到地下室請吳小姐上來，這一次我要瑋瑋別跟在旁邊，讓我和吳小姐單獨談談。

我問她：「妳對妳的兒子很不滿對不對？」她一聽，馬上就哭了。她說她不是不滿，只是覺得不甘心，她說：「其實我的兒子長得很好看，他很乖，而且他似乎能了解我的苦。每一次我跟他講話，他都會回答，而且只有我聽得到。（其實，她的兒子並不能了解她的苦，當然也不會回答，這些聲音都只是吳小姐對兒子的期待與愛。）我不是恨，只是不明白為什麼會這樣。有一次我去廟裡抽籤，有一個算命的告訴我，我先生家的祖德有問題，他的曾祖父曾經殺過很多人，他的爺爺很風流，和女人玩玩之後還把人家害死。我聽完回去後有好幾個月都不敢面對我兒子，所以我不敢來找妳算命，我很怕妳會跟我說什麼不好的事情。」

看得出來吳小姐比昨天還緊張，臉色慘白，而且一直在咬指甲。我告訴她：「不用擔心啦，我只是想問問看妳對妳兒子有什麼想法而已。」

吳小姐頓了一頓，靠過來小小聲地說：「其實，我想再生一個小孩，這樣對我兒子才公平。不管生的是弟弟或妹妹，將來都可以照顧他，不然以後我跟我先生死了那他怎麼辦？而且我不甘心，我大伯生的小孩都很正常，怎麼可能我生的就會不正常。」

當我聽到這個答案時，我的內心不斷地發出慘叫聲：「這下死定了……」

我搖搖頭，說：「妳不可以生耶。妳要不要卜個卦看看，問問如果妳再生一個小孩好不好？」

結果卜出來的是「坎坎卦」，意思是肯定不好的。她馬上說：「剛剛沒唸好，我再重講一次。」再卜一次，結果竟然還是「坎坎卦」。不過吳小姐仍然不接受，她要求再重卜一次，這一次她問：「我要為我兒子生個弟弟或妹妹來照顧他，請問這個小孩會不會健康？」結果，這次卜出一個「井卦」來。我翻書給吳小姐看，告訴她：「其實這個井卦，不用解釋妳也明白，這個小孩跳不出這個井，看不到外面的世界也無法跟外面的社會溝通。」

最後我還是勸她：「妳不相信玄學也應該要相信醫學，我覺得妳跟妳先生還是先去做檢查，用科學的方式來證明吧。」

用固執蒙蔽雙眼　遮蓋耳朵

這一次的諮詢就此打住，吳小姐用沉默說明了她完全沒把我的話聽進去。而且沒多久之後，吳小姐就懷孕了。在懷孕第二個月的時候，她曾經大量出血，結果她跑去醫院請醫生幫她安胎，在醫院躺了七天。

懷孕三個月的時候，吳小姐才到台大去做檢查。瑋瑋告訴我，台大的醫生建議吳小姐最好不要冒險嘗試，因為檢查出來的結果，胎兒不正常的機率高達百分之八十。

瑋瑋激動地說：「邢欸！妳知道嗎？她竟然問醫生：『有沒有人聽完你們的建議之後，結果生下來是正常的小孩？』妳看她是不是真的很固執？百分之八十的機率耶！她還是要生！要是醫生告訴我有百分之八的機率我都不會想生。」

懷孕至第四個月時，吳小姐知道懷的是女生了，她非常高興，不過從此也不再去做產檢了。瑋瑋無奈地告訴我：「醫生要她做羊膜穿刺檢查，可是她不要。她天真的想，既然安胎安下來了就一定是老天爺聽到她的請求。她根本就在逃避、不敢面對事實。」

到了第五個月，她發現，咦！怎麼每天去公司都有沒看到關老爺？她很好奇我們是不是每天下班都會把關老爺收起來，上班才把關老爺放回神案上。

有一天，她終於忍不住問瑋瑋：「邢老師下班都把關公搬到哪裡？他們家桌上怎麼都沒放關公了？」

瑋瑋滿臉疑惑地上來一樓看了看，說：「有啊，關老爺在桌上啊！還有插香哩！」

當瑋瑋轉述給我聽的時候，我歪著頭想了一下，或許是她自己的害怕和逃避、不願意面對事實，所以真正的事實——關老爺明明就在桌上，她都看不到。

瑋瑋叫吳小姐自己上來看，這次她終於看到關老爺了。我拿了香給吳小姐，讓她跟關老爺上個香，並且拿出二個從關老爺家鄉帶出來的香包送給她們，一個保祐瑋瑋出入平安，一個保祐吳小姐能順利生產。

關老爺入夢　預言小仙女誕生

吳小姐生完後的第十天，我才知道她生了，當然這也是瑋瑋告訴我的。她希望我能去看看吳小姐，因為她又生下一個重度腦性麻痺的女兒，吳小姐只能每天以淚洗面。

「唉！她實在是沒什麼資格哭啦！當初我們怎麼勸她都不聽，真的是自找的。可是，邢欸，我看她這樣，還是覺得很可憐！妳去看看她好不好？看看能不能幫她什麼忙。」瑋瑋哀求地說。

當我到醫院看過吳小姐的女兒後，我真心地告訴她：「妳的女兒好漂亮，妳生了一個天使。而且，既然妳選擇了，就要勇敢面對。」

她立刻哭了出來，問我：「我公公有去找妳嗎？他也是告訴我要面對現實。」這時她才告訴我，其實從一開始懷孕她就一直惡夢連連。

「我在懷孕第二個月的時後，就夢到一大灘血，然後夢到已經過世的公公罵我：『妳不應該生下這個小孩，妳會害了妳自己也害了這個小孩。隨緣吧，讓他去吧，不要強留，不然妳會很辛苦的。但如果妳堅持要把他生下來，就要有心理準備好好面對。』隔天，我就大出血跑去醫院安胎，醫生也勸我不要勉強，生命在孕育的過程中，如果發育不完全或不健康，它就會被自然淘汰，一切應該要順其自然，尊重生命本身的選擇。可是，我要求醫生一定要替我安胎，結果在醫院住了七天。這七天我不斷夢到二個很可愛的小孩子在嘲笑我要生小孩的事，但當時我已經鬼迷了心竅，我安慰自己說，夢境跟現實是相反的，我甚至認為兩個小孩的出現是在暗示我會生一對雙胞胎出來。」

出院後回到家的第一天晚上她做了一個夢，夢到自己參加一個很大的法會，很多人在拜拜，她看到觀世音菩薩坐在中間，有位穿著全白還披著一條紅絲巾的女生，很虔誠地正在給菩薩叩首。

吳小姐說：「那個女生穿的衣服真的好漂亮，我走向前很想看看那件衣服是怎麼做的，我一近看，那個女生原來就是邢老師妳。接著，觀音菩薩突然開口跟我說：『妳要聽邢老師的話喔！不然妳會受苦的。』醒來後，我很想問妳這個夢是什麼意思，可是我很怕妳會叫我去把小孩拿掉。」

「後來，妳給我關老爺的香包，拿回家後我連續三天做同樣的夢。我夢到關老爺告訴我：『妳會生一個小仙女，這個小仙女跟她哥哥一模一樣，她是來報恩的。』」

我點點頭說：「對啊！妳看我們家關公都跟妳講了，她真的很漂亮，她真的是來報恩的，她會跟妳相依為命，妳到哪裡她就跟妳到哪裡。」

自從我去看過吳小姐以後，她不再哭泣。出院後她進入一貫道，改變非常多，她原本很喜歡吃活魚、活蝦、生猛海鮮，後來她改吃全素；她原本不太拜祖先，後來跟大伯要求是不是也可以讓她在家裡立一個祖先牌位，並且每天跟菩薩及祖先叩首兩千次。

生完女兒的第二個月，吳小姐的婆婆過世了，這一天剛好也是她公公的忌日。她很坦白地告訴我，她自己的個性是有問題的，她剛嫁過去時，婆婆如果挑剔她做的家事或燒的菜，她都會在心裡詛咒婆婆不得好死，就像她母親詛咒她的奶奶一樣。

吳小姐說：「我奶奶過世時，我媽媽高興得想放鞭炮，而且她不准我們去送奶奶，所以我奶奶的喪禮我們從頭到尾都沒有參加。當我婆婆中風時我很害怕，那時候我覺得『報應』來了。後來，兒子出世、婆婆中風，接二連三倒楣的事發生，我很恨、很埋怨，我不曉得上天為什麼要這樣對我，不曉得自己究竟為什麼而活。」

「我曾經想過乾脆全家死一死算了，而且那時候兒子的狀況不好，我在想兒子如果死了，我一定會跟著自殺。日子一天過一天，我越想越不甘心，所以我想再生一個，除了希望將來自己不在了，能夠有個弟弟或妹妹來照顧這個哥哥以外，我心中另一個想法就是想扳回面子，證明自己是能生出正常小孩的。」

吳小姐嘆了口氣，繼續說：「我繞了這麼大一圈，才發現以前自己總是拒絕別人的好意與關心，以前我都認為他們是在看我的笑話，現在心念一轉，才發現感恩與接受的重要。」

銅風鈴送佛樂　相信小孩是天使來報恩

民國八十四年關老爺生日的前幾天，她夢到我們要去拜拜而且還有發放禮物，她還拿到了一個銅風鈴。隔天到公司，她一看到我就問我是不是要去拜拜？

我說：「對啊！關老爺生日，所以我們要去祂的故鄉拜拜。」

吳小姐把她的夢告訴我，還問我是不是有抽獎？

「對啊！車上會有禮物大放送。」

吳小姐說：「我夢到我抽到銅風鈴耶。」

我笑一笑說：「那個不會是抽獎抽到的，應該是我送給妳的啦！妳等我一下，我綁一個給妳。」

後來，她很感激地告訴我銅風鈴幫助她很多，自從掛了風鈴以後，她常常聽到佛樂，很好聽好像天使在唱歌，而且她越來越相信兩個小孩是來報恩的。

「他們雖然癱在哪裡可是很好照顧。」她說，夫妻倆的身體也越來越好，兩個人變得很有話聊，也可以存得住錢了，後來還買了一間新房子。而且原本不常往來的大伯與小叔都變得比以前更親蜜，她的小叔自己沒有生小孩，有時候還會過來幫她帶小孩。

我有一次開她玩笑說：「妳這麼有經驗，要不要再生第三個。」她笑笑說：「我以前很失敗，看不清自己，現在我很清楚的知道，我這輩子的使命就是來學習做人以及將這兩個小天使照顧好，然後，為自己的母親做佈施與懺悔。」

原本咖啡色很黯淡的吳小姐，現在臉上的線條和身上的色彩都柔和多了。每天上班都精神飽滿，大家都說她越來越有福相。一個天使的降臨讓她的家團圓、凝聚，讓她學會懺悔、感恩與回饋，我想她的人生功課應該是得到了甲上。

許多人看到家裡有身心障礙的孩子時，總是用異樣的眼光來看他們，認為一定都是上輩子做了什麼壞事，這輩子才會有這樣的「報應」。其實不然，每一個小朋友真的都是天使下凡來的，只是面貌和方式不同，為的都是教導我們包容與愛。

Chapter 2 家暴陰影 身心永遠的痛

沒有人可以選擇家庭。生長在變態、扭曲環境中的孩子，必須比別人擁有更堅定的信仰、用更大的力量，才能跳脫黑暗，自創光彩的人生。

5 父親變態的愛　兄妹身心的傷

虎毒不食子，如果連動物都知道要愛護自己的小孩，那麼身為萬物之首的我們，又是在什麼樣的情況下做出違背倫理的事情呢？

阿滿是我第一本書一出書時就來找我的讀者，她沒先打電話預約，直接拎著一個皮箱就從彰化坐快車到台北找我。她說：「我想，如果找不到，我就在台北住一晚，隔天再繼續找。」或許是上天聽到她堅決的請求，她很順利就找到了。現在回想，我覺得她是個很有福氣的人，她看完我的書之後毫不猶疑地付諸行動北上找我，而且她想要改變現況的態度非常堅定，所以她只來一次就解決了問題，從此之後她再也沒有出現過。

臉上顯現四顏色　精神瀕臨分裂狀態

說也奇怪，阿滿來找我的那天，我早上起床時突然覺得身體不太舒服，所以請特助打電話取消所有的預約。早上十一點阿滿直接找到我家來時，我剛好起床坐在客廳看電視，我一看到她就嚇了一大跳，她的臉像斑馬線一樣：額頭出現一條很黑的線，延著眼窩的地方又有一條紅色的線，人中則出現一條綠色的虛線，另外下巴的地方也有一條白色的線，這四條線像霓紅燈一樣閃閃閃了三次。

一看到她，我心想：「哇！這個人是怎麼了？」當我告訴她我就是邢老師時，她很激動地馬上跪在我面前，哭得淅瀝嘩啦的說：「老師，求求妳幫幫我。」

我家人趕緊把她扶起來，我把她請到辦公室裡面，跟她說：「妳先坐一下，我上個洗手間。」等我上完廁所回來她還在哭，一直等到她情緒平靜了一點，我才問她：「妳為什麼這麼傷心？」我一問完，她又開始傷心地哭了起來。

阿滿告訴我，她很痛苦，她有很嚴重的失眠、酗酒問題，而且還會自殘──拿剪刀剪自己的肉。

我問她：「不痛嗎？」

她說：「可能是喝了酒吧！當我很痛苦很痛苦的時候，這麼做會讓我有快感。我只要想到自己的過去就好痛苦，可是又不知道能夠找誰說。我看過精神科，醫生說我得了憂鬱症，也開了「百憂解」給我吃，還說我接近精神分裂，如果再繼續惡化下去，可能就會變成精神分裂的族群。而且……我已經結婚兩年了，可是我沒有辦法跟我先生行房。」

我問她：「妳會恐懼嗎？」

這時，阿滿才悠悠地對我講出壓在心裡很多年的祕密。

父親的愛不是愛

她說：「小時候爸爸很疼我，他總是抱著我，怕我跌倒，所以我到兩歲都還不太會走路。從我有記憶以來，我就知道爸爸是非常愛我、疼我的，所以爸爸要我做什麼，我都會照做。」

阿滿吸了口氣，繼續說：「第一次發生在我小學三年級的時候，有一次媽媽回外婆家，爸爸帶我到他的房間，他沒有穿褲子，叫我親他的那邊。他跟我說：『平常都是媽媽在做，因為媽媽今天不在家，所以妳要幫爸爸做，不然爸爸會生病、會痛痛，妳要幫爸爸愛它、親它。』我那時候不懂，以為如果不照做爸爸就真的會生病，所以我就照爸爸的話做……後來爸爸交待我，不能告訴媽媽，不然媽媽就會生病。從此以後，只要媽媽不在家，爸爸就會要我幫他，到了小學四年級的時候，我爸爸就……」

講到這裡時阿滿就講不下去了，她哭得非常傷心，阿滿小學四年級的時候就被爸爸誘姦了，她爸爸用同樣的理由對她說：「如果不做，爸爸就會生病。」這樣的狀況一直持續到小學五年級阿滿月經來的時候，父親才停止對她的行為。

但是，阿滿還是一直幫父親「親親」，直到國中教健康教育的時候，她才知道原來這樣的行為就是「性愛」。從此以後她開始躲她爸爸，可是爸爸還是會找她，而且還告訴阿滿說：「爸爸真的很愛妳，我對妳有養育之恩，所以妳替我服務有什麼不可以！」

阿滿也曾經跟媽媽求救過，可是媽媽竟然警告阿滿：「不可以說出去！妳爸爸是個很愛面子的人，下次如果他再找妳，妳就跟爸爸說妳會告訴我，但是妳千萬不要讓爸爸知道媽媽已經知道了。」

阿滿傷心地說：「我覺得媽媽根本就沒有幫過我。」

我問阿滿：「妳現在長大了、也結婚了，妳覺得妳媽媽沒有幫妳是因為怕妳爸爸嗎？」

阿滿說：「媽媽是害怕離婚失去依靠！因為她沒有謀生能力，家裡的經濟全靠爸爸一個人。」

我問：「從四年級到五年級妳月經來之前，妳爸爸跟妳做過很多次嗎？」

阿滿點點頭說：「幾乎每個禮拜。那時候我都認為爸爸很疼我，因為我幫爸爸親親，所以爸爸沒有死，而且每一次替爸爸做完他都會帶我去買很多東西，我哥哥還一直認為我爸爸偏心。六年級的時候，我哥哥已經唸國一了，有一次我問哥哥說：『如果我幫你親親，你是不是會買很多東西給我？』我哥哥嚇壞了，跑去跟媽媽說我有神經病，可是我哥哥並不知道我有幫爸爸做。」阿滿再一次痛哭失聲，在我面前一直罵自己真的很笨，她一直以為這些都是小孩應該要做的事情。

為求自保走他鄉　轉移目標兄遭殃

她繼續說：「高中時為了逃離我爸爸魔掌，我跑到新竹去唸書，這也是我媽媽要我這麼做的，她認為我離開家會比較好。有一次，我爸爸跑來新竹找我，我嚇死了，躲在同學家都不敢回住的地方。等我回去時，發現我爸買了很多東西放在門口，到現在我都還在想：『不知道他是不是想來跟我道歉？』」

「高中畢業回南部後，我都是住在外面，沒有再搬回家去。有一次，我媽找我出來談，她很生氣地告訴我，自從我離家念書後，她跟爸爸的感情就變得很不好，我爸像失戀一樣很傷心、很頹廢，而且開始酗酒。我媽怪我說，如果不是生了我，他們的婚姻不會變成這樣，她甚至還說是我破壞了他們的婚姻、是我搶了她的男人，叫我以後都不要再回家，乾脆死在外面算了。」

「回家的路上，我反覆思考著，我不懂『人活著究竟是為了什麼』，我買了一瓶高粱回家，喝了幾杯後我就割腕自殺，結果被室友緊急送醫救回來。我媽在我出院前還來打我，問我為什麼沒有死？她有多希望她來醫院只是在我的死亡證明書上簽字！出院後我辭掉了南部的工作，就上來台北了。」

我很驚訝阿滿的母親在事情發生時，竟然會選擇用「假裝不知道」的方式來逃避責任。她母親並不是無知，而是她為了求得安穩的生活而選擇放棄自己的道德觀，讓小孩接受親生父親的性侵害，這真是一件非常奇怪的現象。

我靜靜地聽阿滿講話，一邊觀察她，我發現當阿滿講到父親的時候，額頭上的黑線就會變得特別的黑，而且還是髒髒的黑；阿滿講到傷心的時候，眼窩的紅線就會特別地紅；提到無法與先生行房時，綠色的線就會變亮；說到對母親的恨時，白線就會消失，我想她應該是很想孝順母親而不願意去恨吧。

自阿滿小學六年級開口要替哥哥親親的事件發生後，她和哥哥就形同陌路、幾乎沒有交集了，出社會之後，阿滿幾乎都快忘記還有一個哥哥存在。直到二十六歲那一年，某天，阿滿的哥哥突然來找她，她才知道為什麼哥哥唸高中的時候會精神異常？當兵時為什麼會因為精神問題就醫而提早退役？為什麼哥哥和爸爸之間越來越水火不容？

阿滿說：「我哥來找我，說他去看了心理醫生，醫生要他要回溯到小時候，對他曾經傷害過的人和做錯的事道歉。我哥哥告訴我，當初我說要替他親親時，他對我很生氣，但是他不知道那時我已經被爸爸性侵害。當哥哥這樣說時，我不敢承認，甚至還不斷地否認。後來，哥哥說出讓我更吃驚的事，原來他唸高中的時候，爸爸甚至連他也不放過。」

「原來，在我開始知道爸爸的行為是不對的、開始躲避爸爸的時候，我爸爸就把對我的愛轉移到哥哥身上。剛開始他會找哥哥一起看A片，慢慢地就越來越進一步……。一開始哥哥還覺得爸爸怎麼這麼好，竟然還會教他這些事情，可是當他發覺事情不對開始逃避爸爸的時候，我爸爸竟用斷絕一切經濟來源的方式來逼他就範，甚至還會將吃完的剩菜剩飯全部倒成一鍋，像餵豬吃的一樣讓哥哥吃，而且天天對著哥哥口出惡言。」

「後來，當哥哥有工作能力之後，他也搬出去了，但他一直無法突破『妹妹要幫他親親、父親對他性侵害』的陰影。他交女朋友的時候，每次親熱到一半，他都會想到爸爸對他做的事情，都會很用力地把對方推開，然後激動地原地踏步、哭叫、把自己的全身抓得傷痕累累。直到哥哥的第二個女朋友發現這種狀況，才問我哥哥是不是曾經被侵害過，她不斷地、細心地安撫他、安慰他，告訴我哥哥沒有關係、一切都過去了，然後陪著他去看心理醫生。我哥哥在這個女朋友細心陪伴下，同時接受了身體與心理的治療，才慢慢走出這個陰影。」

阿滿嘆了口氣，說：「最後，我哥哥對我說：『我以前不知道為什麼爸爸總是對妳這麼好，等到爸爸對我做了同樣的事，我才知道原來妳也受到同樣的遭遇。』我聽完，抱著我哥哥哭了好久。」

父親病重命垂危　傷害造成難挽回

一口氣把童年陰影吐露出來，阿滿看起來放鬆多了，但也看起來很疲憊，她繼續說：「幾個星期前，我媽來台北找我，還說『爸爸中風了』，現在癱瘓在床上而且沒有辦法講話，很嚴重，她希望我和哥哥能夠回去看看他。」

我問：「你們有答應回去嗎？」

「我媽哭著求我們，她說她當年因為害怕離婚失去經濟來源，所以即使知道爸爸的行為很怪異，她也不敢多講什麼……。老師，當我聽到這個消息時，我真的很高興，我覺得那是他的報應。老師，那是他的報應對不對？」阿滿咬牙切齒地說。

我聽完後搖搖頭，嘆了一口氣，我心想：「天下真的無不是的父母嗎？」阿滿繼續說：「後來我和哥哥一起回去了，當我看到他癱在床上的那個樣子，我無法同情他，只會無法控制地想到我以前幫他做那些事的樣子。他看到我們很激動，好像有話要說，可是那個動作卻讓我覺得，他好像又要把那個東西掏出來了，我覺得好噁心、我好害怕、好想逃跑，我沒有辦法靠近他。」

「回去後我又開始失眠、恐懼不安，過去的種種不斷不斷地出現，像是排山倒海一樣衝出來讓我沒有辦法承受。我不斷想到過去那些樣子、那些事……」阿滿講到這裡變得非常激動，她的情緒再次失控，並且不斷抓著自己的頭髮，哭得好像快要崩潰了。她的樣子真的很讓人心疼，她的恐懼讓我的心整個跟著糾結起來，我讓她在房間哭一陣子，自己出去幫她倒杯水，也讓自己平靜一下。

接下來我問她：「那妳哥哥的反應呢？」

阿滿說：「我哥哥接受治療後，選擇了原諒與放下……」

我又問：「妳怎麼不跟你哥哥一起接受治療。」

阿滿瞪大眼睛搖著頭說：「不！我沒有辦法，他是男生，他們打打手槍就算了，我是女生，我跟我的親生爸爸做了那種事！我沒有辦法告訴別人我在小學四年級就被我爸爸性侵害了，我沒有辦法告訴別人當時的我有多傻，以為那樣做是對的，只要那樣做我就可以得到很多的禮物……」

阿滿後來用大量的工作來逃避，她也不跟任何人提起自己的過去，她覺得不提就不會再次受傷，可是她沒有想過，在她心中的結根本沒有解開。

我問她：「妳怎麼會和現在的先生結婚？你們結婚二年都沒有性生活，難道妳先生不會覺得奇怪嗎？」

阿滿告訴我，其實她和哥哥的反應是一樣的，她交男朋友時不要說是親熱了，甚至連牽手都沒有辦法。她現在的先生是她交往的第三個男朋友，是因為工作關係認識的，他們之間話題很多，而且阿滿對她先生可說是一見鐘情，兩個人認識八個月之後就結婚了。

阿滿說：「結婚第一年時，每次我先生要和我親熱，我都會說很痛、很不舒服或是用很累來推託；第二年的時候，我先生就問我是不是有障礙，要不要去看醫生。」

我說：「那妳老公知道囉？」

阿滿搖搖頭，說：「我騙他說我唸高中的時候，有一次坐公車時有色狼摸我屁股，還把性器官拿出來放在我大腿那邊磨蹭，從此以後我就很害怕。我先生很體貼地告訴我應該早點讓他知道，他很溫柔地說沒有關係、我們可以慢慢來。就算這樣，我還是沒有辦法，後來我先生陪我去看婦產科，我特別找了一個女醫生，可是當我躺在八爪椅上時，我的雙腳卻無法控制地一直發抖，抖到整張椅子都發出搖晃的聲音，而且我開始哭個不停。後來，這個女醫生告訴我先生說：『先生，你太太的性障礙滿嚴重的，因為她沒有性經驗。』聽完我很訝異，可是我不敢問醫生，我覺得這個醫生好像是在幫我，她握著我的手，拍拍我說：『苦了妳，慢慢來，沒有關係，也有人是這樣子的，很多事情需要時間淡忘，也有很多事情需要時間去學習，好好加油。』所以我先生一直以為我還是處女，而這位女醫生也給了我很大的安慰。」

我問：「那妳先生會給你壓力嗎？」

阿滿說：「不會，他也不會看A片，下班回來以後他都會抱抱我要我不要擔心、不要有壓力，而且不再強迫我，我覺得我先生真的很愛我，他對我真的很好。」

金剛繩結安定心　羅盤娓娓述因果

阿滿臉上像霓虹燈閃爍的線條，讓我立刻閃過一個念頭。我跟阿滿說：「我編一個東西給妳戴上，可以保護妳。」我馬上拿出四條和她臉上一樣顏色的線，編一個金剛結的手環給她，她一戴上，臉上的線條就消失不見了。這時候已經過中午吃飯的時間，我請阿滿留下來一起用餐，吃完午餐後我用羅盤繼續幫她看看，她和父親之間是前世的因？還是這一世的因？是前世的果？還是這一世的果？我有預感這將是一個相當困難的工作。

我很慎重地告訴阿滿：「妳一定要相信我、跟我配合。」

我注視著她的眼睛，再一次強調：「妳一定要做到！妳現在回想小的時候，妳爸爸對妳很好的樣子，回想爸爸還沒有侵犯妳之前，很疼愛妳的樣子。」

這真是一個很高難度的工作！當阿滿開始嘗試回想，她不斷地哭、不停發出嗚嗚的聲音，錯綜複雜的表情，糾結的情緒讓我知道她很痛苦。我拿了一疊的廢紙讓她撕、讓她揉，我很擔心她會放棄，所以不斷地告訴她：「加油！想想看，在還沒有開始玩親親之前，妳爸爸是怎麼抱著妳、呵護妳。」

阿滿臉上的顏色就像霓紅燈一樣變化個不停，她整整花了一個小時的時間才能夠平靜地回想起小學三年級以前的父親。

從羅盤上，我看到阿滿跟她的父母親前世都是埃及人，我告訴阿滿：「妳的父親前世也是男的，家裡非常有錢，他很聰明但是也很懶惰。妳的母親在前世也是他的老婆，可是是二房不是大房。前世時妳的父親對妳母親並不好，二房受到什麼委曲，他都不會替她解決。某一天，這個二房被突然倒塌的建築物壓死了，當來人報喪時，這個男主人竟然只說：『壓死就壓死了，有什麼好稟報的』，事後也沒有給二房很好的安葬。而妳，前世是妳父親的女僕，妳誘惑男主人，讓他愛上妳而不愛他的老婆，二房的死也是妳這個女僕一手策劃出來的。男主人非常愛這個女僕，最後還因為疑心病而將女僕軟禁起來，但後來女僕跟另一個男僕發生關係，兩人聯手把男主人害到殘廢，最後男僕喜新厭舊跑了，女僕也因為憂鬱而病死。」

講完這個因果後，我告訴阿滿：「妳和妳的父母是有因果的，因為妳前世誘惑男主人，破壞了他們夫妻間的感情，所以妳會覺得這一世母親沒有幫妳的忙，讓妳嚐到被欺負的苦。」

阿滿回想說：「可能吧！我一直很喜歡埃及的東西、埃及的打扮，我還去學跳肚皮舞。」

我馬上告訴她：「這個僅供參考啦！目的是希望妳能藉由了解因果後，去學著懺悔、放下與遺忘。我看到的可能只是妳跟妳父親幾世因果中的其中一小段而已，可能還有更糟更不堪的事情。但既然妳和父親真的是前世有因，那是不是就把它忘掉，然後讓自己去原諒他？」

阿滿眉頭深鎖，問道：「老師，妳告訴我，我怎麼能忘得掉？」

我說：「原諒！原諒妳的父親，也原諒妳自己。因為妳有妳的虛榮心，妳無法面對的是，小時候自己因為無知與虛榮而幫父親做了這些事，妳用替父親的服務換取妳想要的物質，還跑去要替哥哥服務，當妳知道這是錯誤的行為時，妳無法原諒跟面對自己的無知。妳的父親有錯，但是妳自己也有錯，所以妳現在要做的就是原諒。」

感恩化解仇恨　原諒撫平傷痛

阿滿還是搖著頭，告訴我很難。這時，我突然在她的背後看到堪仁波切慈祥的笑容，我想，那就帶阿滿去見上師好了！

我們才剛要出門，原本大太陽天的天氣卻突然打雷而且下起很大的雨。到了中心，阿滿一見到堪仁波切，竟然就衝上去抱著仁波切大哭！因為太突然了，所有在場的人包括堪仁波切都被她的舉動嚇了一大跳，中心的張老師還立刻上前去阻止阿滿，因為這樣的行為對仁波切而言是非常不禮貌與不尊敬的。可是阿滿太過激動，還是緊緊握著仁波切的雙手不放，我對堪仁波切也感到非常不好意思，於是我拉開阿滿，叫她雙手合掌、放輕鬆不要激動，阿滿才放開仁波切的雙手。

我請張老師幫我們翻譯，把阿滿從小被父親性侵害的過程，現在結婚了沒有辦法和先生行房的事情告訴堪仁波切，問仁波切應該怎麼辦？

堪仁波切慈祥地看著阿滿說：「會有這樣的事情發生，在過去世裡，妳一定曾奪走他的自由、傷害過他的身體，今生才會來承受這種身體被傷害的苦。妳的父親現在癱瘓在那裡又是一個很苦的苦，人不能自由地走動、不能自行控制大小便，這樣的苦比死去更苦。所以，妳應該要忘掉仇恨，畢竟他把妳生下來，而且生得這麼好看、這麼健康，因為這樣，所以妳要好好地感恩他，在他還沒有斷氣前，用感恩的心了結這一段惡緣、了結過去世與現在的仇恨，你們就不會再輪迴在一起了。**懂得感恩，就會了知仇恨是要放下、是要忘掉、是要原諒的**。再怎麼說，他對妳有養育之恩，如果在他斷氣前能夠得到妳的原諒，這是最珍貴的。」

堪仁波切很慈祥地看著阿滿說：「原諒他吧！妳的苦痛在妳的人生中只佔了一小部份，妳長大以後，不是也有很多美好的事情不斷發生嗎？妳是快樂的，所以妳應該選擇放下。」

她一邊哭一邊點著頭，堪仁波切的話感動了阿滿，讓她立刻放下了對父親的仇恨，仁波切還給了阿滿甘露丸與金剛結。

離開後，我問阿滿：「妳剛剛看到仁波切時，怎麼會那麼激動？」阿滿告訴我，當她一看到仁波切時，她看了一道很亮的光，她覺得好像看到觀世音菩薩，她覺得堪仁波切好慈悲好慈祥。

一個月後，我打電話給阿滿問候她的近況，她說那天之後，又隔了二天，她找哥哥出來聊天並把堪仁波切送的金剛結轉送給哥哥，再隔二天，兄妹倆就一起回去看父親了。

阿滿跟父親說：「其實，我對你原本有很多很多的仇恨，但上師告訴我，要我放下仇恨、原諒一切，所以我和哥哥決定過去的事情都不再計較，再怎麼說你都是我們的父親，你生養我們也是很辛苦的。」

阿滿說：「父親雖然不能動，但意識很清楚，他的眼淚從眼角滑下，很激動地想點頭，嘴巴發出不清楚的聲音，好像在跟我們說『對不起』。兩個星期後，他在睡夢中過世了，哥哥和我好好地幫他辦了場喪禮。我哥哥決定搬回去和媽媽一起住，而我自從聽了堪仁波切的話原諒父親之後，我每天都很快樂，也不用再吃安眠藥了。」電話裡，阿滿的聲音聽起來輕快多了。

她繼續說：「老師，我真的很謝謝妳，妳幫了我好多，如果我沒有找妳，我根本沒有辦法面對自己的生活，更不要說在我爸爸死前讓他知道我們原諒他了。以前我總覺得自己是全世界最悲哀的人，聽了上師的開示後，我一整天都在思考，其實在我的生命中，除了這一件事之外，真的有很多很快樂的事情發生，我在新竹唸書時非常快樂，到台北工作後，沒有父母的管束，工作的薪水又很不錯，我每天過得多采多姿，而我先生更是體貼得沒話說，現在的生活也很富裕，我不應該只看著過去不好的地方，讓過去的痛苦混亂現在的生活，所以，現在開始我要珍惜我的人生。」

掛電話前，她不太好意思地問了我一個問題，她說：「老師，妳綁在我手上的四色線可不可以拿掉？」

我問她：「為什麼妳想拿掉？」

她說：「當我原諒我父親後，我就可以跟我先生『在一起了』，我覺得這是拜佛的東西，我跟我先生親熱的時候我都會覺得很不好意思。」

我說：「喔！那妳就剪掉吧！」

她很緊張地又問，會不會剪掉後就不平安了？我笑了笑，說：「當然不會啊！妳都已經原諒和放下了。」

我們都該用感恩的心面對人生一切的順境與逆境。

人在無助的時候，一個好的朋友出現，就像是一盞明燈，可以照亮並牽引出正確的方向。

堪仁波切的智慧給了我很大的啟發，化解仇恨最好的方法就是不斷地感恩，對我們好的人、事、物我們要去感恩，對我們不好的人、事、物，我們更應該用感恩的心感謝他們，感謝他們磨練了我們、激勵了我們、給了我們學習與提昇自己的機會。

6 狠心母親　出賣親生女兒

「世上只有媽媽好，有媽的孩子像個寶。」但當母親的思想行為偏差的時候，有媽的孩子可能就會像根草，風雨飄搖、任人踐踏。

我和蘇菲是經由朋友趙先生介紹認識的，她的案子裡有太多的無奈與遺憾。我和她一共只見了三次面，第一次只是點頭之交、第二次成為莫逆之交、第三次就成了天人永隔的「生死之交」。

漂亮的美女　冰冷的靈魂

我和蘇菲的初次見面，是在民國九十三年的冬天，在趙先生的公司裡見到她的。她給我第一眼的感覺是：「很漂亮，五官很立體、很像混血兒，可是臉色慘白。」

我問她：「妳是不是不舒服？」

她好像被我嚇了一跳，頓了一下才說：「對……最近有點感冒……」蘇菲的話很少，給人很冷漠的感覺。

我說：「妳太瘦了，吃太少了，應該要多吃點。」我從包包拿出自己隨身攜帶的金剛明沙，上面綁了一個小八卦，還有一串佛珠。我對她說：「這個佛珠妳帶著，這個金剛明沙妳把它掛在包包上。」蘇菲謝謝我，並微微笑了一笑就離開了。

趙先生後來告訴我，他希望我能幫幫這位小姑娘，因為她是個酒店小姐，還有憂鬱症。兩個星期之後，趙先生就帶著蘇菲到我的辦公室來了。

一見面，我拍拍她的頭，摸摸她的臉說：「嗯，今天氣色有好一點。」

她突然抱住我說：「老師妳好好喔！上次見過妳之後，回去我都忘不了妳，我出社會這麼久從來沒有人叫我多吃點，沒有人安慰過我。雖然那天天氣很冷，但我卻覺得很溫暖。」

我感覺到她的臉很冰，我問：「上次給妳的佛珠怎麼不戴呢？妳要乖喔，要好好活著，不要亂想，要抱善心、存善念。」

她吞吞吐吐地問我：「什麼是善心、善念？我很壞嗎？妳是不是要跟我說什麼？」

萬念俱灰的活死人

我請趙先生先到辦公室外等，單獨和蘇菲說：「妳不壞，但是妳沒有正確的想法，妳的恨太多，就像個活死人一樣，妳心中充滿恐懼。告訴我，妳在怕什麼？」

蘇菲說：「我就是不想活了，已經沒有任何事情可以讓我開心了。我有的只是破碎的童年、破碎的婚姻、破碎的家、破碎的感情，我這一輩子都離不開破碎這兩個字。已經沒有什麼能讓我留戀，沒有什麼能讓我有想要活很久的念頭……」

她一邊講，我看到她的顏色頓時變成暗灰色的，而且過了很久之後顏色才變回來。我心想：「怎麼會這樣，只有死人才會是灰灰的顏色啊？難道她快死了？」在談話的過程中，我好幾次都看到她變成灰色的，我當下的直覺是：她可能活不久了。

我說：「不行！記得好好活著！我想，叫妳不要抽煙應該很難，不過妳要不要先戒半包？」

她露出難得的笑容，非常可愛。她很不好意思地遮著嘴說：「啊～妳怎麼知道我有抽煙？是不是我的嘴很臭？」

我搖搖頭，然後問：「妳是不是有過憂鬱症？」

她變得很緊張，一邊玩弄自己的手，一邊點點頭：「我吃過很長一段時間的藥。」她吞了吞口水，囁嚅地說：「老師，妳會不會瞧不起我？」

我說：「不會啊，很多酒店小姐都是我的朋友啊。」

她說：「真的喔？那我們打勾勾喔！我告訴妳，我有過去耶！」

我問：「什麼過去？人都有過去啊……過去是要放下的。」

蘇菲說：「我有生過小孩啊！有離過婚啊！嗯……離過一次，生了兩個女兒，後來又跟一個男的同居，也生了一個女兒。」講到孩子時，她的眼眶紅了起來。

她說，國中時因為不愛唸書，所以國二時就被趕出家門了。她被趕出來的時候發誓，她一定要做有錢人，她要不擇手段地賺錢，當時只有十六歲的她就此開始酒店小姐生涯。

我皺著眉頭問：「妳才十六歲就去酒店上班，妳的父母知道嗎？」

講到父母時，我看到她的眼睛充滿恨意，她說：「我沒有父親！」

我問：「妳父親過世了嗎？」

她搖搖頭苦笑說：「我不知道自己的父親是誰。」

「老師，妳會不會瞧不起我？」她又再確認了一次之後，才告訴我說：「說不定，連我媽都不確定我的父親是誰……」蘇菲的母親是個「性工作者」，蘇菲說：「我媽做這個工作除了討生活之外，更大的原因是，她祈求得到一份愛。」

蘇菲告訴我，她記得小學一、二年級的時候，她母親常常在她放學後說要帶她去玩，其實就是帶著她去「工作」。她坦白地告訴我：「小時候我不喜歡穿褲子，因為我以為不穿褲子才會讓人喜歡。那時候，只要我媽媽把褲子脫掉，旁邊的人就會很高興、很開心，就會有人抱她、親她、對她很好，然後我們就可以出去吃好吃的東西、買很多玩具。」

犧牲女兒　只為留住男友

小學三年級時，某天，蘇菲照舊跟著母親去「工作」，突然，媽媽一絲不掛地叫她到床上躺好，媽媽跟她說：「妳乖，等一下我們就可以去買很多東西了。」就這樣，蘇菲九歲就被強暴了，其實應該說是被母親貢獻出去了，因為對方不是客人，而是母親當時的男朋友。

蘇菲告訴我：「那一次很痛，到了晚上連尿尿都很痛，我還記得媽媽要我把褲子脫下來，她要幫我擦藥，結果擦了更嚴重，隔天我完全尿不出來，後來我媽媽才帶我去看醫生。那一次，我媽先給醫生看，我看到媽媽把褲子脫掉躺在床上，醫生替她檢查完以後也脫掉褲子，然後……」她拿起煙，看了看我又把煙放下，嘆口氣繼續說：「當時我很天真地想，原來醫生也是用同樣的方法治病啊！輪到我時，醫生給我打針吃藥後我才能上廁所。」

我問：「當時這個醫生有對妳怎麼樣嗎？」

蘇菲搖搖頭說：「當時沒有。但是隔了一年，有天我媽跟我說『要帶我去看醫生』，其實就是要帶我去跟那個醫生做。我很害怕，怕自己不能尿尿，但是我媽在旁邊安撫我說：

『不要怕，這個醫生很厲害的！』完事後，隔著紗簾，我看到醫生給了我媽很多錢。」

我問：「妳到什麼時候才知道這樣的行為是不對的？」

她的回答讓我有一種椎心之痛，她說：「小學五年級時，有次我想買一樣東西，可是我沒有錢，我想到醫生給我媽錢的那一幕，放學後我就背著書包去找那個醫生……」

「那個時候妳知道自己在做什麼嗎？」我問。

她點點頭地表示，當時她已經瞭解那就是男女之間的性愛。她說：「那一次做得很舒服，我已經懂什麼叫『高潮』，我很喜歡這種感覺，所以……」

蘇菲停了下來，我接口說：「從此以後，妳變得很喜歡做這件事。」

她看著我，然後點點頭，她說：「後來，我一個星期會過去二次。直到有一次我媽發現我口袋有很多錢，她以為我偷她的錢，把我毒打了一頓，我很生氣地告訴她：『那是我自己賺的！』我還記得我媽驚訝地問我怎麼賺的？我說：『我跟妳做的事是一樣的，我找男人賺錢。』她把我打得很慘，逼我說出是誰，當她知道是那個婦產科醫生時，就把我拖到醫生那大吵大鬧，最後拿到一個紙袋，裡面裝了滿滿的都是錢。」

我問：「妳恨不恨這個醫生。」

蘇菲說：「我恨我媽，可是我不恨這個醫生，我覺得他是愛我的。」

我愣住了：「為什麼這麼說？」

她說：「因為我聽到醫生說，要我媽好好照顧我，教我不要再做這樣的事情。」

我換個問題：「妳對妳母親有什麼想法？」

蘇菲不屑地說：「一個有男人就忘了小孩的女人，很可憐、很無知吧……她總是去愛那些她不該愛的人，每次找的男人都很糟糕。」

前世夢中現

我問她：「妳媽媽會這樣子，是不是小時候很早就有經驗？」

蘇菲點點頭說：「她是個養女，不過我外公外婆對她非常好，把她當成親生女兒一樣看待。或許是我外公外婆覺得愧疚吧！因為我媽小學五年級時，迷迷糊糊地就和我舅舅發生了關係，我舅舅大我媽六歲，當時可能是用騙的。所以我外婆知道後，覺得對我媽有虧欠，所以對我媽很好。後來，我媽唸國中後變得很愛玩，聽我外婆講，她很早就交男朋友了，她和我爸爸並沒有結婚，因為我爸是別人的老公。我媽和我爸分手後，她就開始在路上兼差，後來的每一個男朋友都是在路上認識的。」

蘇菲繼續說：「我唸國一的時候，有一天半夜，我媽跟她的男朋友吵架吵得很兇，結果她把我叫起來去陪她男朋友做，她男朋友才氣消，那一次我母親光溜溜地在旁邊幫忙。」

我問：「妳有反抗嗎？」

她搖搖頭，說：「我已經無所謂了！從小到大，我第一次覺得她很可憐，為了討好男人，竟然把自己的女兒也拉下去。回到房間後我哭得很傷心，那是我第一次為這種事哭，也是最後一次……」

我很難想像，一個母親竟然可以如此沒有羞恥心地傷害自己的小孩！

我問：「妳會不會覺得自己很可憐？」

蘇菲冷冷地說：「我大概就是來還債的吧。」

她默然地看著我一會兒，然後問：「老師，我上輩子是不是做了很多壞事？這輩子才會一直來做這些事？」

她欲言又止、吞吞吐吐地說：「我覺得自己是惡魔來投胎的。我每個月都會做二、三次同樣的夢。我夢到一個很大的教堂，裡頭有很多壁畫，我夢到自己在唱詩歌，然後……夢到自己跟很多人做愛，我很快樂，不斷地高潮，只要我懷孕了，我就用棍子打自己的肚子，打到自己流產……」

我問：「妳從什麼時候開始做這個夢？這個夢做了多久？」

她說：「從我第一次離婚回酒店上班開始，這個夢一直做到現在。」

我想，可能是因為蘇菲的精神狀況不是很好，所以才會出現這樣的幻覺。我拿了工具出來，準備綁一個制煞的凸八卦給她，要她回去放在家裡，有空就去碰碰它。我和蘇菲說：「這個凸八卦可以給妳力量，把不好的東西自己排出來。」

但是很奇怪，我綁了很久都還是綁不順，我轉頭看了羅盤一眼，才發現蘇菲講的那個夢確實是真的。

我告訴她：「妳前世是美國人，而且是位修女，但妳犯了戒，喝酒、做愛、墮胎。」

我安慰蘇菲說：「哪裡跌倒就從哪裡爬起來，妳要不要找一個宗教信仰，不論是佛教的皈依或是基督教的受洗都好，妳要好好地守戒，先戒酒、戒煙、戒安眠藥。」

蘇菲沒有什麼反應，只是隨便應了我一聲。

情路坎坷　步上母親的後塵

我繼續問她：「那妳到酒店上班以後呢？」

蘇菲到酒店上班沒多久之後，就遇到了她的第一任丈夫——陳先生。

陳先生是個富家子弟，比蘇菲大十二歲，他一看到蘇菲，就覺得她不應該在這種地方工作，所以花錢替她贖了身，把她娶回家。當時蘇菲非常感謝陳先生，也以為自己找到了真愛。可惜這段婚姻只維持了短短的四年，因為陳先生會吸毒，吸完了就打蘇菲，並且限制她的行動，蘇菲的恐懼與不安全感也就由此而來。

蘇菲說：「我雖然不愛唸書、在酒店上班，但我還是知道毒品是絕對不能碰的！」離婚時蘇菲才二十歲，有二個女兒，大的四歲、小的才一歲，離婚後陳先生不准蘇菲去看小孩。

她的第二任丈夫姓劉，是跟朋友去夜店時認識的。事實上蘇菲和劉先生並沒有結婚，他們在一起一共七年的時間，也生了一個女兒，最後他們是用打架打到要同歸於盡的地步，來結束兩人的同居生活。

我問蘇菲：「怎麼會這樣？」

她說，其實她很希望能保有這個家，也很努力地經營。她回到酒店上班，是為了賺錢幫劉先生創業。他們開過瓦斯店也做過小吃，可是劉先生都嫌錢賺得少、賺得慢，懶得努力。最後，蘇菲從滿懷希望、努力打拼、到失望、到打架、到最後離開，一共花了七年的時間。

她告訴我：「老師，我是一個好媽媽喔！女兒四歲前都是我自己帶的耶，我覺得我有責任把她教好。後來我要賺錢養家，所以才交給她阿嬤帶，現在阿嬤也不讓我去看她了。」

我問：「既然妳覺得有責任教好她的話，妳離開時怎麼沒想到把女兒帶走？」

蘇菲嘆口氣，低下頭說：「至少他們家是完整的，而且他們家除了我先生不上進之外，他的哥哥姊姊跟我婆婆都是有唸過書的，我婆婆還是個小學老師，我覺得我的女兒在那邊成長，會比跟著我來得好吧。」

我說：「妳有想過自己帶嗎？」

她冷笑了一下，說：「自己帶？那不就像我媽一樣，工作時讓女兒在旁邊看？」蘇菲頓了一下，才說：「我和這個丈夫分手後，就得了憂鬱症了。」

我搖搖頭：「妳要對自己負很大的責任欸！妳不想吃苦，又太容易放棄。」她想幫丈夫開店，先生不認真其實是可以克服的，她可以督促他、引導他，或是請一個認真的員工來改變他。但是她並沒有尋求解決的方法，只是不斷地跟對方發生衝突，當兩人吵得不可開交時，又讓她想起母親和男人吵架的陰影，更加強了她的氣憤與放棄的決心。

我問：「那妳和趙先生是怎麼認識的？」

「和第二個丈夫分手後，我厭食又憂鬱，停了很久沒上班，曾經一整個禮拜都沒有出門，每天就是喝酒、抽煙，心情不好就哭一哭，睡不著就吃安眠藥，把自己瘦到不到四十五公斤。後來我覺得如果繼續下去我大概會死在家裡，所以我就去上班了。上班第一天我就遇到趙先生，他勸我說：『妳的氣質這麼好，不應該上這種班。』他讓我想到那個醫生，對我很關心很好。」

蘇菲的皮膚非常好，不化妝就很漂亮，她不講真的很難相信她是酒店小姐。不到四十五公斤的體重，身材的比例卻恰到好處，她不是那種骨感美人，但她嬌柔的氣質就會讓人產生想要照顧她的念頭。

我問：「妳很愛趙先生，怕他跑掉對不對？」

她的眼淚開始劈哩啪啦地落下。

我又問：「妳知道他有太太、有家庭嗎？」

她說：「無所謂，是我自己甘願的。」

我搖搖頭：「妳不覺得自己已經變成妳媽媽的COPY了嗎？」

懶惰與放棄　不給自己一點機會

蘇菲離開前我又送給她一個長壽佛的鍊子，可是她說她不喜歡掛東西在身上，我跟她說：「妳可以把這個掛在妳的床頭啊！每天只要雙手合掌，觀想自己很快樂、可以幫助很多人，過去的事就把它丟掉吧！記得把自己照顧好。」

我還問她：「每年九月我都會去印度齋僧，供養出家眾，妳明年要不要跟我一起去？」

她遲疑地說：「明年……」

我說：「對，明年的九月。」

蘇菲淡淡地說：「我不知道能不能活到那個時候……」

當她講這句話的時候，就像插頭突然被拔掉一樣，整個人立刻暗淡下來變成黑灰色，我感覺到她身上有很深沉的傷悲與萬念俱灰。

我很生氣地對她說：**「妳不給妳自己加油，就像我告訴妳吃這個藥有效，可是妳不相信甚至連把嘴巴張開的勇氣都沒有！怎麼辦？妳就照我講的，去做做看吧！比我們苦的人還有很多，不是嗎？」**

她又再抱了我一次，我拍拍她的背說：「加油啦！」

過新年前，我託蘇菲的朋友把上師送給我的一條紅色披巾送給蘇菲。這條披巾是上師特別請喇嘛帶回來給我的，當時這位喇嘛因為還沒有要來台灣，擔心拖延太久，所以還特別從尼泊爾輾轉託人趕在新年前送來給我，這條披巾對我來說是非常珍貴的禮物，而我將這一份珍貴的福氣送給了蘇菲。她收到後傳了一封簡訊給我，說：「老師，謝謝妳的披巾，它溫暖了我的心。」

那天下午四點我打電話給蘇菲，從電話裡聽得出來她是被我的電話吵醒的。

我問：「妳昨天幾點睡？」

她說：「不知道。」

「妳又喝醉了？」我無奈地問。

她「嗯」了一聲算是回答我。

我對她說：「新年快樂，妳要不要來我家跟我一起跨年？我現在開車過去接妳。」

蘇菲拒絕我，說：「老師，不用了，不要讓我的悲哀影響了你們過節的心情。」

她的懶惰讓我很無力，我長嘆了一口氣說：「蘇菲，加油啦！那條披巾我只有一條，妳要珍惜，希望妳能打開來用，它會給妳溫暖，我希望我們能做很長久的朋友。」

但是隔兩天，民國九十四年一月二日早上七點，也就是過完新年的第二天，我接到趙先生的電話，蘇菲自殺了，就在大家都歡歡喜喜的倒數迎接新年時，她選擇一個人靜靜地結束自己的生命。當我到自殺現場時，我發現所有我給她的東西，全部沒有拆開使用的堆在桌上，我不明白，她為什麼不願意試試看？

自殺押到枉死城　土地公頭痛帶亡魂

頭七的前一天晚上，蘇菲哭哭啼啼地來找我，她說她打不開回家的門，她覺得很冷很暗。這時我聽到另一個聲音用台語告訴我：「明天早上要去引魂喔，她的魂被押到枉死城了，妳要記得買些土地公金，拜託土地公去把她帶出來。」

我醒過來看一看時間，半夜兩點多，我一躺回去，就看到自己躺在一個花園裡，我心裡還在想：「這是床還是墳墓？」後來出現了四個土地公，鬍子有長的也有短的，我心想：「唉呀！怎麼這麼多土地公？」突然有個小女生跑過來拉住我的手，她的手很冰冷，我看著她心想：「她和蘇菲怎麼長得這麼像！」

她看著我說：「妳身上擦了什麼？好香喔！」

我說：「我擦的是檀香油。」接著她便伸出右手問我：「可不可以也幫我擦一點點？」

我記得在夢裡，我從右邊的口袋拿出一瓶檀香油幫她擦，擦上去之後她全身變成透明的，然後很開心地就飛起來了，一邊飛一邊咯咯咯的發出很可愛的笑聲，四個土地公在旁邊微笑看著頻頻點頭。早上醒來要出門時，我特別帶著檀香油，也順便擦了一些在自己手上。

這一天天氣很好，早上十點多，我們到蘇菲的住處引魂，儀式必須在十一點半前完成。就在我們準備開門進去時，站在我前面負責引魂的道士突然回頭說：「邢老師喔，妳走前面啦！」說完他就走到我的後面來。

一進門我就覺得很傷心，一種很淒涼很冰冷的感覺讓我的胃都揪在一起。我一隻手按在心上，一直安慰自己不要難過。這時空氣中飄來一陣陣的檀香味，在場的人都聞到了，大家都很疑惑味道是從哪來的？我趕緊說是自己出門前抹的，然後把包包裡的檀香油拿出來擦，也順便幫在場的人都抹一些。而原本緊張到頭痛的小偉，擦了檀香油之後也覺得舒服很多，不再那麼害怕了。（小偉是蘇菲最好的朋友，也是第一個發現蘇菲過世的人。從發現到引魂這天，他都沒辦法好好睡一覺，他說只要一閉上眼睛，就會看到蘇菲死時的樣子。但擦了檀香油之後，一直到七個七都做完，他都沒有再失眠或惡夢過。）

接著，一個很老的土地公從落地窗邊出現，祂拿著一根很長的楞杖在等我，神情很祥和但是也有點哀傷，祂看著我搖搖頭似乎很頭痛的樣子。我們誦完經後就開始燒土地公金，這時突然出現兩個灰灰的小朋友，他們牽著我的手對著我笑，我當時想：「是來帶路的吧！蘇菲喜歡孩子，所以請了兩個孩子來引路。」才剛想完，我就看到土地公的左手拉著蘇菲肩膀的衣角，蘇菲表情呆滯的癱坐在地上。

我在心裡想：「就告訴妳了吧！死比活還要可憐！不懂得珍惜生命，現在要後悔都來不及了。」不過，引魂的過程很順利，我很感謝土地公的慈悲幫忙。

晚上做頭七的時候，小偉問我：「蘇菲來了嗎？」他話一講完，蘇菲就出現在我的右手邊拉我，她整個人看起來是死灰色的，就像我在家裡看到她變成灰色時的樣子，不過已經沒有早上那樣呆滯的神情。

我看著她說：「妳來了喔！嗯……妳已經死掉了，現在要接受超渡……」我看到她伸手要拿煙卻拿不到，我在心裡告訴她：「妳看，如果妳沒有死，現在就可以抽到煙。不要再抽了，現在最重要的是跟我一起坐下來好好地聽經。」

蘇菲的第二任丈夫劉先生也來了，我向他自我介紹之後，告訴他：「蘇菲非常想念她的女兒，她現在在現場……」當劉先生聽到蘇菲在現場時，他的神情馬上由愧疚轉為害怕。

我安撫他說：「她看不到你，可是她聽得到你的聲音，你要不要誠心地發願承諾，告訴蘇菲你會好好照顧孩子，要她不要擔心，一路好走。等一下唸經時，你可以不斷地觀想，替小孩感恩她。」劉先生點頭表示他明白，五分鐘之後，蘇菲就消失了。

當天晚上我夢到蘇菲告訴我：「這是我自己做的，我不會怪任何人的。我現在最想做的，就是再去一次舞廳跳舞。」

三七滿願　五七懺悔　七七感謝

就在做三七的前一天晚上，蘇菲的朋友們因為沉悶了很久，所以決定在三七前一起到舞廳跳舞，紓解一下鬱悶的心情。隔天一個不知道蘇菲已經過世朋友打電話給小偉說：「喂！

你們很不夠意思耶，昨天去跳舞也不會招一下。」他跟小偉說，他看到蘇菲在舞池中央跳得非常High。

小偉問：「你沒有看錯吧？」

這個朋友肯定地說：「怎麼可能看錯？她披著一條紅色的披巾嘛！對不對？那條披巾很特別好像會跳舞一樣，蘇菲不是把它拿在手上一起擺動嗎？真的很像舞孃耶……」（做頭七時，我把送給蘇菲的那條紅披巾燒給了她，小偉也看到了。）晚上小偉告訴我這件事：「老師，我聽完後全身都起雞皮疙瘩、頭皮發麻欸……」後來他們決定訂製一個KTV，裡面可以唱歌也有一個舞池可以跳舞，他們還燒了蘇菲最喜歡的音樂給她，小偉邊燒邊說：「這樣妳想唱歌或是想跳舞的時候就不用擔心沒地方去了。」

五七的時候我燒了四十條的金剛結給蘇菲，這些金剛結是我花二天的時間編出來的，其他的朋友也一起折了一百一十朵蓮花給她。當天晚上兩點蘇菲來找我，她終於懺悔了，她跟我說：「老師對不起，我沒有聽妳的話，我現在非常後悔，我不應該就這樣了結生命，讓很多事情都變成了遺憾。」

我告訴她：「妳有什麼遺憾可以跟我講，如果可以我會替妳完成。」

她說：「我遺憾自己從來沒有去找過自己的親生父親，去看看他到底是死是活，看他過得好不好；遺憾自己從來沒有真正了解過母親，讓她知道她的小孩其實是需要她而且可以照顧她的；遺憾我雖然不能照顧自己的小孩，但是我可以把對小孩的愛昇華，還有很多被遺棄的小孩需要人愛；**遺憾自己的頹廢不振作，放縱自己一直活在遺憾中，一直利用自己的不幸打擊自己……**」

她一邊講我一邊坐起來，當她講完時我告訴她：「其實你很棒，妳現在都知道是自己的錯，妳要記得把這些壞習慣改掉，將來投胎再來到這個世界做人時，這些壞習慣都不會再帶來，這樣才是一件好事。」她點點頭後就慢慢地消失不見了。

「菩薩難救心死人」，蘇菲的懶惰與放棄和很多來找我幫忙的朋友一樣，這也是讓我最感到無奈與無力的地方。

人生的功課很多而且千奇百怪，每一回都是驚險萬分的考題，要放棄或是努力完成，全憑自己選擇，而我只能在旁邊為大家搖旗吶喊、加油祝福。

下回當你又執著於「為何自己的人生如此悲慘」而想放棄時，請你「走入人群、關懷社會、關懷眾生」，你會看見其實幸運之神一直都跟在你的身邊，未曾遠離過。

狼父疑心病與暴力　家人最大的恐懼陰影

扭曲黑暗的環境容易使人絕望，只有一遍再一遍的堅持，嶄新的未來才會向你展現。

我特別將黃梅的故事接在蘇菲之後，是因為她們有類似的背景、類似的破碎家庭，但她們倆的結果卻截然不同。直到現在我還是常常會想，如果蘇菲還活著，如果蘇菲和黃梅認識的話，她們是否會激盪出火花？對蘇菲來說，是否就會有不一樣的結果？

藉自殺換取關心

民國九十五年十月，黃梅第一次來找我。她是個舞小姐，長得非常漂亮，真的是身材高挑、玲瓏有緻，更難得的是有一種氣質美，而且她那時已經三十歲了，可是看起來卻像是二十出頭一樣。黃梅從朋友口中知道有我這樣一位老師，可以替人解答疑惑、解決困難，她趁朋友不注意的時候偷偷抄下我的電話來找我，來的時候左手還包著厚厚好幾圈紗布。

我看著她的手冷冷地問：「妳的手怎麼了？」

她說：「半個月前我割腕。」

我問：「別人怎麼會知道妳割腕？怎麼救得到？」

她說：「因為我打電話跟我的朋友說再見。」

我說：「妳下次不要講『再見』就不會『再見』了啊！因為妳根本就不想死，才會打電話告訴別人妳要走了嘛！」

她大概沒想到我會這樣回答她，整個人呆住了，然後嘆口氣說：「大概吧！」

我無奈地搖搖頭說：「『狼來了』的故事妳沒聽過嗎？不要太喜歡玩這種遊戲，小心弄假成真就悔不當初了。曾經有個明星也很喜歡玩自殺遊戲，我警告過她不要每次都靠這個來嚇人，小心玩火自焚。結果她不聽，最後真的死成了，那時候新聞還在直播醫院的搶救畫面，她的魂已經跑來我家客廳，趴在地上哭天喊地的求說她不想死，我也幫不了她。」

我看著她的左手臂，滿滿都是傷疤。我那時真是天人交戰，都不曉得是要狠狠地把她臭罵一頓，還是要同情她、幫助她？我看她們都長得這麼好看、耳聰目明、四肢健全的卻如此不惜福、不珍惜生命，我真的很生氣，可是看到她們這樣殘忍地傷害自己又替她們覺得心疼。

我說：「妳要不要讓我數數看一共有多少疤痕？」黃梅還真的把手臂伸過來讓我數。結果，大的刀疤十七條、小的刀疤九條，還有一些不是很清楚的疤痕。

她問我：「老師，妳有沒有自殺過？」

我想一想說：「我有想跳樓啦，結果被推回來。那一剎那我想到我阿爸，覺得自己很不應該。」

她說：「是喔？妳阿爸對妳很好喔！」她聽到我講阿爸時，用一種很羨慕的眼神看著我，然後她開始解說割自己時的感覺與步驟，我覺得她好像在給我上解剖學一樣，聽起來很恐怖也很噁心。

我說：「難道妳都不會痛嗎？」

她搖搖頭說：「當我很痛苦的時候，這些痛可以讓我有快感。其實我沒有割得很深，不會死的。」

我開始切入主題：「妳在痛苦什麼？」

變態狼父　家暴陰影

黃梅顯得很不安，說：「我今天來不是要說這個啦！我想來問我會活到幾歲？為什麼我這麼痛苦？」

我看了看她，說：「如果妳真的只是來問自己會活到幾歲，那有什麼意義呢？如果妳真的想死，妳隨時都可以結束自己的生命。妳想要的是關心、是可以訴說的對象，所以妳用傷害自己來換取別人的注意。妳的親情呢？妳的愛呢？」

這時她全身顫抖地說：「我不想講我的過去，我不想、我不想……」

「妳一定要講出來！妳的親情、妳的家人、妳的愛情，妳要先把這三件事情講出來，我才能了解妳的苦，然後我們再來談死的問題。」我斬釘截鐵地說。

她考慮很久之後才開口說：「自我有記憶以來，爸爸就會打媽媽，而且都是在半夜。我爸下手很重，地上、床上、衣服上到處都是血，然後左鄰右舍就會報警，趕快把媽媽送去醫院，那時候都會有一個叔叔過來照顧我們。」

我問：「我們是誰？」

她說：「就是我跟我爸爸，我沒有其他的兄弟姊妹。我很害怕，只要媽媽去醫院，爸爸一喝醉酒就會打我，然後說：『都是因為妳，如果沒有妳，日子就會好過、事情就好辦了。』我不懂為什麼沒有我『日子就會好過、事情就會好辦』，我很害怕，上課時都無法聽老師講課，我一直在想他們到底是為了什麼事情打成這個樣子。國二上學期的時候，有一次爸爸又把媽媽的手打斷、頭打破了，那個叔叔到我們家把媽媽送去醫院，從此以後，我媽媽就再也沒有回來過。」

我問：「這個叔叔是誰？」

黃梅說：「他是爸爸的朋友，人很好。」

我又問：「那妳對妳父親的想法呢？」

她說：「就是喝酒啊！打我媽、摔東西！以前老師還有社輔人員來拜訪，我爸也不會收斂。我媽失蹤後，國二下學期的一個晚上，我爸又把我叫起來打，一邊打一邊罵說我是我媽生的，將來一定也會跟我媽一樣下賤，在我還沒下賤之前，他要先做他該做的事情……」

黃梅就這樣被自己的親生父親強暴了。她很害怕，隔天去上課時很怕被同學看出來，也很怕被老師看出來，放學後她不想回家，但又沒別的地方可以去，最後還是只好回家。

「回家後我爸爸買了很多我喜歡吃的東西，而且對我很好。他跟我道歉說，他昨天喝醉酒做錯了事情，問我可不可以原諒他？我已經很久沒吃這麼好吃的東西，也從來沒有和我爸講這麼多話，那時候我只覺得我爸好可憐。」

我問：「那妳有沒有趁機問妳爸爸為什麼要打媽媽？」

黃梅點頭說：「有，我問他為什麼要打媽媽？他說：『因為妳媽媽不守婦道，她跟她公司及身邊所有的男人都有染，妳知道那種被戴綠帽的感覺嗎？朋友都看不起我！』我爸那時在通用電子公司上班，他很討厭這個公司的名字，因為他說我媽就是『通用』——通通都可以使用。」

黃梅當時沒想那麼多，父親都道歉了，她當然也就接受了。可是兩個禮拜之後同樣的事情又發生了，而且從此之後這樣的行為也變成了習慣。

我問：「妳月經什麼時候來的？」

她說：「國一的時候。後來我爸都會挑我生理期的時候找我，我很害怕，因為總是血淋淋的，而且每次做完後的隔天我都沒有辦法上學，真的很痛很痛。從那時起我開始會曠課、會逃學，國三時，我爸每次喝醉酒都會帶朋友回來，我原本以為這樣我爸晚上就不會來找我了，結果我爸的朋友竟然跑到我房間來，我喊救命喊得很大聲，我爸進來時我還以為自己得救了，結果我爸竟然把我抓住、摀住我的嘴，讓他的朋友把事情完成。從此以後，我爸就常常帶人回來，而且都是不一樣的人，一個月好幾次，可是很奇怪，我從來沒有懷過孕、墮過胎。」

我很沉重地問：「妳沒有想過逃跑嗎？去找媽媽？」

她說：「我也不知道要去哪找媽媽。國三畢業那天，也是我在家裡畢業的一天，從此以後我再也沒回去過。」

老師也是狼

我問：「後來妳去哪了？」

黃梅說：「我去住我老師家。」

這麼熱心的老師很少見，我問：「男老師還是女老師？」

她說：「男老師，是我的導師。國三畢業前二個月，有天我不舒服趴在桌上，他看到以後就帶我到輔導室，他說如果我有任何心事都可以告訴他，他會幫助我。」

「所以妳就告訴這個老師了？」其實不用問，我也知道黃梅一定會這麼做。

她點點頭說：「老師還說要不要陪我去派出所檢舉我爸爸，可是他也告訴我，如果我去檢舉的話，我會上報、會很丟臉，以後我要結婚會很難，而且同學都會知道……他又問我要不要去找我媽？我哭得很傷心，問他：『找得到嗎？』他說：『找人不難，應該可以找到。』他說他以前也幫學生找過爸爸，老師勸我離開那個家，說我可以半工半讀、自食其力。可是我能逃去哪？我跟他說我沒有地方可以去，老師立刻說他可以回去和家人商量看看，我可以跟他妹妹一起住，然後還拿了兩仟元給我。當時我好感動好感動，我覺得自己終於遇到貴人了。」

「所以妳就去投靠這個男老師了？」我問她。

黃梅說：「對啊！只是老師的媽媽很奇怪，從來不跟我講話也不正眼看我，不過老師的妹妹人很好，常常問我好不好？家裡有幾個人？因為老師有交代過我千萬不能把我家裡的事告訴他家人，所以我沒有和老師的妹妹多說什麼。」黃梅語氣平靜，繼續說：「那是我第一次有家的感覺。在老師的鼓勵下，我去唸了夜間部，白天時老師也幫我找了一個賣衣服的工作，有時候還會接送我上下學，那真是我人生最快樂的時候。」

我說：「妳有沒有愛上這個老師？」

黃梅說：「有。可是我覺得自己被強暴過，不可能和他在一起。在老師家住了兩三個月之後，有一天晚上，老師到房間來跟我聊天，他勸我把過去的事情忘掉，因為那是一件丟臉的事，叫我不要再跟任何人提起，如果以後我跟我的男朋友或先生講，他們會瞧不起我。我問老師說：『怎麼忘得掉？』」

「老師反問我：『如果不忘掉，妳要帶著這種醜事去見妳公婆、妳的先生嗎？』我想想也對。接著老師還問我尿尿會不會痛？他說他想看看我下面有沒有傷口，有沒有必要帶我去醫院縫合。」

我說：「妳讓他看了嗎？他妹妹當時不在家嗎？」

黃梅點點頭：「老師的妹妹偶爾會出差兩三天，那時她剛好不在家。老師檢查完我那裡之後，只說：『還好！』當時他並沒有對我做什麼事，我那時以為他是好人，很關心我。」

我說：「妳『以為』他是好人？所以他不是好人囉？」

黃梅苦笑說：「工作第三個月之後，我就沒領過薪水了，老闆一直跟我說下個月再給，等到第六個月，服裝店的老闆才好奇地問我，他說他看我很乖，怎麼會去住在這個老師家？我只跟他說因為我爸爸會打人。老闆勸我應該回家才對，這個老師不是個好人。我這才知道，原來我前幾個月的薪水都被老師領走了，老闆還問我：『老師有對妳怎麼樣嗎？』我說沒有，這個老闆還喃喃自語的說：『很奇怪，這個老師真的很奇怪！為了妳好，妳應該想辦法離開那邊才對，不回家也去租個房子，既然妳可以半工半讀，不如找一份供吃供住的工作比較好。』」

「回去之後我鼓起勇氣問了老師，老師說那是一場誤會，然後就出去了，回來時他臉上掛彩，他說他為了我去找那個服飾店老闆理論。那天半夜，老師來敲我的房門，還說他愛我很久了……之後他就強暴我，和我父親對待我的方式一樣……我那時候想：『男人怎麼都一樣啊？』結束後他恐嚇我不能告訴別人，也不能逃跑。」

我問：「那你跑了嗎？」

黃梅說：「當然跑啊！隔天我沒有回老師家也沒去上班。我另外找了一份賣衣服的工作，很巧的是，裡面有一個工讀生跟我同校，我和她變成好朋友以後，她說她曾經被那個老師掌控跟強暴。我不敢跟她說我也是，而且隔天我就不敢再去上班了，我怕被那個老師找到。」

我問：「妳有沒有恨過這個老師？」

黃梅想了一下說：「沒有耶。雖然他對我做了同樣的事，可是我想算了，就當是還他一份情吧，至少他幫我逃出那個家，不然如果我繼續留在那裡，一定會成為我爸的『生財器具』，那我不是死得更慘？而且老師還鼓勵我去唸夜間部，讓我白天在這個社會大學學到很多事。至少在那個時候他給了我一個正確的方向啦！只是當我知道他對其他女學生也這樣時，我就覺得他很可惡。」

她的樂觀讓我覺得很特別，我說：「是喔？那妳在社會大學學到什麼？」

黃梅說：「老師妳不要那種態度嘛！至少我還知道是非吧。」

我笑笑說：「對，那妳離開那家店之後做了什麼？」

為了生活　出賣自己

「還是賣衣服啊……可是……我可不可以不要講這一段……」她有所顧忌地說。

我點點頭告訴她：「當然可以啊，這是你的自由！」

她猶豫了一下，最後還是選擇說出來：「後來的三年，我就跟白天工作的服飾店老闆在一起。他太太當時有孕在身，他很直接地告訴我，他有生理上的需求，我有金錢及生活上的需求，如果我同意，他可以照顧我，一直到我畢業。」

「所以妳同意了？」我說。

黃梅點點頭：「我想到老師曾經跟我說過，像我這樣的人要找個好人家嫁很難，不是沒有機會，只是要看我的智慧跟福氣。以我當時的狀況，如果我要租房子、養活自己、還要繼續唸書的話實在是有困難的，所以我同意了！這三年我努力把學業完成，而老闆也真的一直照顧到我畢業，多一天都沒有。」

我愣了一下，問：「什麼意思？」

黃梅說：「畢業後隔天，老闆給了我一筆錢叫我去找房子，他說他跟我之間的買賣結束了。其實我覺得他是愧疚，而且做賊心虛害怕我講出來吧，所以希望我趕快離開。」

我問：「妳有沒有愛上這個老闆？」

黃梅誇張地搖著頭說：「怎麼可能？我想我應該是愛上錢吧。我曾經想過跟老闆娘講，可是我沒有。」

「妳告訴她的用意是什麼？後來為什麼沒有講呢？」

「因為我想做老闆娘呀！後來我想想，覺得年紀差這麼多，在一起也不見得好，所以就算了！」黃梅一副很無所謂的表情，然後繼續說：「畢業後，我到一家旅行社工作，有一天騎著摩托車等紅綠燈的時候，突然旁邊有人叫我，我一看竟然是小時候常來照顧我的那個叔叔。我們到附近的紅茶店聊天，他問我有沒有去找過媽媽，我說：『沒有，也不知道要怎麼找。我國中畢業就搬出去了，現在高中也畢業了。』那個叔叔說我媽在離開家的第三年就過世了，是累死的。他問我過的好不好？我說：『一切都過去了，也沒有什麼好不好。』我沒有告訴他媽媽離開後發生的事。後來我問叔叔，我媽是不是真的行為不檢點。叔叔告訴我，我爸講的都是謊話，是他自己到處侵犯別人的老婆、女兒，對方來找我媽，我媽看不過去，我爸就惱羞成怒打我媽。我又問：『為什麼我爸會說沒有我一切事情都好辦？』叔叔只是安慰我，說這不是我的問題，不要把我爸的話放在心上。當時我好希望這個叔叔是我爸，我有留下他的電話，可是我都沒有找過他。」

我問：「為什麼不連絡呢？」

黃梅遲疑了一下，說：「大概是怕他跟我爸說，怕我爸跑來找我吧！」

「當你聽到母親過世時的心情呢？妳會難過嗎？」

「難過喔……」她一邊講一邊想：「當叔叔說我媽死了的時候，我一點難過的感覺都沒有，可是回家後我卻哭了一整晚。我覺得我媽很可憐，遇到我爸這種男人，一生勞碌最後還是累死的。我媽小時候是個拖油瓶，她的繼父也會對她毛手毛腳，聽說還會偷看她洗澡。我外婆很害怕自己老公會對女兒亂來，所以我媽十五歲時就被嫁給外婆朋友的兒子，這個人就是我爸爸。聽說我爸小時候曾不小心被摔到地上，所以他的反應不是很正常，我阿嬤擔心兒子找不到媳婦，既然我外婆願意，於是我爸和我媽就結婚了。」

「妳離家出走之後，妳爸爸的情況呢？妳有回去看過他嗎？」我問。

黃梅搖搖頭說：「去年叔叔告訴我，他上吊自殺了。」

我問：「妳聽到時有什麼感覺？」

她聳聳肩說：「我想，他也很痛苦吧，這樣一切就都結束了。」

問到這邊，黃梅的背景我已經大致瞭解了，接著我切入主題：「妳為什麼要自殺？」

愛人遠離　自殘開始

黃梅說：「我愛上我的牙醫，然後他開始疏遠我。」

「你們是怎麼開始的？」

她說：「我去看牙齒啊，他塞了一張紙條給我，我很好奇地赴約，之後我們就開始交往了。有一次，我騙他說我懷孕了，沒想到他很高興，還叫我不要上班了，他會照顧我。可是我沒有懷孕啊，幾天後我跟他說我不小心流產了，他很難過還拿了十萬元給我補身體。我很感動他對我這麼好，可是從此以後我就變得很貪，我經常用這種方法騙我的舞客，有一次還騙到一張一百二十萬的支票。那時候我覺得當女人真好，當我得手時我會有一種快感，我覺得這算是對我的補償吧！老師妳說對不對？」

我直視著她說：「不對！錢要靠自己賺，用騙的就是有罪，就會有因果循環報應，等時間到了妳就會瞭解被騙的下場。」

聽我講完後，她仍然很平靜地說：「對啊，後來我被舞場的姊妹騙走一百五十萬，唉！報應啦！我去騙男人的錢然後又被女人騙走。無所謂啦，反正再騙就有了。」

我苦笑說：「如果把這種樂觀積極的心態拿去創業或發揮在工作上，妳一定所向無敵的啦！」

黃梅繼續說：「我當時不會想，也不會存錢，後來這個牙醫教我要存錢，我才開始有點理財的概念。有一次我心情不好割腕，他看到我的傷口很心疼，問我為什麼要做傻事？我說因為我不甘心被騙走一百五十萬，結果他馬上給了我一百五十萬，還要我答應他以後不可以再做傻事。我好感動，第一次有人這樣跟我說話，我就真的愛上他了。」

「他知道妳的過去嗎？」我問。

黃梅說：「沒有！他從來沒問過，他覺得過去都過去了有什麼好問的。其實他長得不怎麼樣，但我覺得他說話很真誠，也不會瞧不起我的職業，還要我不要看輕自己，每種工作都有它的價值在。不過他還是會叫我有空就多讀書，然後換個工作，因為美貌會老化、體力會衰退，等跳不動的時候我該怎麼辦？我覺得他很可愛，我從來沒有想這麼遠過。」

「難怪妳會愛上他。你們在一起多久？為什麼他要疏遠妳？是喜新厭舊嗎？」我問。

黃梅算了一下說：「我們在一起三年，這中間他太太帶著小孩移民國外，診所裡又請了兩位新的醫生，所以他有更多時間可以出國上課或是陪陪家人，而且每次都去很久。」黃梅有些氣憤地說：「我第一次聽到護士說他要去機場時，也沒問清楚他是幾點的飛機，攔了計程車就衝去機場等，而且一等就是十個小時。撲空之後，我很傷心的回家，開始自殘、酗酒，喝了一個星期之後，我開始覺得酒很難喝，而且感覺自己很頹廢、沒有行動力，所以我開始跑步、搖呼拉圈，準備再次出擊！我三天兩頭就去看牙齒，和醫生護士套交情，花了二個星期打聽那個醫生回國的正確時間與班機。醫生回國當天，我等了六個小時，終於讓我堵到人。醫生看到我很高興，知道我等了六個小時，他還心疼地說：『何必如此？』然後他勸我不要再當舞小姐，去上些課，這樣對我比較好。」

黃梅積極的態度讓我覺得很好玩，我還是第一次聽到我的客人跟我說：「因為覺得自己頹廢沒有行動力，所以打起精神再次出擊」。後來，黃梅真的為了這個醫生不當舞小姐了，白天去學英文學畫畫（因為醫生的太太很會畫畫）。「結果呢？」我問黃梅。

她搖搖頭說：「我本來想說他太太不在國內，我們在一起更方便，可是……我想他大概老了，又忙又沒那個體力吧！我去看牙時，他也沒有再約我，只叫我照顧好自己，如果需要錢的話可以跟他說。我不放棄，我常常去等他下班，兩個人也只是一起吃點東西就各自回家了。後來我發覺這樣下去沒有用，我已經停了十個月沒上班，這樣的改變也沒有讓他更愛我，反而讓我覺得很空虛。所以我想，反正跳舞也是一種運動嘛，就乾脆回去上班好了。」

母親怒斥　八卦救命

我說：「妳要的不是錢，而是關心和愛。妳很孤單沒有朋友，生活在恐懼當中，我看，妳卜個卦好了！」

她問我：「要問什麼呢？」

我有點故意地說：「就問看看妳還要不要繼續自殘、自殺啊。」

她篤定地說：「不要！我不要問這個！」她反問我：「那我可不可以問，如果我不再繼續自殘、自殺，將來的日子會不會過得很好？」

真是孺子可教啊！這半天也算沒白費時間了。我笑著拍桌子，很大聲地說：「對！就是問這個！」看起來，黃梅對自己的未來還是有期待的。

結果她卜出一個「大有」卦，當她丟出這個卦時，她的左邊跑出金色的光芒和一個凸八卦。

我說：「不錯喔！這是一個好卦，只要妳不再傷害自己，妳會有錢、有老公、有小孩、有家庭……而且看起來妳短時間內也不會死。」我拿起計算機算了一下說，「妳應該會活到七十六歲……」

她慘叫說：「還這麼久喔？要死了，我今年才三十耶！」

我想黃梅應該很開心聽到這個答案吧！她其實很可愛，並沒有卡在自己的過去裡自怨自艾。我想，醫生的正面引導，還有那個國中老師雖然老師侵害了她，但也告訴她過去的事要忘掉，繼續往前走，我想這些對她都有正面影響。

我說：「小姐，我給妳一樣東西，對妳是有幫助的，妳會不會用？」她點點頭說會。我說：「雖然妳的故事聽起來滿悲哀的，但妳給人的感覺很正面，妳是一個好孩子，很多遇到這種事情的人都會跳不出來……」

她一聽我讚美她，有點害羞地說：「我剛來時覺得妳好兇喔，一副就是不想幫助我的樣子。」

我一邊動手將制煞與平安的銅錢綁在八卦上，一邊板著臉說：「對啊，我看到妳那隻手就想把它剁下來，既然妳這麼不喜歡它的話，乾脆砍下來算了，每年報稅妳還可以多一個殘障津貼可以扣抵哩，反正妳這麼愛錢。」

她一臉無辜地看著我說：「老師，妳講話好直接喔，好可怕。」

我把八卦拿給她，並教她回去如何啟動八卦轉運，然後說：「二個星期後妳再來找我，這二個星期內妳應該會有其他的想法。」

她問我：「什麼時候可以啟動。」

我說：「回去後就可以啟動了，越快啟動對妳越好。」

她回去後的第四天打電話給我，她說她剛從醫院回來。那天從我這邊離開之後，她回家就發生了一件非常奇怪的事，連她的同事都覺得很恐怖。

那天她從我家離開後，想說回去就要趕快啟動八卦，結果急忙地吃完晚餐後胃很痛，心情也變得很糟糕，吃過藥後還是很不舒服。直到晚上九點，她想說去舞廳上班賺個一、二場好了，八卦也就被她隨意地扔在桌上。

「到了舞廳之後我就開始猛喝酒，那種感覺就像鬼上身一樣，酒一杯接著一杯喝，我同事覺得很奇怪，跑來勸我說：『妳這樣喝會死的啦！妳今天怎麼了？』我當時就是莫名地覺得心情很差，不到十一點我就吐得一蹋糊塗。那一晚我一塊錢都沒賺到反而賠了一堆酒錢，然後我就先回家了。回到家後，我還是好難過、好想死，我想到我媽，我好傷心好傷心，好想去找她。那天晚上我的死意很堅決，我把電話線給剪了，然後翻箱倒櫃地找到唯一一張我媽的照片，我把它放在內衣裡面就像是放在心裡一樣，然後我就割腕了。」

黃梅吐口氣繼續說：「這一次我割得很深，血很快地噴出來，迷迷糊糊中我看到我媽穿了一件深藍色的毛衣，跟我說：『來，媽媽抱一下！』當我把手伸過去時，我媽看到了我的傷口，罵我說：『妳怎麼會做這種傻事？妳太糟糕、太笨了……』我哭著說：『可是我好想妳，只有這樣我才見得到妳。』我媽很生氣地說：『這是不對的，妳不是有去找一個邢老師嗎？她給妳的八卦妳為什麼不把它放好？妳不要自以為是，人生是要不斷虛心學習的……』而這時，電話就響了……」

我說：「妳不是把電話線剪了嗎？」

她說：「手機啦！因為我同事很擔心我，所以打電話來問問我的狀況。我同事說，她從電話裡聽到我問我媽說：『媽，妳會不會原諒我？我可不可以跟妳走？帶我去有妳的地方好不好……』她們嚇死了馬上報警來救我，所以警察還是破門而入的。我同事說她看到我的時候到處都是血，手裡還握著一個八卦，手機放在包包裡根本就沒有拿出來過。老師，妳的八卦救了我欸！」聽完後，我自己也傻住了。

運隨念轉　好事相隨

八卦放好後，黃梅第一件事就是脫離當舞小姐，然後開始找賣衣服的工作，結果她工作沒找成，竟意外地頂到一間服裝店。這間服裝店原本開價七十五萬，因為老闆覺得和黃梅很投緣，很想幫助她，最後他們十五萬成交，而且店內的東西大部分也都留給了她。

幾個月過去，農曆年時黃梅來拜年，說她認識了一個業務員，過去也曾經開過服裝店。黃梅說：「老師，當他靠近我的時候，我會全身發熱耶。」

我看到她左邊閃著金光，就說：「恭喜喔，妳戀愛了。」

黃梅又開心又懷疑地說：「是這樣嗎？」

我說：「當然，愛情是有溫度的。」後來黃梅和業務員交往四個月就結婚了，對方知道她曾經是舞小姐，可是他不介意，因為他的哥哥潦倒時也是在酒店小姐的幫助下，重新振作起來的。

現在，黃梅的服裝生意已經做到大盤商了，在松山跟後火車站也都有自己的店。她經常用自己的故事來引導年輕美眉，並鼓勵在她店裡工作的小朋友，要把握有父母的福報，對人生不要輕易抱怨或放棄，不要浪費自己的生命，不要因為一時的錯誤造成難以挽回的遺憾。

觀念不同，得到的結果也就不同。人生有很多不好的事情，我們要學習遺忘、學習放下，如果一直耿耿於懷，我們永遠也不會長大永遠也不會快樂，唯一能做的就是面對它、接受它、處理它、然後放下它。

8 變調的愛　孩子一輩子的障礙

父母變態的愛，孩子無法辨別也無力抗拒；長大後，孩子卻必須獨自與良心拉扯，活在錯亂的道德觀之中。

蘭小姐，三十八年次，一個曾經過著出入有私人司機、衣櫃裡貂皮大衣比睡衣還多，生活極其奢華的貴婦；一個光環退盡、自殺十二次、進出醫院十次的躁鬱症病患；一個四十九歲時還為了接客而跑去隆乳的娼妓；一個五十四歲開始一心向佛，因此找到自己精神問題解決之路的佛門弟子；一個因為學佛瞭解付出真諦，彌補來不及對父親感謝與照顧的女兒；一個因為學佛，懂得認真生活的計程車司機。

身後的柵欄　提醒謹慎處理問題

蘭小姐是透過朋友的介紹來找我的，她一點也看不出來已經五十四歲了，全身上下充滿著一種野性美，如果要我形容得清楚一點，就是——風騷的小野貓一隻。她來找我的時候，前夫已經過世了，大兒子也死了，小女兒則是不知去向。

她一坐下，我就看到她的頭頂後面有一個藍灰色的柵欄。我馬上想到介紹她來的朋友曾事先警告我，蘭小姐有酗酒及精神方面的問題，而且是一個「很番」的人，當我看到這個柵欄時，除了感受到她的悲傷與憂鬱外，更覺得關老爺似乎是在提醒我，處理她的事情時要格外小心，就像過平交道的柵欄一樣，一定要先停看聽以後再做處理。除此之外我還算了一下，蘭小姐不只在酒與精神上有問題，她在肉體上也有很大的需要。

蘭小姐的父親是做生意的，家境非常好，可是父母在她很小的時候就離婚了。因為父親有外遇，母親在無法忍受的情形下，拿了一筆錢就帶著她跟姊姊一起搬到台北生活了。雖然父母離了婚，但蘭小姐的爸爸仍一直照顧著她們母女三人的生活，甚至在過世前就先把遺產準備好了。只是蘭小姐敗家成習，不到三年的時間就把上千萬的遺產敗光。

蘭小姐告訴我，她跟姊姊從小就有各自的奶媽，即使父母離婚後搬到台北，她們的生活也一直過得很好，甚至一直到唸大學的時候，蘭小姐每天上學都還有司機專車接送。

蘭小姐唸大一時，某天她跟著司機到一個有錢人家裡玩，因此認識了她的先生，而且很快地她就休學不唸了，因為她懷孕了！不過蘭小姐她先生的家人並不承認她，所以兩個年輕人只好在外面租一個愛的小窩。

「那是我人生中最幸福快樂的時光。」蘭小姐感慨地這麼說。

這對年輕小夫妻感情不錯，他們陸續生了一男一女，一直到大兒子五歲時，先生的家人才接納她，要他們搬回家住。搬回去之後，她先生便開始從政，而且變得非常忙碌，也因此，蘭小姐的婆婆開始趁此機會給她臉色看，每天把她當女傭一樣使喚。蘭小姐說：「老師妳知道嗎？我很厲害的！我原本連米都不會洗，後來我會做饅頭、包水餃、還能煮出一桌好菜。只是不管我怎麼做，我的婆婆還是不滿意。」後來，蘭小姐因為空虛寂寞，開始和每一個司機有染。就在蘭小姐的先生出國很長一段時間之後，她竟然懷孕了，這時才東窗事發，婆家人才知道她做了這種傷風敗俗的事情。

事情爆開後，蘭小姐非但沒有因此收斂自己，反而丟著小孩不管乾脆玩開了。她開始到俱樂部去到處交際應酬，她毫不避諱地告訴我：「二十四歲到三十四歲，是我玩得最瘋狂的十年，社區裡有好幾棟房子我都去睡過。」蘭小姐不覺得自己是在賣身，她說：「反正就是這樣啊！我自己也有需求，和這些老闆、大官睡完還有錢可以拿。」

三十五歲時，蘭小姐的先生終於受不了她的行為，決定跟她離婚。她以為自己到外面依然可以吃香喝辣，所以她一塊錢都沒有跟夫家要，兩個小孩也不爭取，瀟脫地連一件衣服都不帶就離開了。

可是光環沒了、特權沒了、俱樂部沒了，那些有錢的大官、大老闆也就不再理她了。蘭小姐從絢爛歸於平淡，她開始後悔離婚，開始生病，一直到四十歲，她的躁鬱可說達到最高點！那時她從四十一公斤胖到六十五公斤，自殺十二次，進出醫院十次，自殺的原因都是因為跟前夫要錢要不到。每一次，蘭小姐的前夫都會到醫院去幫她把醫藥費清掉，直到第十次自殺之後，蘭小姐的前夫就再也不理她了，和她徹底地劃清界線，全家移民國外，搬到哪也沒讓蘭小姐知道。

很久之後，蘭小姐才輾轉知道，她的大兒子吸毒死了，死的時候才二十五歲。蘭小姐說：「我覺得兒子是慢性自殺死的，是我把兒子害死的。」

我問她為什麼會這麼說？她說，兒子的保母曾經告訴她，她的兒子非常想念媽媽，他在日記裡所寫的都是想盡辦法要報復媽媽。

五十四歲開始學佛　人生積極重新開始

蘭小姐不懂得惜福、不瞭解因果，所以原本有很好的婚姻，卻因為自己的行為不檢點而導致破裂。我認為要讓她走回正途，必須先建立正確的信仰比較好。

她問我：「為什麼要有信仰？」

我說：「有信仰，妳就會相信因果，會對自己所做的事情懺悔，最重要的是心靈有個依靠，將來妳姐姐和妳母親過世時，妳會知道該怎麼去引導她們。」接著我給了她一條一百零八顆的佛珠，教她常唸「阿彌陀佛」，還拿了《正信佛教》跟《學佛群疑》這二本書給她看。

兩個星期後蘭小姐又來找我，她變得不一樣了！從以前的渾渾噩噩，改變成今天的積極進取，她告訴我說：「我皈依了，阿彌陀佛，我現在是佛教徒。」然後她告訴我，她想做點生意，因為她很會做醬菜，所以她便開始做起醬菜生意。

新生活維持三個月之後，左鄰右舍的太太們一到下午就開始聚集在蘭小姐家門口，一起喝酒、一起吃她做的小菜，高興的時候還會划拳。蘭小姐開始期待下午的喝酒時間，她覺得自己幹嘛要這麼辛苦，每天這樣生活不是很快樂嗎？所以她忘了信仰、忘了唸佛、當然也忘了我，就這樣失蹤半年，一直到她母親生病住院，她才又想起我。

蘭小姐來找我時，我劈頭就說：「妳不應該再喝酒的。」

她給我的解釋是：「好玩啦，沒想到一喝就過了半年，一點成就都沒有。」

我有點灰心，但還是問她：「妳身體有沒有不舒服？」因為蘭小姐一進來，我就看到她的臉「中間」呈現很明顯的紅，我覺得好像是發炎的徵兆。

蘭小姐二話不說馬上把衣服拉起來給我看，在她兩乳中間靠近胃部的地方，已經隆起一個不小的硬塊。她說這個硬塊已經出現一段時間了，因為不痛所以她也沒去理它。

我要她趕快去看醫生，因為我覺得裡面應該是發炎了。

她說：「可是我媽現在也在住院耶，我得照顧她才行。」

我說：「這不影響啊，妳母親住院，妳去看她也可以順便檢查啊。」

蘭小姐的母親是因為感冒而引起肺炎的，她說：「其實我母親活得很辛苦，死了對她來說或許也是解脫。可是我不希望她死，她死了我姊怎麼辦？我沒辦法照顧我姊的！老師，妳沒看過我姊依賴我媽的樣子，真的─很─變─態！之前我姊還把我媽的胸部咬傷。」

我嚇一跳地說：「怎麼會？」

蘭小姐說：「我媽會把衣服拉起來讓我姊像嬰兒一樣吸奶耶。」

蘭小姐的姊姊很漂亮，曾經當過空姐，一談戀愛就失蹤，經常消失一段時間不和所有人連絡，之後再出現時就是跟對方分手，然後回家哭得死去活來，療傷完後又再出擊。就這樣，消失、出現、哭鬧、重新出發的戲碼重覆上演，一直到她五十歲老了，身材也垮了，蘭小姐的姊姊從此再也不出擊，每天躲在家裡裝瘋賣傻地不出門。

藺小姐說：「我姊每次受傷回家，我媽都會說：『就告訴妳外面都是壞人吧！沒關係，媽媽會保護妳的。』我媽因為自己的婚姻失敗，所以從小不准我們交朋友，過度限制與保護我們，所以我們長大一踏入這個花花世界就迷失了方向。我姊去當空姐的第二天就和機長發生了關係，她大概跟每個機長都睡過吧！我自己也是第一次去別人家玩，就玩到對方的床上去了。」

這一次，我勸她快點去看醫生，並給她一個藥師佛讓她帶在身上。

交友不慎　警示寫在臉上

隔了二個月，藺小姐又來找我，這次她是專程來謝謝我上次提醒她去看醫生的。藺小姐說，因為她四十六歲時曾去隆乳，裡面有傷口潰爛、硬化了，她常會突然發熱或發冷，但她都以為是自己太緊張的關係。還好這一次她聽了我的話，因為醫生說如果再拖下去，情況可能就無法收拾了。

不過，這時我卻看到藺小姐臉上原本的紅色直線又多了一撇，變成紅色十字了。

她很警覺地問：「老師，妳這樣看我是不是我又有什麼災難啊？」

我問：「妳最近有沒有做什麼不對的事情啊？」

她很誠實地說：「老師，我好像做什麼都不對耶！我就不務正業啊……」蘭小姐知道我不會因為她的過去而瞧不起她，所以她都會很誠實地把自己的想法講出來。

我說：「知道錯就要改啊，其實妳年紀也不小了，可以找一個年紀大一點、穩重一點的男人依靠啊。」

她不害臊地告訴我，她喜歡年輕的，還說：「我最近喜歡上一個五十二年次的小男生喔。」

我看她的表情，馬上說：「不對喔……」

她繼續說：「他叫阿光啦！我們會認識是因為他跟我說要找小姐，而且想找年紀大、長的醜、越胖越好的。我照他的要求找了一個，但卻不能滿足他的需求，第二次我自己來，結果就成功達到標準了。」

我聽得一頭霧水，問：「妳在講什麼我沒聽懂？妳說妳現在在做什麼工作？」

原來，蘭小姐有一間房子租給酒店小姐，她聽酒店小姐說店裡賣的酒菜都很貴很好賺，因此她靈機一動，就把自己做的滷菜拿到酒店賣。去了幾次酒店也混熟了之後，對酒和性完全沒有抵抗力的蘭小姐簡直像到天堂一樣！而且她的觀察力很敏銳，她看計程車會載酒店的小姐出去，而且發現他們都是有組織的。所以，蘭小姐開始開發自己的小姐，然後做起「馬伕」生意，有時候生意太好忙到沒有小姐的時候，她還會自己下海去賺。

老實說，我真的非常佩服藺小姐的學習能力，只可惜她沒把聰明用在對的地方，實在浪費！

藺小姐繼續開心地說，她愛上了這個小男生。

聽到這，我心臟已經快沒力了，我說：「不要吧……」我問她：「妳有沒有發現這個男生有不對勁的地方？」

她想了想，說：「沒有啊，他戴的是名錶，開的車也不錯，他說他是做房地產的……啊！有啦！就是他每次做完後，如果感覺很滿意，他就會赤裸裸地縮在牆角發出嘻嘻嘻的笑聲，那種笑很奇怪，有點恐怖，因為他會一直笑到眼淚都流出來，而且分不出來他到底是在哭還是在笑。我第一次嚇死了，抱著他一直安慰，他竟然像小孩子一樣用臉在我身上磨蹭，那個動作讓我想到我姊跟我媽。」

我說：「不太對喔！我覺得妳臉上的紅十字是一個死卦。」

她很害怕地說：「他該不會想跟我同歸於盡吧？」

我反問：「妳為什麼會講『同歸於盡』？」

她被我問得愣住了，然後說：「不知道耶，就講出來了啊！」

蘭小姐回去後，阿光果真要找她「同歸於盡」一起尋死。蘭小姐雖然很害怕，但還是很有耐心地安撫他、不斷地跟他說有困難說出來她可以幫助他。花了很久的時間，又陪他喝了幾杯酒，阿光才平靜下來，慢慢說出他的悲慘故事。

耐心化解災難　錦囊幫助朋友

原來阿光只有高中肄業，是個剛從監獄出來的煙毒犯。阿光的母親從小就非常疼愛他，在他母親的要求下，他從國中二年級開始就跟母親有不正常的關係，而且次數非常頻繁，每一次事情結束後，阿光的母親都會給他很多錢花用。直到阿光升上高中，開始交朋友之後，阿光的母親開始變得歇斯底里，最後還不准他去讀書，每天把他關在家裡，走到哪都帶著這個兒子。

我問：「他沒有爸爸嗎？他爸爸不知道嗎？」

蘭小姐又是點頭又是搖頭地說：「他爸爸不知道他們母子的關係啦！阿光他媽媽對他很好，對他爸卻很壞，所以阿光他爸爸不喜歡他，只要他媽一不在，他爸就會藉機打他。後來阿光的媽媽在他十八歲時過世了，誇張的是，在阿光的記憶裡，他每天晚上都是跟媽媽睡在一起的。」

「阿光他媽媽死後，他們父子的關係變得更惡劣了，家裡待不下去，阿光乾脆逃家。在外面，阿光遇到一個老先生，是個小偷的頭，底下有五六個跟他一樣的中輟生。這個老先生教阿光偷東西，他發現偷東西其實很好玩，在逃跑的時候也會有一種快感，於是阿光就成了監獄裡的常客，時常進進出出。後來那個老先生年紀大死了，阿光非常難過，那種打擊就像當年他媽媽死掉一樣，阿光頓時失去了依靠，整個人又不知所措了起來。」

藺小姐像在報告她的新發現一樣，興致很高地說著她仔細詢問阿光後發現的新資料。這是我第一次聽到親生母親對兒子下手的事，簡直不可思議！我很同情阿光，但在我日後的從業生涯中，仍偶爾會碰到這樣的案例，其中更不乏高級知識份子，我不禁想問：這個世界到底出了什麼問題？

聽完後，我給藺小姐一個錦囊，裡面放了寶石跟彈珠，並要藺小姐下一次看到阿光時，拆掉他衣服最上面及最下面的鈕扣各一顆，放進錦囊包好，然後交給阿光隨身攜帶。我跟藺小姐說：「試試看啦！我不太確定對不對，或許這個可以幫助他。」我希望上面的扣子扣住他的觀念，下面的扣子扣住他的慾念。

一個星期後，藺小姐又來跟我做彙報了！她一進來，就要我看看她臉上有沒有什麼東西。我看了看告訴她：「妳的十字架不見了。」

她有點失望地說：「當然不見了，我的小男朋友現在不需要胖女人，也不需要媽了。老師妳真的很厲害耶！我真的很佩服妳。前天我問他有沒有『需要』，他竟然搖搖頭跟我說他現在在修身養性，我還虧他說：『那你要不要去當和尚啊？』」

蘭小姐繼續說：「老師啊，我那個小弟弟說，自從他拿了妳給他的錦囊之後，他開始想脫離以前的生活找份正當工作做欸。有一天晚上他做了一個夢，夢裡有人叫他再去偷東西，可是他不想去，他在夢裡說：『我已經學佛了，我不能偷東西了。』他說他在夢裡很清楚，自己不能再偷、也不想再偷，他想脫離『賊』這個字。但是才一說完，他就看到很多人在笑他，這些人都是他在獄中看過的臉孔。他們嘲笑阿光說：『你不可能脫離賊這個字的！學佛沒有用啦，只有跟我們在一起你才上得了天堂。』阿光說，他聽了很氣也很怕，這時關老爺突然出現跟他說：『你要記得邢老師說的話喔！』隔天他就問我，妳是不是姓『邢』，他還說夢裡妳給了他二條繩子保平安。他跟妳和關老爺好像很有緣耶！妳要不要見見他啊？他是個小偷喔！如果他來妳這裡掉了什麼東西我可不負責喔！」她一講完自己就遮著嘴一直笑，我覺得眼前這個年過半百的人真像個小孩。

母親變態的愛　轉移到兒子身上

三個星期之後，藺小姐帶著阿光一起來找我，而且她帶阿光過來那天沒有先預約也沒有先打電話，兩個人叫了計程車就直接跑來了。

阿光有點胖胖的，坐在我前面時很明顯可以感受到他的焦慮、自卑跟沒有安全感。他告訴我，其實他不太敢也不太想來，因為他覺得我好像會把他看穿一樣。

阿光說，她媽媽從小就很寵他、會打扮他。有時候會讓他穿著小西裝，有時候會叫他穿澎澎裙跳舞給媽媽看，如果他照做媽媽就會很開心，會帶他去吃好吃的、買很多的玩具給他。阿光的媽媽原本就有心臟方面的疾病，國二時媽媽第一次「要求親密關係」時就是告訴他：「每一個有病的媽媽都是這樣做的，這是醫生教的，如果你不要媽媽死掉，就要幫助媽媽。」

我覺得阿光的媽媽只是把阿光當成自己的玩具，小的時候是手中的玩具，長大就成了床上的玩具。我問：「你到什麼時候才知道這是不對的？」

他說：「小時候我覺得有錢用沒有什麼對不對。一直到當兵時，有一次弟兄們放假要出去找女人，他們問我：『有沒有經驗？』我說：『有。』他們問我：『是跟女朋友還是外面找的？』我說：『跟我媽。』從此以後我被他們當成怪物一樣經常被取笑，只有一個弟兄同情我，他告訴我，我和我媽之間的行為是不對的。後來我才知道，他會同情我是因為我們同病相憐，他是被他姊姊脅迫的。因為他媽媽早死，父親的身體不好，家裡的經濟都靠姊姊，他唸大學時的學費也得靠姊姊，我們的問題一樣都是因為錢。退伍後一個星期，我到他家去找他，結果他竟然已經自殺身亡了！我看到她姊姊哭得很傷心，我好想跟她說：『妳就是殺人兇手！就是妳把妳弟弟害死的。』」

「阿彌陀佛！這個世界是出了什麼事啊？怎麼會有『人』能對親人做出這樣的事？」我從羅盤看到阿光的媽媽對阿光病態與變態的愛，應該是從她小時候跟自己的弟弟就開始了。阿光也覺得很有可能，因為他舅舅是不跟媽媽往來的，即使是會碰面的場合也都會盡量避開媽媽。

阿光說，在拿到我的錦囊前，他只要感覺很害怕、很痛苦，就會想找「媽媽」、想找「歐巴桑」，他一邊講，我一邊用三條彩繩編了一個手環給他，希望能幫助他避開一些小人，堅定意志。

智慧不足　信仰不堅

隔年九月一日晚上，我夢到有人按門鈴，一個聲音很粗的男人說要找阿光。

我說：「他不住這啊！」

他說：「叫他的朋友跟他說趕快去報到！」

我問：「去哪報到？」

他說：「監獄！」

醒過來後我趕緊打電話找蘭小姐，可是手機怎麼打都打不通，二天後蘭小姐才回我電話，我很生氣地問：「妳怎麼都不接電話？」

她支支吾吾地問我什麼事？我很急地問：「妳那個朋友阿光在哪裡？」

她遲疑了一下，說：「欸……老師妳找他有什麼事嗎？」

於是我把我做的夢告訴蘭小姐，蘭小姐在電話裡小小聲地問：「是什麼時候的事啊？」

我說：「兩天前。」

蘭小姐聲音更小了：「啊～妳真準啊！兩天前他被抓了，我怕被牽連所以把電話本啊、手機啊，都丟掉換掉了。」

我問：「他是怎麼了？」

蘭小姐說：「唉！他就是幫朋友送一包東西啊，結果那包東西剛好是毒品！警察已經跟蹤那個朋友很久了，結果阿光第一次幫他就被拖下水了。」

我很惋惜地說：「他怎麼這麼笨啊？那妳為什麼怕被牽連？妳也有幫忙嗎？」

蘭小姐馬上撇清關係說：「沒有喔！因為我怕他的手機有我的電話，警察會找我去問話啊！等一下他們要是知道我做那種生意，把我順便抓起來怎麼辦？老師妳要不要幫我問一下關公，這一次被抓的名單裡有沒有我啊？老師，交朋友真的很重要，阿光就是沒交到好的朋友啦！」

我又問：「那妳是怎麼知道的？」

她說：「唉喲！他要做這檔生意時有來問我啊！我有勸他，可是他覺得學佛好像賺不到什麼錢。我覺得是他自己不夠努力啦！我很努力喔！而且我覺得他的心態有問題，他跟我說，如果他沒被抓到就是佛祖可憐他，他應該賺這一筆，而且他認為自己沒有吸毒，只是送東西而已，如果沒被抓，代表這些人該死，佛祖要用毒品懲罰這些人。我覺得阿光是在找可以做錯事的理由啦！我跟他說：『你要做這檔事，有夢到關老爺跟你說可以嗎？邢老師有說可以嗎？還是你自己想做而已？』阿光叫我不要跟妳說，所以這兩天我都忙著整理東西、搬家、跟他劃清界線。老師，我救不了他只好避開他對不對？我也很聰明對不對？」

蘭小姐講出我心中多年來的感慨，很多來找我尋求幫助的朋友，都會將錯的事情說服自己是對的，然後帶著預設好的答案來找我，希能從我這邊得到背書。而當他們聽不到自己想聽的答案時，我就成了他們口中的「神棍」。

因禍得福

阿光被抓的事情，讓蘭小姐不敢再繼續當「馬伕」了。她換掉所有的連絡方式，金盆洗手，只當個單純的計程車司機。

她說她學佛之後，個性變得清心寡欲，因為走入正道、善心學佛，所以她現在比較不怕孤單，對未來也有勇氣和信心了，她現在唯一的目標，就是把媽媽和姊姊照顧好。我聽她講得振振有辭的，還笑著問她：「講完了沒？」

不過，我看到她確實變得有耐性了，也會感恩、珍惜自己賺來的錢。後來她常常到安養院陪老人家聊天，還認了兩個乾爹，她說要把生命中來不及對父親做的感謝及照顧，都寄託在安養院上。

看著蘭小姐，我突然覺得老天爺的安排似乎都有祂的道理在，蘭小姐好像是祂特別挑選的人，引領其他需要幫助的人帶到我這兒來；老天爺也像是要給她一個重新反省的機會，所以讓她從金字塔的頂端跌到金字塔的底部學習，並且了解「懺悔」跟「改變」的重要。

每一個人的手上都有一個風箏，風箏上載滿了自己的道德、觀念、行為、愛與力量。放風箏需要愛、力量與自信。用對力量時，風箏可隨風徜徉、收放自如；力量用錯的話，風箏就會不受控制隨風亂飛、甚至被扯斷離你遠去。

我的角色就像教人放風箏一樣，教好了之後，這個風箏還是要交回每一個人的手上，要收、要放，就看自己怎麼控制。

Chapter 3 教養不同 命運迥異

親子教育是永遠的功課，沒有終點。過與不及的懲罰、父母自以為嚴厲有效的教育方式，或許已造成孩子心中的缺陷和創傷。

9 父母不公平的教育　子女不一樣的命運

早期重男輕女的觀念中，許多父母過度偏袒兒子卻忽視女兒，往往造成兒子在家裡囂張霸道、出社會懦弱無能，而女兒卻堅強努力地開創出不一樣的人生。

一樣的家庭、一樣的父母、一樣的生長環境，但是父母所給予的教養不同，往往造就孩子不一樣的個性。不一樣的個性發展出不一樣的生活態度與不一樣的人生格局，當然最後的結局也就不一樣了。

蓓蓓和我是在民國八十七年認識的，她有四個兄弟姊妹：一個姊姊、一個妹妹和二個弟弟。蓓蓓排行第二，人家說家中排行第二的小孩通常是「爹不疼、娘不愛、吃好的沒份、挨打受罰絕對少不了」，蓓蓓就是這樣的老二命。

同樣的父母　同樣的環境　不一樣的命運

民國九十六年，蓓蓓和妹妹一起來找我問事業，因為我們很熟了，所以她一坐下，我就說：「嗯……妳今年會服喪喔……」

蓓蓓愣了一下，問道：「是我伯母嗎？她很老了，脾氣也不太好……」

我說：「不是女生，是男生喔，都是妳的親人，而且是二個，還滿年輕的……不過一切隨緣吧！妳們今天要來要問什麼？」

我並沒有再多說什麼，也沒有特別安慰她，因為我看到的是已經在辦喪事的畫面了。當天晚上，不知為何我感覺特別累，所以我比平常還要早就上床休息，到了凌晨快一點的時候，我被一陣很用力的推門聲嚇醒，隨即聞到一股很臭很臭的腐肉味，我趕快爬起來，以為是有冤魂來投訴。

當我走到客廳時，我看到一個好像喝醉酒的灰灰，半躺半坐地攤在我房門旁邊的椅子上。我走到供桌前拿出二個油燈準備幫他點燈，可是打火機一直打不出火來，我看裡面的油是滿的呀，但就是打不出火！於是我換了一個打火機，情況還是一樣，我一共換了四個打火機都不能用，最後我乾脆去廚房開瓦斯來點燈。好不容易點著了，當我走回房間再回頭看一下供桌時，發現二個燈都熄滅了，當時沒有風，同時我覺得房門的這個灰灰有些怪，所以我想：「隨緣吧！可能是點燈也來不及了，等下次超渡時再一起處理吧！」當時我並不曉得他就是蓓蓓的弟弟，也沒把他和早上的事聯想在一起。

四個月之後蓓蓓來找我，她說她大表哥的兒子因為胰臟病過世了，二十多天後她的小弟阿量也走了，她這次來就是希望我能幫她弟弟阿量超渡的。

我問：「妳弟弟是怎麼死的？」

蓓蓓說：「法醫驗屍說死因是肝昏迷，不過我們都覺得他應該是酒喝太多，再加上晚上很冷，心臟負荷不來而死的。」

蓓蓓講到這時，突然壓低了聲音跟我說：「老師，妳真的很厲害耶！妳記不記得兩年前妳說我有高血壓要注意，還說我可能會中風，兩個月前我真的小中風了耶！」

我瞪大眼說：「妳怎麼沒跟我說？」

蓓蓓說：「我沒時間，也不敢跟妳說啊！我想跟妳說也沒用。」

我有點生氣地說：「喂！妳怎麼這樣講？妳告訴我，我可以幫妳修法點燈，幫妳早日渡過難關啊。」

蓓蓓馬上接著說：「講到點燈喔，妳看我從八十九年開始每年都幫我那個弟弟點燈，就今年沒點，當我想到的時候，自己也生病了，所以也就延了下來，沒想到他今年就死了。如果不是我大弟去送生活費給他，還不曉得要死多久才會被人發現。」蓓蓓嘆口氣說：「他死了，我朋友私底下偷偷恭喜我說：『蓓啊，妳終於出頭天了……』我們家五個兄弟姊妹，真的是五種不一樣的個性，五種不一樣的命運……」

父親的不得志與母親的放不下

小時候，蓓蓓的父親是開碾米廠的，不過生意一直做不起來，沒多久就把碾米廠收起來，再也沒有工作過，一天到晚除了喝酒還是喝酒，到死都放不下酒瓶。民國七十一年她的父親過世，臨終前躺在醫院的病床上，一直看著房間的門。蓓蓓問父親：「是不是想出去喝酒，要不要拿瓶米酒給你喝？」他爸爸點點頭，喝完米酒就斷氣了。

「父親走後的遺產問題，是造成日後我兩個弟弟感情出現嚴重裂痕的主要原因。」蓓蓓搖著頭說。

父親關掉碾米廠後，家裡的經濟開銷全都落到蓓蓓媽媽的肩頭上。在早期四十年代，一個女人要撐起一家的經濟是非常不簡單的。蓓蓓的母親靠養豬、養雞、賣小豬仔和雞蛋來維持家計。蓓蓓從小就要幫媽媽弄飼料、挑餿水、滾餿水、餵豬餵雞、照顧弟妹洗澡穿衣吃飯等等，清晨四、五點就起床，快到半夜才能上床睡覺，永遠都有忙不完的事。

蓓蓓的母親一生過得非常辛苦，蓓蓓形容自己的媽媽是一個很愛面子、非常喜歡和親戚朋友、左右鄰居做比較的人。蓓蓓和兄弟姊妹之間也經常被母親比來比去的。

「比到最後只比出彼此間深深的隔閡與不滿，所以我們手足間的感情從小就很淡……」蓓蓓很感慨地說。

蓓蓓的母親在民國八十六年時中風，一直到民國九十一年，才因為感冒引起併發症而過世。

「那時，我媽在醫院的二樓急救，講白點就是在那裡等死。我媽痛苦的呻吟聲叫得整個二樓都聽得到，我們看著儀器圖表忽上忽下的，連醫生都不知道是什麼原因。」

我說：「那是死前的放不下與不甘願，人在靈體與肉體要分離時，其實是會痛的，那是一種要被撕裂開來的痛。放得下、無牽無掛的人，抖一下就分開了，沒有什麼痛苦；可是放不下、對人生還有太多不甘願與不捨的人，就會因為靈魂想回去但肉體已經停止運作必須分離，而一直重覆著這樣的撕裂。我認識一位醫生，他沒有任何的宗教信仰，我們有一次聊到生死時，他說他看過很多案例，病人已經量不到血壓、測不到脈博，但是心電圖還有反應，痛苦的呻吟聲是不甘心啊。妳的母親應該是不甘願面對與親人的分離吧。」

我繼續問：「她生前最大的遺憾是什麼？」

蓓蓓歪著頭想了一想說：「她很想出國，在她那個年代，能出國是一件非常有面子的事。不過重點不在出國，而是出國一定要買很多東西回來，送給所有的親朋好友，讓大家都知道你出國了。有一年我想帶她去琉球玩，不過我的能力只能負擔她的旅費，實在無法支付龐大的禮物費用。可是，我知道以我媽愛面子的程度，她一定會買很多禮物回來送人，所以我就和我媽說：『阿母，我帶妳去琉球玩，可是妳不要告訴別人，我們就靜靜地去、靜靜地回來。』沒想到我媽竟因此不願意去！她一直都很遺憾沒有出過國，我想她遺憾的重點不是沒有旅遊的經驗，而是遺憾沒能在親友面前風光一次。」

母親的偏執教養　影響手足親情

蓓蓓說：「我大姊出生時，或許是第一胎的緣故，雖然是女兒，但可說是集三千寵愛於一身，一直到我長大，我媽都還是非常疼愛我大姊。我大姊比較會唸書，唸的是公立商職，對於愛面子的我媽來說，大姊是她帶得出去的驕傲。小時候，我姊要是把我上學要穿的襪子鞋子穿走，我媽絕對不會罵她，反而會跟我說：『讓妳大姊穿會怎麼樣？』我還記得她商職畢業要出去工作時，我媽帶她到布店請師父幫她做衣服，她的衣服都是訂做的。我的也是訂做的啦，只不過是我媽買布回來自己做，不是給師父做的。」

因為母親的偏心，讓蓓蓓和大姊之間一直都有很深的隔閡。

蓓蓓繼續說：「大姊二十六歲那年檢查出有鼻咽癌，當時醫生說她活不過十年，可是她活到四十三歲。在她四十一歲時，耳朵附近又發現了腫瘤，開刀治療都是我跟公司請假陪她去的。有一天，她在醫院很感慨地跟我說：『蓓啊，我沒有想到妳會對我這麼好……』當時我聽了真的很心酸。後來癌細胞擴散，不到一年我姊就過世了。她一輩子都沒有結婚，走的時候是年初三，一直到除夕那天她都還繼續到公司上班。那時我很氣我媽，氣她為什麼沒有催大姊早點做治療。」

我很好奇地問蓓蓓：「妳媽媽不是很疼妳大姊嗎？怎麼沒帶她去做治療呢？」

蓓蓓聳聳肩又搖搖頭地說：「我媽年輕時過得很苦，或許……她最愛的還是她自己吧。」

從小受寵　不被要求

講到自己的成長，蓓蓓顯得有些激動：「當我一出生家人知道又是個女兒時，失望得想乾脆送人好了。我隱約知道自己不討家人喜歡，所以從小就很乖很少哭鬧，最後我的舅公說話了，他說：『這個囡囝這麼乖，真的要送人嗎？』我的父母這才勉強地留下我，在我出生半年後才幫我報了戶口。從此，開始了我『阿信』的命運，家裡的粗工細活我都得幫忙做，以前沒有周休二日，星期六要上半天班，我大姊都會和我媽說公司要加班，不能回來幫忙做家事，其實她不是真的留在公司，而是跑去當時的紅樓看電影或逛街。我很老實又不會說謊，一說謊就會結巴，所以只有乖乖回家幫忙家事、照顧弟妹。」

我笑笑地安慰她說：「那是妳對這個家的責任感。」

阿量是蓓蓓最小的弟弟，跟她差了十歲，蓓蓓說：「他是最受寵、也最磨人的一個。我媽懷胎十二個月才生下他，四歲的時候，因為腳底得皮膚病，脫皮痛得無法走路，我們全家上上下下都得背著他，他真的被我媽寵壞了。我媽對我兩個弟弟的態度是完全不同的，大弟個性比較強勢，雖然學歷不是很高，但他很上進，當完兵就在客運裡做票務員，沒多久就升上了站長，我大弟的成就是最讓我媽引以為傲的。可是我媽對小弟就是寵愛，阿量從小不愁吃不愁穿，只要一不順心就自暴自棄。我們小時候都會問媽媽自己是從哪裡來的？我媽心情好就說是從石頭裡蹦出來的，心情如果差一點，就會說是從垃圾桶撿回來的，只是大家聽聽就忘了，只有阿量當真認為自己是垃圾桶裡撿回來的，還因此沮喪了好一陣子。高中時我媽幫他找了個學校註冊，結果他也沒去讀，所以他連高中都沒有唸。那時我曾阻止我媽幫他註冊，我說：『別去了，浪費妳的錢。』」

父親過世後，阿量一直認為遺產分得很不公平，從此兄弟決裂。蓓蓓曾經勸弟弟阿量：「不要一直想著要從父母那分多少，靠自己雙手去賺的才有用。」蓓蓓說：「不然像我這樣，夫家娘家都分不到，賺錢還要拿回來補貼娘家用，不靠自己努力怎麼辦？阿量他就是想不開……」

我問：「妳媽媽對他很失望嗎？」

蓓蓓說：「應該是恨鐵不成鋼吧。」

放棄機會　放棄人生

或許是有樣學樣，阿量很年輕就開始酗酒了。蓓蓓生氣地說：「他一生都被酒給害死了。二杯黃湯下肚就開始鬧情緒、六親不認、憤世嫉俗、把家裡搞得雞飛狗跳，日復一日、週而復始。當完兵後透過親友的介紹讓他到電信局上班，有一次就是因為喝酒，不知道做了什麼事情被別人打得很慘，後來我媽就決定把阿量送去美國拜託朋友照顧。」

阿量到美國後認識一個女孩子，比阿量大八歲，這個女生非常勤勞節儉，蓓蓓用不可思議的表情說：「她可以靠著每個月美金一百元的救濟金過日子，並把弟弟妹妹從自己的國家裡救出來。」阿量和這個女孩生了二個孩子，在美國也有登記結婚，後來不知道什麼原因，阿量突然跑回台灣，老婆孩子也都沒有帶回來，幾年後就和她們失去連絡了。

「當初他說要回來時我很反對，因為再過半年他就可以拿到美國公民了，我本來建議我媽把他分得的遺產賣掉，將錢寄去美國讓他和太太在美國做生意，不過我媽沒有這樣做。現在想想，當初如果聽我的讓他繼續留在美國和她太太一起努力，或許今天的結局就不一樣了。」如今說再多都是事後諸葛，但蓓蓓仍有無限的感慨。

虎頭蛇尾　步上父親的後塵

民國七十六年阿量回台灣不久之後，就和他國中時的女朋友結婚了。當時蓓蓓非常反對，家裡也沒有人看好這樁婚姻。

結婚後，阿量到親戚開的鐵工廠裡工作，這個親戚因為自己的兒子不願意繼承工廠，所以打算以後把工廠交給阿量做。可惜阿量投機取巧又好高騖遠，有一次在外面偷接工程，因為報價太低不符成本，就這樣讓工廠虧了一大筆錢。

蓓蓓說：「親戚對這件事沒有很計較，可是阿量他自己覺得不好意思，所以就沒有再去上班了。後來他到另一個做機械的工廠工作，也是做個兩年沒什麼意思就辭職了，我媽看這樣下去也不是辦法，就弄了個賣冰的攤子給他，幫他創業。」

「起初他做得還不錯，好的時候一天還有四、五千元的收入。當時阿量已經和老婆分居了，不過這個弟妹每天都會在固定時間來找阿量，沒別的事，就是來把當天賣冰的收入全部拿走，只留一百塊給他用。努力工作得不到回饋，加上阿量個性就是三分鐘熱度，所以三個月後他就把攤子收了，跟我爸一樣從此不再工作，伸手伸成了習慣，靠著我大弟每星期一千元和我的接濟過日子，一直到去年他過世為止。」

我忍不住問：「一百塊？台幣還是美金？夠他用嗎？」

蓓蓓說：「哪夠啊！他要抽煙、要吃飯、還要喝酒。唉！他就是愛喝啦，每次喝完酒就會發酒瘋，酒毀了他的家庭、他的人生，最後也帶走了他的生命。」

我有點感慨，夫妻本是同林鳥，如果阿量的太太願意付出耐心鼓勵先生，其實阿量是願意工作並照顧家裡的。

酒　將一切帶走

九十六年十一月某天下午一點，蓓蓓的大弟依照慣例，將這個星期的生活費拿到樓上給小弟阿量。幾聲門鈴響後沒有人來應門，大弟摸摸口袋拿出備用鑰匙，門一開，冷冷的空氣中有一股異味迎面而來，房間很簡陋，一台電視、一台冰箱、一張桌子、一張床、一瓶喝了一半的酒、一包吃剩的餅乾、半罐牛奶……阿量斜躺在床上沒有動靜，幾隻蒼蠅、果蠅圍繞著他的頭部與食物盤旋，蓓蓓的大弟心一驚地想：「該不會……死了吧？」

警察來了，或許是看過太多類似的案例，法醫快速驗過屍後，收收東西只淡淡地講了一句：「死因是肝昏迷。」

空氣像是凍結靜止了一樣，家裡沒有人感到意外，大家似乎都已經為這一天做好了準備，靜靜地辦著阿量的後事。家人的嘆息聲，除了惋惜他的一生，似乎也有一種如釋重負的解脫：「終於，可以放下這個包袱，好好過自己的生活了！」

蓓蓓從我這邊離開後，我開始連絡安排隔天幫她弟弟做超渡，我請阿貝喇嘛來做超渡。當超渡儀式開始時，我在佛堂前頂禮，突然那股熟悉的腐肉味又出現，我回頭看到和四個月前一模一樣的景象，一個好像喝醉酒的灰灰斜坐著，軟癱在我房門旁的椅子上。

我突然恍然大悟，原來他就是蓓蓓的弟弟！四個月前我看到他時他還沒有死，但已經是風中殘燭了。當時我許下「下一次一起超渡」的承諾，一隔就是四個月後的今天。

超渡完隔天半夜一點多的時候，有人輕輕地敲著我的門，然後悄悄把房門推開，我起來看到一個男生跟我說：「邢老師，我是阿量啦！謝謝妳幫我超渡喔！」我看到他變得乾乾淨淨，而且長得還滿帥的，跟之前倒在椅子上，骯髒邋遢的樣子完全不一樣，我想他接受了超渡，也接受了自己死亡的事實。

通常灰灰來謝謝我，我都會鼓勵他一下，可是我跟阿量完全沒話好講，或許是我心疼蓓蓓一輩子照顧這個不長進的弟弟吧。我只交待他說：「一路好走，記得要常唸佛。」講完後他就變得小小的，然後走S型的飄到佛堂前去，「咻」的一下就不見了。

阿量要出殯前幾天，蓓蓓打電話給我，說她都沒有睡好，因為一到晚上她就會聞到一股很難聞的惡臭味，而且一直聽到嘆氣的聲音。蓓蓓聲音顫抖地說：「老師我沒有騙妳，那個氣嘆完都會有一種酒臭味。我雖然看不到，可是我覺得他好像就在我面前吐氣，味道真的很重，我的印堂跟鼻子那邊都會涼涼的，我很害怕耶，是不是阿量回來找我啊？三更半夜的我老公在旁邊睡到打呼，叫也叫不醒，我只好閉著眼、喃喃自語地跟他說：『阿量啊，你不要嚇我啦，我對你這一輩子喔，算是仁至義盡了啦！我也不想你就這樣死掉啊，我心臟不好又有高血壓，小孩還在唸書，家裡一堆負債，你姊夫又沒工作，你把我嚇死對你有什麼好處？』」

聽到蓓蓓的敘述我真的很想笑，不過我忍住了。我安慰蓓蓓說沒事啦，阿量還有來跟我道謝哩，一切都是妳太害怕幻想出來的啦！

出殯那天，蓓蓓看著弟弟的遺體搖著頭說：「好幾次把你從鬼門關救回來，為什麼你就是看不開……」言語間盡是她無限的無奈，以及對弟弟的憐惜愛憫。

在蓓蓓的成長過程中，她一切都得靠自己，家人對蓓蓓來說是一把插進心頭的劍，痛，但無法拔出，支持蓓蓓的除了朋友之外，就是她與生俱來的責任感。

母親教養的偏差與不公平，讓從小不被要求的弟弟，養成賴皮與懶惰的個性。他是有機會改變命運的，但是懶惰讓他錯失了一次又一次可以運用智慧來扭轉人生的機會。直到陰陽兩隔時，只能徒留給親人無限的嘆息和感慨。

過度的懲罰與羞辱　抹不去的心理缺陷

父母對子女的管教應該是恩威並施，適度的鼓勵與關懷是培養孩子發展健全人格的良方，打罵教育是在最逼不得已的情況才可使用的重藥。

儀嫻是我一個很好的朋友，她比我大幾歲，是個非常與眾不同的人。她來找我很少是為了自己的事情，大部份都是為了自己的家人，尤其是她的二弟。儀嫻和我的成長背景有很多共同之處，所以當她來找我，告訴我她的故事時，我們倆常是聊到最後抱在一起痛哭流涕。或許是因為相知相惜的緣故，對於她的事我總會義無反顧地想幫助她。

同病相憐　相知相惜

儀嫻的父母也是竽仔蕃薯的組合，父親是老兵，年過四十才經由相親娶了儀嫻的母親。

儀嫻曾問過父親，為什麼會和媽媽結婚？她父親只是淡淡地說：「我希望有一天回家鄉時，能讓我的父母看到他們的孫子。」

儀嫻一共有七個兄弟姊妹，儀嫻排行老大，二弟其實排行老三，但因為是第二個兒子，所以大家都叫他「老二」。

儀嫻說：「我們家最聰明的就是老二。還記得小時候，他聽隔壁大叔唸數來寶，聽一次就可以整個記下來，然後模仿得唯妙唯肖，所以我爸爸最疼的就是老二了。」

不過老二並不喜歡唸書，小學三年級就會逃學，小學四年級的時候，有一天老師突然來做家庭訪問，媽媽才知道老二已經兩天沒去上學了。

母親錯誤的管教　造成心靈上永不復原的傷痛

我問：「他不上學逃學去哪了？」

儀嫻講：「還會去哪？就男生愛玩啊！和朋友去打彈珠、玩尪仔鏢這類的。我媽也很厲害，她知道如果立刻修理老二的話他一定會跑，小男生什麼都不行就是四肢發達，跑起來我媽一定追不到，所以當老二回家時她會先不動聲色，等他去洗澡把衣服脫光後，我媽再拿出藏好的棍子來打……」

講到這裡，儀嫻的眼神變得很落寞，語調哽咽地說：「他被打疼了，也顧不得自己身上沒穿衣服，用手護住重點部位就往外跑，一直到天黑了都還沒有回來，大家開始擔心了，後來我跟我爸終於在樹林裡找到他。當時已經是晚上八點多了，他全身髒兮兮的用一個紙箱遮住身體，睡在一棵大樹下，身上有好幾隻水蛭正在吸他的血……」

她停頓了一下用手擦去眼淚，而我想起自己的小時候也忍不住淚水在眼眶打轉。

我遞了面紙給她，她深呼一口氣後繼續說：「老二是個自尊心很強的人，這一次的事件過後，好幾次半夜睡覺，他都會做惡夢掙扎叫著：『不要再打了！不要再打了！』當我搖醒他時，他總是滿臉驚恐，然後瑟縮地躲在床角，用手摀住嘴不敢哭出聲來，深怕吵到母親又換來一陣毒打。這個傷對他來說，在日後的二、三十年裡，都是一個隨時可以滲出血的心靈創傷。」

我沒有接話更沒有問問題，我感覺自己的胃在翻滾，小時候的記憶不斷地被牽引出來，我倒了杯水給儀嫻，讓自己和她緩和一下情緒。

她繼續說：「我想是因為害怕吧！老二開始學會說謊和騙人。因為家裡環境不好，他國中畢業後我媽就打算送他去唸軍校，他曾跪著求爸爸不要把他送去軍校，我爸也知道他愛逃學愛說謊的個性如果去唸軍校一定會很慘，可是沒有辦法，只有唸軍校是最不用花錢的，所以他們最後還是決定把老二送去軍校。」

父親用最大的愛　等待浪子回頭

老二去軍校幾個月後才寫信回家。儀嫻說：「我爸拿到信時並沒有立刻打開，一直到吃完晚飯，他才拿個板凳坐在門口，點一隻煙慢慢地把信打開。我爸的臉上雖然沒什麼表情，但從他反反覆覆地讀著那封信的態度，就知道他一定很思念老二。可是自從老二唸了軍校後，個性變得更不一樣了，他在學校的成績很好，都是拿獎狀的，每次放假都會拿一張獎狀給我爸。我爸心情好，老二就會開口跟我爸要錢，拿了錢馬上不見人影，總是和朋友吃喝玩樂度過假日，每次放假他從進門到離開不會超過十分鐘。我爸是個很節省的人，可是對老二向來都是予取予求。」

儀嫻因為家庭環境的因素，高中必須半工半讀唸夜校。高三時，有一天她在公司接到老二的電話，老二在電話那頭哭著跟她說，他在軍營修東西時因為偷抽煙不小心引爆火藥，把同袍的手指給炸斷了，需要四千元的醫藥費，要儀嫻趕快送到軍營來。那個年代的四千元是一筆很大的數目，儀嫻說：「我那時只是工讀生，一個月薪水才一千五，而且我每個月的薪水都是全數交給我媽，我哪來的四千元給他去付醫藥費！」

於是儀嫻哭著求老闆讓她預支了三個月的薪水，隔天請了半天的假，急急忙忙地把錢送到老二的軍營。

「我到了軍營以後，馬上請門口的阿兵哥幫我通報。我在外面等了半天，結果出來的是另外一個阿兵哥，他說：『妳弟弟現在不方便出來見客，有什麼東西可以交給我，我會轉交給妳弟弟。』當我把四千塊交給這個阿兵哥時，他很驚訝地問我，為什麼送這麼多錢過來？我把事情的原委告訴他，他的臉立刻沉了下來，然後搖搖頭，沒有再說什麼就轉頭回軍營去了。我離開大概十分鐘之後，突然聽到後面有跑步聲還有人叫我，回頭一看原來是剛剛出來拿錢的阿兵哥，他說：『我坦白告訴妳好了，妳弟弟很壞，他是騙妳的，他不能出來見妳是因為喝醉酒被關禁閉，他平常喜歡當老大請客，妳送來的這筆錢應該是要幫他還酒錢的。』」儀嫻憤憤不平地說。

我看著她很憐惜地說：「妳怎麼這麼好騙……」

她說：「那時候就單純啊！我聽完後是一路哭著下山欸！回家後我跟我爸說，結果我爸的反應更絕，他皺著眉頭說：『他怎麼可以這樣子！苦了妳，爸爸跟妳道歉喔，妳不要怪妳弟弟！唉，那妳下個月沒錢給妳媽怎麼辦？如果她知道了一定會打妳的……』唉！我爸從來不曾責備老二，他總是用最大的愛來包容老二。」

我跟儀嫻說：「妳媽跟我媽很像耶，以前我賺的錢也是全數繳交『國庫』，少一塊都不行。那妳預支三個月的薪水怎麼辦？」

她沉重地給了我八個字：「拼命加班，四處打工。」

喝酒誤了自己二次婚姻

儀嫻家隔壁鄰居有一個養女，和儀嫻他們家小孩很熟，算是一起玩耍長大的。老二二十二歲那年，有一天鄰居帶著他們的養女來家裡吵，原因是女孩懷孕了，孩子的爹不是別人，正是我們家老二！老二起初不肯承認，雙方人馬開始爭吵拉扯，老二看到事態嚴重，才終於承認小孩是他的。儀嫻說：「我爸同意老二娶這個女生，可是家裡沒錢，女方又獅子大開口，我媽沒辦法只好出去借，最後借了十二萬回來給老二訂婚。渲欸！妳知道我們那個年代十二萬有多大嗎？結果聘金收了、婚也訂了，半年後那個女生不嫁了！」

我瞪大眼問：「為什麼？」

儀嫻挑了挑眉毛說：「應該說是那個女生聰明吧！老二愛喝酒，酒品又差，喝醉酒就會鬧情緒，那個女生看到這種狀況，知道如果跟著他一定是——沒、前、途。」

我點點頭問：「後來咧？」

她說：「就退婚了啊！」

我問：「那聘金、聘禮呢？都退還給你們嗎？」

儀嫺拍了一下桌子說：「想得美喔！只退了一半的金子，其他的全部沒收了。」

我又問：「那妳父母的反應呢？」

她說：「我媽當然很生氣啊！可是我爸爸卻覺得那個女生懷了我們家的骨肉，那些聘金、聘禮留給她，讓她去做點生意養活自己和小孩也好。」

聽到這裡，讓我想到我阿爸，眼眶不知不覺模糊了視線。我說：「妳爸爸好偉大！」

儀嫺說：「對啊！我從來沒看過我爸生氣，他也從來沒罵過我們這些兄弟姊妹，對老二就更不用說了。他永遠把老二當做小孩子，永遠都說：『等他再大點他就會想通的。』可是『到底要等到什麼時候呢？他現在還不算長大了嗎？』隔年，老二從軍中退伍之後到一家鐵工廠上班，沒多久他又帶了一個女的回來，又是已經懷孕的……我那時覺得：『要等到他長多大才會開始想？才會瞭解父母的無奈和辛苦？』」

儀嫺繼續說：「我媽氣死了，之前借的錢都還沒還完，哪有辦法再借一次？可是我爸卻高興的咧！只是我們真的沒錢了，所以女方也沒有要求很多，只說要一百二十盒的餅，然後說如果第一胎生兒子的話，我們要再包一個三萬六的紅包給女方家。」

我說：「結果第一胎真的是兒子？」

儀嫻點點頭說：「對啊！我爸非常高興，他不只準備三萬六，而是準備了六萬去看孫子，還開心地張羅著要給孫子用的東西。我媽快氣死了，說她幫我爸生了這麼多小孩，也沒見我爸為她買過一餐飯。隔天我爸要去接媳婦回來，到了醫院才知道我弟妹帶著小孩回娘家做月子去了。她們後來又跟我爸要了二萬，說是做月子的錢，我爸也都給了她們。」儀嫻嘆了口氣說：「唉，兩年後還不是離婚收場！這個老婆一樣受不了老二喝酒，他只要一喝酒就會跟我弟妹講小時候被打的事，剛開始我弟妹還會安慰老二，可是聽久了也聽煩了，勸又勸不動，加上她聽太多老二對媽媽的抱怨，所以她不喜歡也不尊敬我媽。而且我這個弟妹很愛打牌，輸錢回家就和我弟吵架，最後夫妻倆在工廠裡上演全武行之後就離婚了，把小孩丟給我們照顧，四年後才突然出現，把小孩帶走。」

我問：「她把小孩帶走時有工作嗎？」

「她說她在按摩院裡工作。」儀嫻回想到那時候，心裡還是有點不平，她說：「我弟妹說要離婚時，我勸她不要離；她要帶走小孩的時候，我也求她把小孩留下。她自己愛賭，根本沒有能力照顧小孩。好幾年後我才知道她好幾次騙我爸說會和老二復合，會再幫我爸生個小孫子，還說她要做一個賢妻良母，想做點小生意，希望我爸能幫她，結果她一次就騙走我爸二十五萬。」

我說：「妳爸怎麼會有這麼多錢？」

儀嫻火大地說：「那是他的退休金！我弟妹抓住我爸疼孫子、想見孫子的弱點，陸陸續續騙走他的錢，我爸的退休金有一半都被她騙走了。」

我搖著頭，心想：「因果循環，這些人真的都不怕報應，這種錢真的花得下手嗎？」

我問儀嫻：「妳們怎麼沒有幫妳爸看緊點？」

儀嫻嘆口氣說：「我們根本就不知道啊！她跟我爸都是約在外面見面的。我知道後氣死了，簡直想衝出去打人，可是我爸阻止我說：『再怎麼樣她也替我們家生了個孫子啊！』」

我的眼眶再度紅起來：「妳父親很偉大。」

兒時的記憶　血濃於水的親情

儀嫻講：「老二真的很不負責任，我們永遠不曉得他在做什麼，也常常找不到他，他回家吃飯的時候，就是身上沒錢的時候。有一次半夜三更的，我聽到一陣急促的敲門聲，我爸一開門，只見三個流氓全身是血的衝進來，說老二喝了酒帶著人打他們，他們要來找老二算帳。我在後面嚇得皮皮剉，我爸卻一點也不害怕的遞煙、倒茶給他們，跟他們賠不是。這三個流氓也算有良心，看我爸是個老人家也沒為難他，只告訴我爸，如果他們在路上碰到老二，絕對不會放過他的。」

我問：「這些流氓就這樣離開了嗎？」

儀嫻講：「是啊！我爸很好笑，竟然跟那些流氓說：『小孩打打架，沒事的，大家還是好朋友嘛！下次來我包水餃、下麵條請你們！』我在後面聽得膽顫心驚，那些流氓大概也覺得我爸很妙吧！」

我問：「老二呢？有去解決嗎？」儀嫻搖搖頭，兩手一攤地表示她也不知道，總之老二一樣很少回家，不過流氓再也沒出現過了。

「那他後來做什麼？」

儀嫻說：「他在土城的一個傢俱工廠包沙發。因為他的前妻也住在土城，所以我爸很高興，認為他遲早會和前妻復合。老二的手其實滿巧的，包出來的沙發很漂亮，老闆也很喜歡他，生意好的時候他一個月可以賺到五、六萬，可惜都被他喝光了。後來我爸中風，躺在床上五年，他也只回來看過二次，那二次……不知道該怎麼說，妳知道當他們父子眼神相交時，我感覺得出來，我爸對他還是充滿了期待、充滿了愛，而老二看我爸的眼神，唉！則是充滿了遺憾。老二還是一樣來匆匆去匆匆，從進門到離開不超過十分鐘。」

「父親病危時，我交待老二call機一定要開，結果我爸要走的時候，我call他call了兩個小時他才醉醺醺的出現。我跟他說：『爸快不行了，你平常喝完酒話最多，你有什麼話想對爸說，趁他還聽得到時趕快說吧！』老二不講話，只是搖搖頭。

我又說：『所有的小孩裡面老爸最疼你，他的愛或許害了你，把你寵壞了，現在他都要走了，你還喝醉酒來送他。』

他沉默了一下，說：『我什麼都沒有做好，大概是兄弟姊妹裡最丟臉的一個吧！婚姻沒搞好、兒子也沒帶好、對爸也沒盡到孝道……如果時光能倒流，我不會這個樣子……』

我問他：『會有什麼不同？你會有什麼改變？』

他說：『老爸不應該對我這麼好，對我沒要求，我做什麼都是對的，事實上我做什麼都是錯的……』

聽到老二這麼說，我的心好痛好痛，所有的回憶如排山倒海般出現在我的腦海裡。我想到樹林裡的那一幕、想到他半夜驚醒的臉、想到他有一次跟我說：『姊，我帶妳去我的天堂，不過妳要保守祕密。』原來他的天堂是一個廢工寮，裡面有一個狗屋，還有幾隻剛出生的小狗。有次他又逃學了，為了不讓他被媽打，我到處找他，找了好久終於在狗屋找到了。我看到他用一張草蓆把自己蓋起來，就像條沒人要的流浪狗一樣。」

儀嫻邊說邊哭，我也陪著她一起掉淚，我說：「妳很愛妳的家人，很愛你弟弟。」

種種遺憾　只要有心　永遠都有機會彌補

儀嫻點點頭繼續說：「爸出殯後，他又失蹤了。三年後的某一天，我接到一個女生的電話，她劈頭就說：『妳知不知道妳弟弟在當流浪漢？妳弟弟這麼有才華、這麼有能力的人，為什麼妳們家人都不願意幫他？』這時我才知道父親的離開對老二的打擊有多大，他對父親的抱歉與遺憾，讓他在爸出殯後，變得更頹廢、更覺得自己一無是處。」

我問：「這個女的是社工人員嗎？」

儀嫻哽咽地回答：「不是，她是沙發工廠老闆的女兒，在偶然的機會下遇到老二的。我告訴她，不是我們不幫我弟弟，而是我們根本就不知道他到哪去了！我請她帶我去找老二，當我在廢棄的鐵皮屋裡找到他時，那個景象就像我小時候在廢工寮發現他的樣子一樣。我不知道該說什麼，只是默默地牽著他的手把他帶回家，然後買新衣新褲讓他梳洗。我告訴他：『爸走了，可是媽還在，如果你覺得對爸有遺憾，你就更應該孝順媽媽啊！而且你兒子長大了喔！你前妻去年過年帶小孩回來，說是要給阿公拜年，實際上是要借錢，她們那時才知道爸走了。』老二說：『妳見過他們了？姊，我對不起你，我覺得自己很不爭氣、很丟臉！』

我打斷他的話說：『你一輩子都在講丟臉，我一點也不覺得你丟臉，我只希望你好好活著，盡力做就好。』」

「民國九十二年，我那個弟妹又來找我媽了，她說：『兒子吸毒啦，被抓到警局去了，希望老二能出面去勸勸兒子！』我媽只回她一句：『小孩生了不養，養了不教！』」

我問：「那老二最後去見兒子了嗎？」

儀嫻說：「當然有啊！我給了他一些錢，讓他請兒子吃頓好的，還把我老公的西裝給他穿。他們父子一見面就哭了起來，老二對兒子懺悔，說自己沒有盡到做父親的責任，希望兒子可以原諒他，也希望兒子不要因為一時衝動和好奇碰毒品，要爭氣，不要跟他一樣。那一次的聚會很感人。」

「妳現在還在照顧老二嗎？他有沒有振作起來？」

儀嫻說：「他和兒子吃完飯回來後沒多久，就找了一份賣滷味的工作，他那時已經是年過半百的老頭子了，老闆一個月給他二萬八，他一樣欣然接受。我這才發現老二這次是真的下定決心拋棄過去了，以前他不可能屈就這樣的薪水，但這次他沒有放棄，後來他一個月可以領到四萬二，還可以拿回家孝順我媽哩。他也開始學佛，現在還會背心經跟大悲咒哩！比我還厲害呢！有空的時候也會去看看兒子，我這個姪子也沒有再吸毒了。」

「只要想改變，永遠都不嫌晚。」

種種的遺憾，只要有心去改變，永遠都有機會彌補。人生的起起伏伏，都是考驗與經歷，不論是好的朋友、壞的朋友、好的事情、壞的事情，這些都是成長的歷練。最重要的，是我們永遠要往前看、往前走，放下過去，才能擁有未來。

Chapter 4

疏於溝通 親子關係冷漠

最親密的關係，最遙遠的距離，親子間若失去溝通，日積月累的誤解，徒增彼此的心結，也讓雙方變成最親密的陌生人。

父母疏於關心　女兒十三歲要當媽

孩子的成長只有一次，錯過了就再也回不去了。
而孩子要的只是關心，別用口袋的新台幣代替。

民國八十六年十二月，孫媽媽經由一位算紫微斗數的老師介紹來找我。她給我第一眼的感覺非常慈祥和藹並且有氣質，讓我對她留下深刻的印象。

孫媽媽會來找我，是因為當時她和銀行正在打一件官司，銀行莫名奇妙地將她一筆兩千萬的貸款不知道匯到哪裡去了，她來找我，就是想問這筆錢還能不能要得回來。

我幫她打了個卦，跟她說：「沒問題，這筆錢妳一定要得回來。」孫媽媽就這樣安了半顆心回去了。過了半年之後，孫媽媽又來找我，她很開心地對我說：「老師，謝謝妳！半年前妳鐵口直斷說我的錢要得回來，現在真的要回來了，妳要我怎麼謝謝妳才好？」

我說：「有幫上忙就好，事情解決了比較重要。」孫媽媽看了看我家的佛堂，隨即問道：「妳這裡有佛堂，我可以貼一點香油錢、或是捐一點錢嗎？」我跟孫媽媽說：「我發願護持印度的一所佛學院，如果妳願意也方便贊助的話，可以隨喜捐一點給佛學院。」

沒想到，孫媽媽馬上從皮包拿了六萬元出來護持學校。我很感謝她的心意，之後，孫媽媽有空便會到我這裡來坐坐，也因為她做的是營建業，所以我經常請教蓋學校的一些問題，慢慢地，我們就變成了很好的朋友。

忙於工作　疏於管教　女兒十三歲要當媽

民國八十八年八月的某一天，孫媽媽一大清早就急急忙忙地跑來我家，當時我才剛睡醒，見她神色緊張，直覺一定是出了什麼大事。

我問：「怎麼了？出了什麼事？」

孫媽媽很焦急地說：「渲啊，事情大條了，妳一定要幫幫我，我女兒在美國又闖禍了……」我一頭霧水的，完全聽不懂到底她女兒發生了什麼事，只好請她冷靜下來，慢慢將這件事情從頭說起。

孫媽媽有兩個兒子和一個女兒，原本孫媽媽生完兩個兒子以後就不打算再生了，可是孫先生老覺得沒有女兒很遺憾，所以在生完老二以後，隔了七年，她們決定再生一個，也如願以償地讓她們得到了女兒——希寧。但這個女兒真是讓孫媽媽傷透了腦筋，每次一談到希寧，她總是皺著眉頭，言語充滿了自責、抱歉與無奈。

早年，大約是民國六十八年的時候，孫媽媽曾經因為公司經營不善倒閉了。那時年輕的夫妻倆將二個兒子分別安頓在親戚家以後，就帶著八歲的希寧跑路去了。躲了一段時間之後，孫媽媽和孫先生決定另起爐灶，重新再包一些小型的工程來做。

慢慢地，公司規模越做越大，孫媽媽說，公司狀況最好的時候，請的工人甚至多達百來個。除了對工人客客氣氣之外，碰到家境比較窮的員工，孫媽媽不僅會特別照顧，還會將家裡多的房間分給他們住。

而事情，就是從這裡開始的。

忙於工作的孫媽媽和孫先生，對孩子的教育可說是「充分信任」，其實也就是放任的意思。因為夫妻倆都忙，所以多半用錢來打發孩子的一日三餐，而且她們認為，只要努力經營公司拼命地賺錢，就可以給孩子很好的生活，至於孩子的教育和成長，她們沒有時間也不知道該怎麼參與。

在這種疏於關心和管教的家庭氣氛之下，希寧十三歲的時候，果然出事了！

某天，孫媽媽突然發現希寧的行為舉止怪怪的，追問之後，才發現她竟和工地的一個工人談戀愛並懷孕了！不僅如此，這兩個人還足足相差了二十多歲，孫媽媽當時簡直是氣瘋了！

這個工人的母親已經過世，父親也不管事，所以孫媽媽只好找了工人的姊姊來商量。這個工人的姊姊很坦白地跟孫媽媽說：「我弟弟沒有一技之長，只能到處打零工，他這樣有一頓沒一頓的連養活自己都很困難了，更何況是要養老婆跟小孩，妳女兒如果真的要跟著他，肯定得一輩子受苦的。」

正當孫媽媽還在傷腦筋的時候，這個工人竟然因為害怕，一個人連夜逃走了。孫媽媽自認是自己沒把小孩管好，不能只怪這個工人，況且就算把他找回來了也擔不起責任，因此，既然他走了也就不打算繼續追究下去。

可是，懷孕的問題終究還是得解決，聽了幾個朋友的建議之後，孫媽媽決定帶女兒去醫院把小孩拿掉。十三歲的希寧知道之後說什麼都不願意，她堅持要把小孩生下來，她認為只要把小孩生下，工人就會回來，她們就可以組成屬於自己的「幸福美滿家庭」了。

不管希寧怎麼哭鬧、怎麼哀求著要去找工人、要把小孩生下來，孫媽媽還是押著希寧到醫院去，在希寧的哀嚎下動了人工流產手術。

孫媽媽很單純的認為，工人跑了，小孩也拿掉了，這件事情應該就這麼結束了。可惜，事情並沒有她想的那麼簡單，這個鬧劇非但沒有因此畫上句點，反而是希寧悲慘人生的開始。

父母自以為是的決定　開啟女兒錯亂的悲劇人生

出院後的希寧，個性變得更加憤世嫉俗、暴躁乖戾，她並沒有放棄和工人共組甜蜜小家庭的夢想，她千方百計地追查到工人的下落，兩人再度重逢後，立即計劃私奔，一心只想遠遠逃離孫媽媽的掌握。

不過這個計劃並沒有機會實現，孫媽媽知道希寧的計畫之後，真是又氣又煩！她和希寧無法溝通，在拿這個女兒完全沒有辦法的情況下，孫媽媽聽朋友說，把小孩送到國外去都會變得很好，就這樣，孫媽媽接受了朋友的建議，毅然決然地就把希寧送到美國去了。

「原本我以為送到國外之後，她會獨立些、會長大點，沒想到……」孫媽媽支支吾吾、不知如何開口地跟我說：「希寧十六歲那一年，在國外鬧了一件很大的醜事。她和一個女生談戀愛，二個人認識二個月以後，希寧便約這個女生一起自殺，二個人在手心上寫著『今生不能結婚，願來世再做夫妻』，然後將手綁在一起服藥自殺。」

「幸好那天停水，希寧忘了將洗手間的水龍頭關上，當水來時，水不斷地往外流，甚至從門縫流到外面去。屋主立刻敲門，發現沒有人回應，便馬上將門撬開，這時才發現兩個人全身一絲不掛，赤裸裸地躺在床上口吐白沫，嚇得主人趕快打電話報警送醫，並通知台灣的家人過去處理。」

孫媽媽嘴唇顫抖地說：「雖然送醫後沒事，但在國外發生這種事情，我的臉簡直都被她丟光了！寄宿家庭不願意再接待她，希寧那個女朋友的父母更是嚴厲地責罵我，害我連頭都抬不起來。」

「這時我才發覺，我把她送出國是不是錯了？希寧不但沒有更懂事，思想反而變得更偏激。再這樣下去，我怕放她一個人在美國又會闖出什麼事情來，所以想把她帶回台灣來就近照顧，可是她知道後卻發瘋似的打我，我甚至跪下來求她跟我回台灣，她卻跟我說……」講到這裡，孫媽媽的情緒有點激動，手摀著嘴深呼吸一口氣說：「她說她是撒旦的女兒，我現在去救她、帶她回台灣是沒用的，她這一輩子都會恨我們恨到死！」

在孫媽媽敘述的同時，我從羅盤上看到了她們母女的前世。孫爸爸跟孫媽媽前世就是夫妻，而希寧則是爸爸前世的情人。孫媽媽因為吃醋，便暗中派人將這個情人打成殘廢，而且將她關在柴房六年，直到她發瘋至死。

我嘆了一口氣，將我所看到的情景告訴孫媽媽，她點點頭說：「自從生了希寧之後，我就很害怕和先生行房，而且我很怕看到她，有時候甚至想躲著她，原來是我之前對她做了這麼殘忍的事情。」

在希寧的堅持之下，孫媽媽並沒有把她帶回台灣。而且在這個自殺事件之後，希寧的個性更是變本加厲了！她每隔一段時間就打電話回家哭鬧，鬧完之後就跟孫媽媽要錢買東西，孫媽媽因為覺得對女兒虧欠太深又無可奈何之下，只要希寧開口，孫媽媽就會竭盡所能地滿足她的欲望。

我告訴孫媽媽：「妳這樣無止盡地供給，只會養成希寧懶惰沒有憂患意識的個性，而且更讓希寧覺得父母只會用金錢打發她，對她的心理狀態卻完全不關心。雖然她的物質生活不虞匱乏，可是她卻覺得自己像被父母丟掉的流浪動物一樣，一個人在國外自生自滅。」

四行眼淚預言死意　喇嘛修法阻止情殺

「這一次捅的摟子更大了！」自殺事件過後，希寧又交了一個「女朋友」，這個女生去夜店狂歡時和一個男生發生了一夜情，她發現自己原來不是同性戀，而且還很喜歡和男生在一起的感覺，她很開心地和希寧分享一夜情的經驗，並且要求和希寧分手。

希寧一氣之下便開車衝撞她的「女朋友」，孫媽媽說：「這次我真的沒臉去美國幫她處理了，只好叫她大哥去。」孫媽媽說這句話的同時，她的左眼不斷地流下眼淚，她一直擦，眼淚還是不停地流，連她自己都奇怪的說：「是沙子還是睫毛掉到眼睛裡去了？」

我搖搖頭告訴孫媽媽：「妳不要一直摸啦，事情真的大條了，要出大事了！」

孫媽媽很害怕地回答：「唉呦！妳不要嚇我……」

我說：「我沒有嚇妳，妳邊講話邊掉淚，妳說，發生什麼事情會讓人一直流眼淚？」

孫媽媽直覺地回答說：「家裡有人死了。」

我跟孫媽媽說：「對，有人要死了。」

我看到孫媽媽的眼淚從眼頭到眼尾一共分流了四行，我馬上請她回家，趕快拿四個家人用過的碗，各舀半碗的米分開裝在袋子裡帶來給我。

我還交待她：「妳後天午時來找我（早上十一點至下午一點之間），還要買一把壞掉的掃帚，如果妳家那邊買不到，我家巷口前有一家小小的不起眼的五金店……」孫媽媽打斷我的話說，在她家那邊就有，她會記得買的，要我不要操心。她還問我為什麼要等到後天中午，她可不可以今天下午就過來？

我抬起頭說：「因為妳今天跟明天下午都沒空。」

孫媽媽突然想起了什麼似的，很激動地拍了一下桌子，說：「對，我今天下午要和銀行簽約，明天要到南部去。」不過她很有信心地告訴我說，後天她一定會趕在中午十一點前就到我家。

當天，準時十一點我就坐在客廳等她，當她走進我家時，我開玩笑地指著手錶說：「十一點零八分了喔！」她搖搖手說道：「真的是人算不如天算啦！我打算在來的路上買掃帚，結果我家那邊連續三家店都沒有賣，連超商的都賣完了，我還真的是到妳家巷口才買到。」

接著，我請孫媽媽回家，後面的事交給我處理就行了。我還提醒她：「晚上大約十一點，希寧就會打電話回家，妳可千萬不要睡死了沒聽到電話聲。」孫媽媽離開之後，我開始準備下午例行的法會，平常法會都是兩點半開始，不知為何喇嘛那天特別早來，因此也特別早結束。

隔天早上，孫媽媽一起床就打電話給我：「渲啊，希寧昨晚真的打電話來了！」她們母女倆在電話裡痛哭失聲，希寧告訴媽媽，她本來計畫好要開車再去撞那個女生，和她同歸於盡，沒想到竟睡過頭，醒來時已錯過那個女生固定的出門時間。

我算了一下，希寧睡過頭的那段時間剛好是喇嘛修法的時間。

當希寧醒來發現錯過時間之後，她突然覺得很沮喪、很疲憊，又倒回床上去睡覺，結果她做了一個夢，夢裡出現了一個菩薩，這個菩薩頭髮長長捲捲的，很兇的罵希寧不孝順、不應該做這樣的事，在夢裡，希寧很難過很難過，哭得很傷心。她後來在電話中問孫媽媽：「這世上真的有菩薩嗎？」孫媽媽跟希寧說著當年跑路躲債的日子，那段時間如果沒有菩薩，她根本活不下去。

接著孫媽媽告訴希寧：「為了妳的事，我去請教一位老師，請老師跟喇嘛幫妳修法、祈福、除障。妳這次要好好想清楚，好好地懺悔，如果媽媽今天沒有碰到這個老師，我們母女現在可能也講不到話了。」希寧很坦白地告訴孫媽媽，如果不是因為睡過頭，現在打電話給母親的應該是警察而不是她了。

雖然這次成功阻止了希寧做傻事，但我告訴孫媽媽：「事情還沒有結束，希寧的八字是四柱二空，極度沒有安全感，加上你們從小對她對疏於關心與照顧，才會造成她不負責任、仇恨以及報復心特別的重的個性，她要學習的事情還有很多，以後會很辛苦的。」

一巴掌打醒瀕臨崩潰的人生

這次，希寧的大哥原本也想把希寧一起帶回台灣，但她還是不願意。而就在大哥回國後的第二天，希寧卻一個人出現在桃園機場。

或許是時差的關係，希寧回來的第一個星期每天只是睡飽了吃，吃飽了再睡。第二個星期，希寧睡飽了，卻換成孫媽媽受不了了。孫媽媽打電話跟我求救，說她真的快瘋了！希寧每天哭、每天鬧，每天對他們夫妻倆咆哮。孫媽媽拜託我看一下希寧，所以我幫孫媽媽安排了兩次時間，但這兩次希寧都是跟媽媽走到路口，卻臨時打消念頭不願意上來，後來孫媽媽也就不好意思再約了。

就在孫媽媽放棄再約的隔天，希寧沒有預約就自己跑來了。我第一次見到她的時候非常意外，這個女孩這麼年輕漂亮，但是眼神卻這麼憤怒、不安、懷疑與恨。她一進門，便很不禮貌地和我家人說：「沒事，我只是來看看我媽一直要帶我來的地方是什麼樣子。」接著還用英文講了一句：「It's good place（地方還不錯）。」

大概坐了三十分鐘之後，她開始不耐煩了，問道：「我什麼時候可以再來？」我跟她說：「隨時。」希寧很不客氣地說：「亂講，我坐了半個小時，妳也沒跟我談啊。」

我看著她，說：「如果妳要談，就要預約。如果妳只是想來坐坐、泡茶聊天，只要我家裡有人在，妳隨時都可以來。」她一離開，我就打電話給孫媽媽告訴她希寧的狀況，並建議孫媽媽應該帶希寧去找心理醫生才對。

希寧離開我家的那一天晚上又在家裡鬧情緒，孫媽媽告訴我：「都怪我自己當她的面和先生吵架，說都是因為他想要女兒，不然本來不打算再生的。希寧聽到後對著我們夫妻倆吼叫，罵我們不負責任，為什麼要生了她才來推卸責任。結果她二哥剛好回來，一聽到她講的話，很生氣地打了她兩個耳光。沒想到這一打竟然把她給打醒了，她跟我們道歉，還抱著我哭，希寧問我：『我是不是真的生病了……』我才知道，她一直活在恐懼中，晚上沒有辦法睡，一定要找東西吃，吃到撐、撐到吐、吐完後她全身虛脫才睡得著。」

後來，孫媽媽帶著希寧去看心理醫生，她很傷心地說：「醫生診斷出希寧有人格分裂而且還有中度的憂鬱症。醫生說，憂鬱症的黃金治療期是在發病初期的三年內，我好後悔，當初真的不應該把她一個人丟到美國去！我努力賺錢讓家人過上流社會的生活有什麼用？我這個母親是怎麼當的？怎麼會把自己的小孩逼到發瘋？如果我那時候肯多花點時間陪她一起渡過低潮，或許希寧今天就不會是這個樣子了……」

因為嚴重的自責，孫媽媽每天除了工作之外，生活的重心就是照顧希寧、給她更多的關心，而希寧也在這種溫暖以及家人的陪伴下，漸漸地穩定下來。可惜半年後，或許是因為觸景傷情的關係，就在希寧回美國收拾東西的時候，她的病情又惡化了！

天助自助　三盞燈照亮生命藍圖

這次，我建議孫媽媽讓希寧去上一些心靈成長的課程，讓她學習面對自己、自我提升，並且也希望趁這機會讓她多認識一些人，交一些好的朋友。

一開始，希寧堅持不去，還為此打電話給我，問我說：「老師，我是不是很糟糕？」

我說：「人都有過去，重要的是願意改變，而且不再犯同樣的錯。」

她又問：「**真的有天堂與地獄嗎？真的有佛跟菩薩嗎？**」

我告訴她：「**第一，有。妳活在地獄，我活在天堂。一念之間，我就是天堂，妳就是地獄。妳每天都在痛苦中、妳活在恨裡面、妳活在想死的念頭裡面。妳不知道要怎麼生也不知道要怎麼死，妳不懂要如何生活、不懂愛、不懂感恩，所以妳覺得生不如死。我每天很快樂，我很忙碌，我覺得我的時間不夠用，我巴不得自己一天能有四十八小時。一個人會覺得時間不夠用，不管他付出的是腦力還是勞力，他一定都是快樂的。**妳的第二個問題答案也是『有』。我親眼看到會走路的佛，這個佛還有年紀，他已經八十三歲了。」

希寧不相信的問我：「是真的人還是假的人？」

我說：「當然是真的人，他會吃飯、會呼吸、還會走路，非常地慈祥、非常地和藹，這個佛的名字叫做——貢噶旺秋仁波切。菩薩更多，所有的義工、在各地傳福音的人、醫院的志工、在學校門口指揮交通的導護父母、受戒、受洗的人……每一個努力過日子的人都是活生生的菩薩。」

她告訴我，她有個朋友帶她去教會，她很喜歡那邊的環境，很喜歡跟著大家唱詩歌，她問我，她可不可去受洗？

我告訴希寧：「宗教的目的都是勸善，不管是基督教還是佛教甚至任何宗教，只要自己能快樂就好。」我接著說：「可是，妳內心的恐懼、不相信以及仇恨必須放下，妳讓自己活得很痛苦。」

希寧的語調馬上變得很不客氣：「對！我不相信任何人，包括妳講的這個課我都很懷疑，我不相信沒有金錢的往來會有真正的朋友。妳為什麼這麼苦口婆心地勸我去上這個課？妳一定是他們的股東或是妳有抽成。」

我知道希寧一直都不是很喜歡我，總覺得我只是一個算命的老師，我告訴希寧：「妳今天喜不喜歡我都不重要，我的上師告訴我：『貪是輪迴的因。』這五天的課程價格是一萬九千八百元，如果我為了貪你這一萬九千八百元而要來輪迴，來生還要做妳的奴隸還債，這好像不值得欸！妳姑且相信我一次，這二天如果妳有空，來看看我們家的菩薩、看看我們家的關公，上次妳來的時候態度很不尊敬，如果妳相信我，我們就會相應，妳要不要來謝謝一下菩薩，當妳謝謝菩薩，我想妳就會接受這個課程了。」

希寧在聽課程說明會的當天來我家拜拜，這一次她看起來和顏悅色多了，我拿了印度佛學院的照片給她看，她看了照片說：「我不曉得印度這麼美。而且，老師我可不可以跟你說一件事？我覺得……妳照片比本人美多了。」我沒有照鏡子，不過我想我的臉上應該出現了三條線，還有一隻烏鴉從頭上飛過吧。

那天她離開之後，我替她點了三盞燈，並向菩薩發願：「我希望第一盞燈能去除她的恐懼；第二盞燈能照亮她的心，讓她對所有的事情都相信；第三盞燈希望她的生命中有愛，讓她能去愛生命中每一個人、每一件事、每一樣物。」這三盞燈我在台灣幫她點了五個月，印度學院則連續點了一年。

希寧自己也跨出了一大步，她接受了我推薦的課程。在專業老師的引導下，她講出了對父母親的恨，講出了墮胎在她的心中留下的恐怖陰影，講出她剛到美國的前兩年每天晚上哭、哭累就睡，作惡夢又被嚇醒，然後不斷重複循環。

在課程最後的感恩階段，老師及工作人員將孫媽媽請到了現場，希寧和孫媽媽兩人抱著痛哭了好大一場，也從此解開了希寧在心中壓抑好久好久的恨意。孫媽媽在回家的路上打電話給我，哭得淅瀝嘩啦地說：「渲啊，我真的好謝謝妳！謝謝妳幫她祈福點燈，還勸她去上這個課，希寧好像真的從記憶中走出來了。」

之後，希寧陸續上了好幾期的課程，而且她慢慢減少藥量，慢慢地靠自己站起來、走出去，最後，她還當了一百零八天的志工。雖然希寧的心中還留著傷痕，不過已經不再刺痛，午夜夢迴時，她已經可以安然入睡。

現代的小孩真的很好命，物質生活不虞匱乏；但也真的很可憐，因為精神生活空虛，而且當他們心理或生活有了問題時，父母往往不是他們考慮傾訴的對象。父母的傾聽、關懷與陪伴是孩子成長的陽光、空氣跟水。唯有付出耐心，親子間才可能產生共鳴，才可能相互感動並相互體諒。

沉默的父親　無言的父子關係

不溝通，用自以為好的方式單向地付出關愛，往往只會忽略對方的感受與真正的需求。

小時候的日宸，跟同年齡的小男生一樣活潑好動，每天上學、放學，日子過得自在愉快。

這種無憂無慮的日子在他十歲那年有了改變。某天下課後，他跟往常一樣拎著吃完的便當盒回家，他打開家門，像往常一樣大叫著：「媽媽我回來了！」可是無人回應，他覺得很奇怪，媽媽出去了嗎？他客廳看看、房間找找，突然眼角瞄到後陽台好像有東西晃動，他心想：「喔～原來媽媽在後陽台晒衣服呀。」調皮的他躡手躡腳地穿過餐廳溜到後陽台，想偷偷嚇媽媽一下。當他把後門打開時，手中的便當盒隨即掉落到地上，他被眼前的景象給怔呆了，他不記得自己到底站了多久，也不記得後面到底發生了什麼事，有整整一年的時間，他忘記了時間，也忘記了該如何說話……

迷途羔羊來問路　錦囊相授指迷津

日宸是在快退伍的時候，透過朋友的介紹來找我的，他來問我將來退伍後要做什麼才好？他對自己的未來感到很茫然。他一進來，我看到他身上帶有很深的藍、很醜的咖啡色、以及髒髒黑黑的桃紅色，這些顏色說明了他心中的不快樂與苦悶，而髒髒的桃紅讓我感覺到他渴望被愛。不知道為什麼，我有一種很想幫助他的衝動。他看著我貼在牆上的照片跟我說：「老師，我覺得妳一定是一個很好的媽媽。」我直覺感應到眼前這個大男生是缺乏母愛的。因為是第一次跟他碰面，我不好意思追問他有關母親的事，所以我針對他的問題幫他打了卦以後，建議他還是繼續唸書，充實自己就是最好的打算。我打開抽屜拿出一個很漂亮的繡花袋來，做了一個錦囊，裡面裝了筆、寶石、彈珠還有一些我家的米給他，並交待他一定要帶出國唸書。我告訴他：「筆是幫助你求學，寶石跟彈珠代表貴人還有防血光、官非與栽陷，米是要你記得對家人感恩……」當我講到「要對家人感恩」時，我察覺到日宸臉部細微的變化，他似乎對「家人」這二個字很陌生、很不以為然，我馬上補了一句：「喂！我也是你的家人欸！」他回過神，笑了一下說：「老師，謝謝妳！」

我特別交待他：「不要掉了喔！這個對你很重要。」

還好他有把我的話聽進去，退伍後日宸便決定去日本繼續唸書深造。

要去日本之前他來找我，這一次他希望我幫他改名字。他一進我的辦公室就把我上次給他的錦囊拿出來給我看，並告訴我，他都有把這個錦囊帶在身上。當他跟我講話的時候，那種表情動作跟語氣都讓我覺得好像一個小男生在告訴媽媽他有乖乖把事情做好。日宸笑得很靦腆地說，他想改名字是因為他覺得自己的動作總是慢條斯理的，當兵時經常挨罵，長官覺得他常常在恍神，他希望能改個名字讓自己積極點。我把他名字裡原本的「延」改成「宸」，我告訴他：「宸的意思是君王的住處，表示成功，也很適合你，我希望你到日本去能夠成功，而且你會在那裡落地生根、結婚生子。」日宸很喜歡我幫他取的名字，不過他也告訴我，他目前還沒有要成家的打算。

穿越時空的軌跡　敲醒塵封的記憶

一年半之後，日宸完成了學業，回到台灣隨即面臨就業問題，所以他來找我卜卦問自己的事業，因為他還是很茫然不知道要做什麼才好。他在日本的時候經常想到我，他覺得我很有媽媽的味道，覺得有家的感覺真好。我索性的把手上的通書闔上，把籤筒拿到旁邊，我看著他說：「日宸，我們今天不卜卦，我們來聊一聊你的媽媽。」日宸立刻把眼神移開，馬上搖頭說：「不要。」他像是一隻遭受攻擊，瑟縮地躲在牆角的小貓，他變得很緊張、很不安，他的手不斷地撥弄著自己的頭髮，然後說：「老師，我不要聊這個話題。」我站起來走到外面拿了一個香爐進來，裡面點了琥珀香跟沉香，讓他減少恐懼並保持安定。

我看著他問說：「你媽媽長得跟我像不像。」

他沒有回答我，也不敢看我，只是把臉低下搖搖頭。

我問他：「是不像，還是沒記憶？」

香的功效開始發揮了，日宸慢慢地安定下來，不再像一開始那麼坐立難安，但他還是不斷地抓理自己的頭髮，然後支支吾吾地說：「有……有啦！只是記不清楚，應該是不像吧。」他的情緒很平穩並沒有哭，只是一直不斷地用手抓頭髮。

我問他：「你媽媽以前是不是常常幫你梳頭髮？」

他看著我愣了一下說：「對，媽媽以前總是覺得我的頭髮很亂，要我把自己整理得乾乾淨淨的，我十歲時，媽媽就沒有幫我梳過頭髮了。」

我說：「那是因為你長大了。」

日宸再次低下頭平靜地說：「我媽媽……自殺了……我看到她吊在欄杆上，紫黑色的臉，身體隨風微微地晃動著……」

我說：「你很懷念她對不對？」他點了一下頭，嗯的應了一聲。

我問：「你到什麼時候才知道你媽媽自殺的原因？」

他想了想說：「當兵前，有一位自稱是媽媽好朋友的阿姨來家裡拜訪。當時只有我在家，我不曉得媽媽還有朋友，因為媽媽死後，阿姨、舅舅和姑姑再也沒有來過我家，所以我一直覺得沒有媽媽就沒有親人。那個阿姨說她已經移民美國，過兩天就要回去了，在回去前她想來看看我們好不好。她問我是不是老大？我跟她說：『對。』她問：『弟弟呢？』我說：『搬出去了。』她又問：『弟弟跟誰一起住呢？』我告訴她：『我不知道。』阿姨問弟弟是不是跟爸爸處得不好？我只說：『我跟爸爸處得也不好。』阿姨嘆了一口氣：『你媽當初真的不應該走這條路。』我問她是不是跟媽媽認識很久？阿姨說：『在你媽媽還沒嫁給你爸爸以前我們就認識了，你媽媽過世前我們一直都是很好的朋友。』後來阿姨問我有沒有工作？當她知道我才要去當兵時，她很訝異我怎麼年紀這麼大才要去當兵，我告訴她：『因為一些事情晚了幾年。』最後，我鼓氣勇氣問道：『阿姨，我媽媽為什麼選擇自殺這條路？』這個阿姨開始哭，然後說：『因為你媽媽不快樂、她很痛苦……』看到她哭，我就不敢再問下去了，她要離開前告訴我：『你媽媽自殺的那天，我們有通過電話，她要我有空來看看你們，今天沒有看到你弟弟我有點遺憾。』」

我問日宸：「之後，你有什麼感覺嗎？」

日宸很冷漠地告訴我：「老師，我一點感覺都沒有，我哭不出來，而且一點想哭的感覺都沒有。」

我說：「你怎麼可以這樣說！」

日宸講：「媽媽死後有一年的時間我封閉了自己，不再開口說話，她的死讓我們很痛苦，從小到大我都要去面對『為什麼你沒有媽媽？』、『因為媽媽自殺，所以沒有媽媽！』的問題，我很怕去學校，所以拒學，小學唸了八年、國中唸了五年、高中唸了四年、只有大學很正常唸了四年，所以我很晚才去當兵。還好我小學時碰到一個女老師，對我很好，幫助我完成了小學跟國中的學業，不然我現在可能連小學都沒辦法畢業吧。」

我問他：「你有把這個老師當做媽媽嗎？」

日宸的嘴角往下一撇，搖搖頭說：「我的媽媽只有一個。」

當日宸講到母親自殺時，他的表情是冷淡的，他的反應是因為長久訓練下來已經麻木的表現，並不是真正的放下與釋懷。

我轉移話題說：「那我們來談談你爸爸。」

他一臉無辜的說：「我算是乖了吧！我弟弟更叛逆，他高中就搬出去住了，大學也沒讀完，他和爸爸在一起就只會吵架。」

我說：「那你呢？」

他把頭轉開的回了我一句：「我不想跟他講話。我爸晚上十點就上床睡覺，所以我一定會在外面晃到十點以後才回家，我不想看到他。」

這時候我看到他的頭頂出現了幾個英文字，是勝利女神的咒語，我立刻拿出一張白紙將咒語寫上，我要日宸把父親的名字寫在咒語中間的下方，寫完後將咒語不斷地重覆抄寫，每寫一行就少掉一個字母，最後就會寫出一個等邊三角形並且將所寫的名字整個覆蓋住。可是日宸的三角形整個歪掉，父親的名字也沒有被包進咒文中。

我說：「你是恨你爸爸的對不對？」

他聳聳肩講：「或許吧，也說不上恨！反正我跟我弟都不喜歡和他講話。小時候他很忙，我就只有媽媽，我跟爸爸要什麼他都只會叫我去找媽媽。」

我問他：「你爸爸有沒有天天回家啊？」

日宸不確定地告訴我：「應該有吧！」

「應該有吧？」我很驚訝地問：「你爸媽有結婚嗎？你媽該不會是小老婆吧？」我驚訝他怎麼會無法確定爸爸有沒有天天回家。

他看著我很肯定地告訴我：「有啊！我爸媽當然有結婚，我媽媽她不是小老婆。」

我勸日宸說：「天下無不是的父母。你應該去問清楚，你媽媽當初到底在不快樂什麼？痛苦什麼？你爸爸到底做錯了什麼？」

他想了一下說：「應該不用問了吧！都這麼久了，我們也都長大了。」

我當時心想，冰凍三尺非一日之寒，日宸的心不只是結了冰，而且已經冰到變成石頭了，需要更多一點的時間來慢慢把它敲開。

這天晚上，我把日宸早上寫的咒文壓在我的枕頭底下，我想像自己是日宸，日宸要對爸爸有愛。睡著後我做了一個夢，夢中我躺在一張涼椅上，聽到有個女生在叫：「小狗子……」我很好奇是誰，當我坐起來時，我看到一個瘦瘦高高的女生和一個小男孩很開心的在公園裡玩。早上回想起來，我想她們應該就是日宸的母親跟日宸小的時候。

第二天的晚上，我睡覺時又將前一晚所夢到的景象帶入夢中，並替日宸許願，一定要將對爸爸的恨消除掉。就這樣，我一連替日宸睡了三天的咒文。

十年生死兩茫茫　不思量　自難忘

日宸很喜歡日本，所以他決定回日本發展。過了二年半後，日宸回台灣來看我，他說他在日本的發展並不是很順遂，對於自己的未來還是感到茫茫然，不知道到底該做什麼才好？他還告訴我，他認識了一個日本女生，長得不是很美，但是很溫柔對他很好、很幫助他，是個很道地的日本女生。

我問：「長得不是很美？那是醜到什麼地步？」

他摸摸頭說：「也不會啦……」

我再問：「那你到底想要什麼？」

日宸心不在焉地跟我說：「不知道耶……」

我生氣地用手指節敲著桌子說：「日宸，你看著我，在你的生命藍圖中，你應該構思一個美麗的家、幸福的家、溫暖的家，而不是一個笨老公跟一個死老婆。」

他回過神很震驚地注視著我，終於，他在我面前崩潰大哭說：「我就是不要一個破碎的家，我會成功嗎？我會有一個屬於自己的家嗎？老師，你知道我多害怕回來，我回來只有你這個家可以去。我們一個家不像家，媽媽自殺、弟弟不在、爸爸我也不知道該怎麼辦。」

我在心裡想：「終於破冰成功了。」

我問他：「你爸爸有再娶嗎？」他搖搖頭。

我又問：「你當兵時有沒有打過電話回家？你去日本時有沒有打過電話回家？」

他說：「沒有。」

我再問他：「你去日本唸書的學費是誰出的？」

日宸說：「爸爸。」

「那你弟弟在外面生活的花費是誰在供給？是誰幫他租房子、付房租？」我一次比一次更大聲地問著。

日宸說：「爸爸。」

我很生氣的跟日宸說：「你們有困難都知道要找爸爸，你們都知道爸爸可以幫助你們，可是你們到底有沒有瞭解過你們的爸爸到底在想什麼？你們有沒有關心過你們的爸爸？」講完的同時我狠狠地拍了下桌子。

日宸被我嚇到，結結巴巴地說：「老師，妳……不要那麼兇嘛……我也不知道怎麼去瞭解他……這次回來我跟弟弟還有爸爸一起吃飯，我們從頭到尾一句話都沒講。」

我說：「你有沒有發覺你爸爸老了？日宸，不要等到子欲養而親不待啊！以前我就告訴過你，天下無不是的父母。你回去向你爸爸問清楚，媽媽到底是為什麼死的？爸爸你有沒有恨過媽媽？爸爸你到底快不快樂？你去問清楚這三件事。」我叫日宸回去搞清楚這三個問題以後再來找我，日宸把眼淚擦一擦，便靜靜地離開了。

隔天他就過來找我了，哭得比前一天更嚴重。他很自責地說，他從來都不曉得自己是這麼自私的一個人，他竟然從來沒有關心過父親的生活，他只想到自己失去了母親的愛，卻從沒想過父親需不需要愛。他說昨天從我這裡離開後，便回去等著他爸爸回家，終於，他鼓起勇氣問了我要他問的三個問題，他這才知道原來媽媽的死並不是爸爸的錯，爸爸的苦與委屈比他們想像中的還大。

日宸說：「媽媽的問題要從我外公外婆說起，我的外公並不愛外婆，他常常對外婆說：『其實，我一點都不喜歡妳，我喜歡的是……』我的媽媽就在這樣的環境下長大，看著自己的母親不幸福，所以她認為：『如果要結婚一定要找一個愛自己的男人，女人被愛才是幸福的。』在朋友的介紹下，媽媽認識了爸爸，爸爸非常喜歡媽媽，積極追求下，媽媽覺得：『這個男的很愛自己，這樣應該就會幸福吧！』於是便答應了爸爸的求婚。可是結婚後，我媽媽才發現她並不愛爸爸，她跟爸爸之間沒有話題。她嚮往工作、嚮往成功，便和朋友合夥創業（這個朋友就是移民到美國的阿姨），結果不僅失敗還賠了錢，她覺得對不起朋友、覺得自己很沒用，一時想不開就上吊自殺了。」

日宸繼續說：「我終於知道當初那個阿姨說媽媽的不快樂跟痛苦是什麼了，而且，我也終於了解到真正痛苦的其實是我爸爸。爸爸跟我說，他對我們感到很抱歉，他不知道怎麼給媽媽快樂，免除她的痛苦，他們之間沒有共同的興趣、更沒有溝通。我爸爸個性木訥，十幾歲的時候就跟著他的舅舅從大陸一起出來做生意，沒想到一出來就回不去了，幾年後舅舅過世了，爸爸就一個人獨自生活一直到娶了媽媽。爸爸一直以為媽媽想工作就是想要錢，所以，他一直不停地工作，努力加班就是希望能再多賺一些錢給媽媽。可是，他說他錯了，他不瞭解媽媽原來不是一個愛錢的女人，她想要的是成功的感覺。爸爸說：『如果時光能夠倒流，我會把工作辭掉跟她一起創業，看她想要做什麼我就幫她做什麼，或許你媽媽就不會走了。其實，我要的不多，只是一個幸福的家，家裡有爸爸、有媽媽、有小孩，結果，我把你媽害死了，這個家也就沒有幸福了。我只有更努力的做，讓你們過更好的日子，把你們送到更好的地方，組成自己幸福的家庭，不要像爸爸一樣……』」

日宸哭著告訴我：「我一直到今天三十二歲了，才知道原來爸爸這麼愛媽媽，他真的好偉大！而我卻認為是他把媽媽害死的，他應該要跟我們道歉，我從沒想過他一直獨自默默地承受痛失親人的傷痛。從年輕一直到老，爸爸一個人默默地承受著，一直覺得對不起我跟弟弟二人，而我最愛的母親卻把所有的不快樂與痛苦，都建立在我們的痛苦上。阿姨跟舅舅因為對爸爸不諒解而不再跟我們往來，姑姑因為爸爸不肯走出傷痛也不再和我們連絡。我今天才發現，原來家裡的擺設一直都維持著母親離開前的樣子，因為爸爸說：『這些都是你媽媽佈置的，傢俱都是她挑的，她一直都在家裡。』」

日宸把眼角的眼淚擦掉，懇求地說：「老師，妳看得到我媽媽嗎？妳幫我告訴我媽媽，她不應該痛苦更不應該不快樂，爸爸到現在都還愛著她，她是最幸福的女人。自從媽媽死後，我再也不敢走進爸媽的房間，跟爸爸談完後，我鼓起勇氣走進去，房間佈置完全沒有改變，爸爸蓋的還是雙人的棉被，床上放著二個枕頭，爸爸只睡床的一邊，另一邊空著的床位，似乎媽媽每晚都會回來睡覺。床鋪連床單的花色都是一樣的，爸爸說：『他怕換了花色，媽媽回來會不喜歡。』講完他把頭低下，我看到他的眼淚滴到長褲上，我才發現他老了，才發現自己真的是白活了。」

當日宸的情緒緩和下來後，他問我：「老師，我是不是應該好好去愛這個日本女孩？」

我點點頭說：「嗯，她是一個好女人。」

他要離開前，我問他要不要把他家的地址、家人的名字、還有他自己的願望都寫給我，我想幫他修法祈願，最重要的是希望能幫他母親做超渡。

日宸要回日本前打了電話給我，告訴我說，他把弟弟找回去，將所有的事情都告訴弟弟，然後他們帶爸爸一起出去吃飯，那一天是他們有生以來最快樂的一天，他要弟弟有空常回家陪陪爸爸，結果，弟弟當下決定搬回去和爸爸住，而且他們還換了一些傢俱把家裡稍微重新整理了一下。日宸突然笑起來說：「不過，弟弟會管爸爸吃的東西，所以他們倆人還是常常吵架。我爸爸可能開始懷念以前一個人住耳根清淨的日子吧。」

銀光粉色現改變　念轉運轉好運來

日宸回日本的隔年就和女友結婚，現在老婆已經懷孕快要生了。日宸寫卡片給我說：「我的婚姻很好，我不擔心，我比較擔心自己的工作，除了努力還是努力。」他的老婆真的很好，她告訴我：「如果爸爸在台灣沒人照顧，她希望能把爸爸接來日本一起生活，她很願意照顧爸爸。」我打電話給日宸，建議他，如果可能的話還是幫爸爸找個伴吧。日宸告訴我：「弟弟很努力的在幫爸爸介紹，結果自己都沒在交女朋友。」

去年夏天，日宸帶著他的老婆回台灣，這一次我再看到他時，他整個人被銀粉色和白色的光給包圍住，非常地漂亮。那天剛好碰到仁波切在修法，修完法後，我拿出一個和當初給日宸一模一樣的錦囊，日宸很奇怪指著錦囊問：「老師妳這是幫別人做的嗎？」

我說：「對啊！我是幫一個叫做日宸的小孩做的。當初你離開後，我又做了一個一模一樣的錦囊放在身邊，因為你人在國外，所以每次修法的時候我都會把我這一包拿給上師加持，把這個祝福送給遠端的你。」日宸嘴角顫抖地不知道要說什麼，眼淚從他的眼眶裡流下來。

我拍著他的肩膀繼續說：「現在你結婚啦！馬上就要當爸爸了，我這個錦囊要辦交接，給你的太太請她放在她的衣櫃裡面，繼續替我守護著你。」

他的眼淚一直流，抓著我的手不斷地說謝謝。

後來，他告訴我說：「以後，我要教導我的小孩，任何事都要努力嘗試，任何事都要勇敢地跨出第一步。我以前害怕失敗所以不敢去問答案，覺得媽媽死了就是事實，有什麼好講的。跨出去和父親談了以後，才知道父親是偉大的。」

這時我拿出一張紙寫上勝利女神的咒語，我問日宸：「你還記得這個嗎？」

他笑著點點頭，我問：「想不想再試看看？」

他將父親跟弟弟的名字大大方方地寫上去，咒文最後寫出一個漂亮的等邊三角形，名字完全地包覆在咒文裡。我很高興五年前我在他心中種下的種子，經過五年的時間終於收成了，他放下了對父親的恨，並且努力彌補過去對父親的虧欠。

去年的母親節，他寫了一封傳真給我，他說：「Yuki（日宸的太太）說認識我之後，讓她相信世上真的有菩薩，我讓她覺得很有安全感。老師，因為妳，我擁有美滿的婚姻而且沒有煩惱，我會繼續努力工作，雖然辛苦，但是我會繼續努力並學習忍耐。」

自殺重罪不可行　慈悲抄經渡眾生

我很替日宸的父親感到高興，他終於讓孩子瞭解到事情的真相，也得到他們的原諒與孝順。同時我也覺得日宸的母親很傻很笨，自殺是非常重的罪，我告訴日宸：「自殺的人就好像在爬一個黑暗的山洞一樣，當超渡的法會開始時，就像在洞口點了一盞明燈，自殺的人趕快依著光源努力地朝洞口爬，當他們就快要爬到時，法會結束了，燈也滅掉了，他們又掉回到黑暗的深淵。」後來，我建議日宸每天抄一遍「心經」，先抄一年，如果當天忘了隔天也不要補抄，就用平常心抄寫。但是一定要發慈悲心，每一次抄寫的時候都要觀想，讓抄經的功德可以迴向給自殺的母親和所有自殺的人。你用你內心的光照耀他們，讓他們能夠離苦得樂，這就像你拿著一個手電筒往黑暗深淵照，你找到了在苦痛深淵的母親，同時也照亮了所有在深淵裡的人，讓他們得以超渡，將來再輪迴時可以不再重蹈覆轍。

自殺絕對不是痛苦的結束而是痛苦真正的開始，只有活著才有希望、才有力量、才有機會，有機會去學習、去改變、去創造、去享受人生。

孩子的叛逆　只為了換取父母注意和關心

傾聽是最簡單、也最困難的功課。
所有家庭的誤解、代溝，都是從不願意互相傾聽而生。

葉桂蘭是我前兩本書的讀者，也是個虔誠的佛教徒。民國九十六年朋友推薦她看了我的書以後，她和她的朋友就照書中所提到的街道，一條一條地尋找「論緣堂」，她們只是想碰碰運氣，沒想到竟然真的找到了。我還記得那時已經快過年了，桂蘭她們並沒有預約，不過那天下午我剛好有空，而且我看到桂蘭左邊眉毛下方呈現藍色，所以我就答應幫她們看看。

滿願錦囊破冰　母女三人第一次有話講

桂蘭已經離婚很久了，她的前夫有躁鬱症，一喝酒就會對她咆哮、摔東西，離婚後她為了方便照顧小孩，所以還是住在前夫家附近。她與前夫都沒有再婚，桂蘭來找我的時候，她的前夫已經癌症末期並正在接受化療。桂蘭來找我是想問，她是否應該提前退休，照顧前夫及二個女兒。因為她和小孩不親，兩個女兒都有憂鬱症，嚴重到會自殘，桂蘭不知道該怎麼和她們溝通，加上前夫的狀況不好，所以桂蘭很想瞭解因果，很想知道有沒有方法可以解決。

在桂蘭敘述的同時，我看到她身體左邊出現一團白朦朦的煙，乍看下還以為是她的屁股冒煙了。其實這是因為她當時的心境很害怕，就像迷失在霧裡看不清方向，不知如何是好。桂蘭還跟我抱怨她兩個女兒的房間都很髒亂，煙味很重，很難相信那是個女孩子的房間。

我問：「你女兒多大了？」

「已經三十了，每天要抽掉兩包煙。而且很奇怪，我是她們的媽媽，可是我們就像陌生人一樣，她們跟我都沒話好講。我放假回去，兩天只能和她們講到兩句話，嚴格說，應該是我問了她們二句話，她們只會回我『嗯』跟『喔』二個字而已。」

當她滔滔不絕地數落女兒的同時，我已經做好三個一樣的錦囊給桂蘭。錦囊裡我放了一些寶石、珍珠，並交待桂蘭這三個錦囊拿回去以後，要在同一個時間交給二個女兒，如果今天回到家沒遇上，就先將三個錦囊放在佛桌前，雙手合掌，秉報佛祖祈求保祐母女同心，去除彼此心中的恨。記得千萬不要先拿進自己的房間去放，一定要等交給女兒後再拿回自己的房間。

幾天後，桂蘭打電話來預約，她告訴我：「老師，妳給的錦囊很有用耶，我把錦囊拿給兩個女兒之後，隔了三天，我有生以來第一次接到我小女兒打來的電話，問我什麼時候要回家，還問我什麼時候要再過來找你，她們想一起來。她們現在跟我講話也比較心平氣和了。」我跟桂蘭說，這個錦囊的目的就是要讓妳們開心跟滿願的。

錦囊和針包　提供安全感與破除魔障

一週後，桂蘭和她兩個女兒都來了。她的兩個女兒都長得非常漂亮，不過妹妹的右眉毛上，我看到二條藏青色交叉的線，樣子就像眉毛上貼了OK繃一樣。兩姊妹說她們都有看過我的書，我問她們最讓她們感動的地方是哪裡？

姊姊恩恩說：「很多。」

妹妹佩佩很老實地講：「因為覺得很恐怖，所以就跳著看。」

我感覺到她們姊妹倆都非常緊張，所以決定讓她們分開問，由妹妹先，姊姊跟媽媽就請她們先到外面去等。

我很直接地問妹妹佩佩：「恨不恨母親？」佩佩聳聳肩沒有什麼表示。

可是當我問她：「恨不恨爸爸？」她的眼淚馬上奪眶而出說：「很愛爸爸但也很恨、很氣。」

我再問：「為什麼？」

佩佩說，她很愛爸爸因為爸爸很帥，但是他更氣爸爸的自暴自棄、生病不肯去看醫生，恨爸爸不肯上進，離婚讓家庭破碎。佩佩說著便啜泣了起來，她也很氣自己很笨，工作都做不好，每天都很害怕被老闆罵，她沒有什麼朋友，也不曉得這些話能夠跟誰說，只有跟姊姊最好。講到這裡佩佩哭得更傷心，她告訴我，她很怕姊姊會死掉。

我問：「為什麼？」佩佩說，因為她看到姊姊拿刀子割自己的手腕，而且她們最近吵架打架以後，兩個人好像心裡都有疙瘩，不再像以前這麼親近了。

我覺得她們姊妹之間的感情似乎還停留在國小國中的階段，非常單純。因為佩佩怕黑、怕鬼，所以我送了一個度母的平安符給她，她開心得好像小學生考一百分得到獎賞一樣地高興。

換姊姊恩恩進來時，我感覺眼前的這個女生非常痛苦，她因為害怕與恐懼，所以將自己武裝起來，讓自己看起來很堅強，展現出為了保護妹妹的那一面。

我很直接地告訴恩恩：「因為妳將自己武裝成男生，所以妳第一個戀愛的對象是個女生……」恩恩一臉無法置信地表情看著我。我繼續說：「那個女生當時失戀了，她只是想尋找安慰，而妳基於同情與照顧的心理，就像保護妹妹一樣的想保護這個女生，那不是愛，所以那個女生療完傷後就離開了。」

恩恩告訴我，當這個女生離開時，她有很重的失落感，擔心這個女孩會不會再次被騙。

我向她解釋：「這樣的關愛，就像妳關心妳妹妹一樣。」當我告訴恩恩，她適合結婚，也會結婚的時候，她開始哭了起來，因為看到父母的例子，讓她不相信可以擁有真愛。

我安慰恩恩：「父母的問題不是妳的錯，妳是來報恩的……」

恩恩等不及我把話講完，著急地一直追問她的愛情什麼時候會來？大概是妹妹佩佩有男朋友的事刺激了她，因此讓她更渴望得到愛情、渴望得到一個可以倚靠的肩膀。

我提醒恩恩不要急，凡事起頭很重要，結婚只是婚姻的一個中間點，白頭偕老才是婚姻的終點。我們常說：「從起頭就可以看到終點」，如果隨隨便便找個人談個戀愛就結婚，以現代社會來說，很難走到婚姻的終點。

她離開前我給了她一個觀音的平安符，另外我用紅瑪瑙跟黑曜石串成一個手鍊給她，黑曜石的功能是除障，而紅瑪腦具有開心的作用，我希望能幫助她除掉自己心中的魔障。

桂蘭進來除了問女兒的事之外，順便也問了自己的工作，因為她覺得自己的工作很不順，身邊的小人很多。她一邊嘰哩呱啦地講，我一邊動手做一個針包，桂蘭看著問我：「老師，妳還會做手工藝喔！」

我笑一笑，叫我當時在唸國中的女兒進來，請她在做好的針包上，幫我用五顏六色的珠針，扎出一個她覺得很開心的圖樣。她很快地便釘出一個愛心的圖案，旁邊還放了幾個零散的針當做小星星來點綴。我會請我女兒來做這件事，是因為由桂蘭自己來扎是沒有用的，因為她的身邊並沒有小人，只是自己的心在做怪。所以我直覺要找一個單純可愛的小朋友來扎，讓桂蘭懂得去疼惜與體諒她公司的同事與部屬。

當天晚上，桂蘭激動地打電話謝謝我，因為在她們回去的路上，母女三人有生以來第一次有共同的話題，她從來沒有跟自己的女兒講這麼多話。後來，桂蘭每個星期都會和我聊聊天，恩恩和佩佩也會打電話給我問一些工作上的事情和父親的狀況等等。

耳邊拉起警報聲　提示危險的戀情

有一天下午，恩恩打電話告訴我說她認識了一個男生，是同一棟大樓不同公司的人，每天吃午餐時都會在電梯裡碰到。恩恩覺得這個男生好像想追求她，一直要約她出去，恩恩問我：「這個男生好不好？」

她在問的同時，我的耳邊響起拉警報的聲音，我告訴她這個男生不好，要她小心注意，這一天剛好有修法，法會結束後我們要將修過法的「多瑪」丟去餵魚（丟「多瑪」對於除障非常有效）。因為恩恩住在永和，所以我順口問問恩恩下班時要不要繞來我這裡，幫我把多瑪放到新店溪去餵魚。

一個月以後，恩恩很落寞地來找我，並跟我說，這個男生真的在騙她。因為某天她在騎車回家的路上，聽到一陣熟悉的笑聲，轉過頭去看，才發現這個男生後面還載著另一個女生，兩人有說有笑的。之後打聽才知道那個女孩是他的女朋友，他找恩恩只是因為當時和女朋友吵架，想找人療傷而已。

恩恩說，那幾天她都恍恍惚惚的過日子，好幾次都忘記自己在騎車，差一點就出車禍了。她很失落，我不斷地安慰她給她打氣，最後她說，她好希望我是她的母親。

恩恩問我：「為什麼我和我媽會是母女？為什麼我沒有像妳一樣的母親？」

我告訴恩恩：「妳並沒有真正瞭解妳媽媽，所以妳的心裡才會存在這麼多的為什麼。其實這些事如果由她來做，說不定會做得比我更好。」

恩恩很不以為然的一直搖頭，但是她不願意再繼續談下去。看得出來她們母女間有很深的誤會，也感覺得到恩恩的孤單與等待愛情的心情。

印度之旅打開心防　解開心結

這一段時間，我成為她們母女三人之間的「電信局」＋「心理急救站」，負責溝通與精神鼓勵。

一開始，桂蘭來找我是為了問她的事業與前夫的健康，後來幾次的聊天卜卦中，我漸漸了解桂蘭兩個女兒之所以會有憂鬱症，其實都跟桂蘭的極度沒有安全感有關。

她會問我：「我會不會有一天工作做一做，就突然倒下去了？」

我說，人都會死，只要做好準備就好，而且妳前夫過不久也要往生了。（當時桂蘭的前夫已經住院接受化療，醫生宣告癌細胞已經擴散了。）

桂蘭竟然很緊張地跟我說：「唉喲！老師妳不要嚇死我欸！是還有多久啊？」

我有點生氣地對桂蘭說：「我覺得你們很奇怪，為什麼一直不肯面對呢？妳先生已經是癌症末期了，醫生也說癌細胞已經擴散了，你們一定要趕快準備，甚至你們應該是要『已經做好準備』才對啊。」我搖搖頭接著說：「不要有遺憾就好了。」

桂蘭嘆口氣回答我，其實她並不恨她前夫，她只是受不了前夫喝完酒後就亂發脾氣、摔東西。她說，一直到現在，她前夫做完化療只要身體和精神狀況好了一點，就又會去買酒回來喝，她很氣他這麼不愛惜自己的生命。

八月的時候，恩恩跟佩佩也來問我可不可以幫助父親，讓他多活一點時間，但我知道他們父親的時間已經不多了，也只能安慰她們說：「儘量吧！」九月初桂蘭又來找我，這一次，我看到桂蘭左肩出現一個黑色的四方塊。黑色的四方塊代表「死神的請帖」，我心想，他先生應該拖不過這個月了。我建議桂蘭讓恩恩跟我一起去印度（每年九月我都會去印度宗薩佛學院齋僧），桂蘭一直都很希望女兒能親近佛法，所以立刻答應讓恩恩跟我一起去。

我很坦白地跟恩恩說：「去印度舟車奔波會很辛苦，不過我們去的時候，剛好可以碰到學院結夏安居（僧眾閉關修行的日子）結束的日子，僧眾閉關出來後，會有祈福和除障的法會，可以去供養僧眾。妳爸爸現在化療很辛苦，這可以幫助妳的父親去除生病的災難、解除他的苦痛（當時我不敢用解脫這兩個字，怕桂蘭她們無法接受），妳可以考慮跟我一起去，這會是妳送給父親最好的一份禮物。」

恩恩說她很願意去，可是，她擔心老闆不會准她這麼多天的假。於是我叫她明天再過來一次，順便帶一杯陰陽水過來（一半滾燙的水加一半快結冰但還沒結冰的水混合在一起）。

隔天，恩恩帶著她的陰陽水過來，我拿了七顆彈珠給她請她許七個願，每許完一個願就要迴向給她的老闆，其中，請假成功是她的第一個願望。

她回去以後，一直到我們要出發的前五天，恩恩的老闆都還沒有准她的假，恩恩問我：她會不會去不成了？

正當我也在遲疑是不是要先幫她訂機票時，我聽到關老爺用台語跟我說：「好啦！沒問題啦！卡緊訂啦！」

到了出發前三天，恩恩的老闆終於核准了她的假，她說：「老闆沒有問我要去幾天，只跟我確定回來上班的日子就將假單簽給我了，我真是開心得不得了！」

九月二十二日，我們出發前往學院，恩恩從一開始跟著大家拿香對拜，到最後自己在蓮花湖替父親點燈，請法王替父親祈福，她的改變可以清楚地從她臉上越來越多的笑容中看出來。

當我們準備離開學校的前二天，正好是學院結夏安居結束的日子，僧眾出關，隔天一大清早就要做煙供、吃吉祥飯。我要恩恩坐在我的旁邊，我們手拿著吉祥飯，我告訴恩恩，吃了這個吉祥飯，往後一整年我們都會吉祥圓滿，然後，我要她跟著我一起觀想，一起迴向給父親。

我說：「妳爸爸即將離開，但妳們千萬不要有遺憾。妳跟妹妹真的很棒，我看得出來妳們對爸爸的愛。不過最重要的是妳要原諒並學著愛妳的媽媽，妳現在並不愛她，妳願意告訴我，為什麼妳不愛媽媽嗎？」於是，恩恩紅著眼眶告訴我隱藏在她心裡很久的祕密。

母親忙於工作　忽略小孩感受

恩恩低著頭，雙手緊緊地握著裝吉祥飯的碗，說：「小時候家裡只有我跟妹妹兩個人，我想跟媽媽講話，想告訴她今天在學校發生的事情、我交的新朋友、我考試考一百分……可是她都不聽我說，只會叫我不要講話，去寫功課、去吃飯、去洗澡、去睡覺。我希望她能聽我說話，但她都叫我不要講，我在學校的生活、我的心情、我的煩惱都想跟她分享，但她永遠不肯聽我講。」

「為什麼會差這麼多？老師，妳每次都會聽我講，妳都會要我講，我從小就很想跟我媽講，我多麼希望她能愛我、關心我、看看我、抱抱我……」聽到這裡，我哭得比恩恩還厲害，恩恩嚇到，反過來安慰我，問我為什麼這麼傷心？

我問恩恩：「妳有沒有看我的書？」

恩恩回答：「有！」

我告訴恩恩：「從小我媽媽就很討厭我，我也很希望她能愛我，說我好乖，可是我就是得不到。但是我並沒有恨她，因為……她現在是我唯一還擁有的……」

我跟恩恩兩人哭成一團，在旁邊分吉祥飯的喇嘛還以為我們是因為拿到的飯太少，所以哭得很傷心，趕忙跑過來又幫我們盛了一大碗的飯。

因為桂蘭忙於工作而忽略了小孩的感受，所以恩恩才會故意去做一些不好的事情來氣母親。像是故意把家裡弄得很髒、故意不乖、故意不好好讀書、抽菸等等，一切的行為都是故意的，為了氣母親，因為媽媽不肯聽她說話。

我跟恩恩說：「今天我們為了求吉祥圓滿，所以原諒媽媽好不好？我會這麼心疼妳也是因為妳媽媽，如果妳媽媽沒有來找我，我不會撿到一個女兒，況且妳媽媽如果不愛妳，怎麼會支持妳跟我一起來印度？」

恩恩一邊哭一邊點頭，我繼續勸她說：「人生不能有恨，妳爸爸就要走了，妳來印度這一趟為父親祈福，如果妳爸爸走了，坐在蓮花上一回頭看到妳這麼恨妳媽，他會傷心的從蓮花上掉下來的。這時如果掉的地方剛好有阿狗阿貓在生產，妳爸爸就會出生變成畜牲，如果因為妳的恨讓他輪迴到畜牲道，這該怎麼辦？」

我不確定恩恩有沒有把我的話聽進去，她只是把眼睛閉上很專心地祈禱，給人一種很寧靜的感覺。

全家團聚　聆聽父親最後的懺悔

回台灣的前一天，我們到當地的放生池做佈施，放生池裡有很多魚，可能是已經被餵習慣了，所以只要有人靠到岸邊，這些魚就會前仆後繼地擠到岸邊，嘴巴一張一開的搶著要吃東西，場面很壯觀，也有一些恐怖。

剛走到放生池，我突然有感覺恩恩會跌倒，我特別提醒她小心，還特地走在她前面，沒想到我才剛跨過一個石階，她就在大家面前跌倒了。而且她跌倒還不是一下子就摔下去，因為地很滑，恩恩往後滑倒，手去撐地想趕快站起來，可是一隻腳才踩穩，另一隻腳又滑出去了，而且動作就像放生池裡的那些魚一樣跳來跳去的。在她跌倒的那瞬間，我聽到了號角聲，我想她的爸爸可能不行了，於是趕快打電話回台灣給桂蘭。

電話裡，桂蘭很平靜地謝謝我提醒她趕快做準備，她已經準備好了，也謝謝我帶恩恩去印度。她請我先保密，不要讓恩恩知道父親病危，我問桂蘭：「妳先生昏迷了嗎？」

桂蘭說：「沒有，反而更清醒了。」

我想這就是父女連心吧，明天我們就要回去了，恩恩的爸爸應該是在等女兒回家。

隔天，我在飛機上做了一個夢，夢中我拿著一個黑色石頭沾了硃砂在畫一個藥罐的圖形，我一直描，描完後我還在想這個石頭要放在哪裡？是不是要卜一個卦還是請示一下關老爺？當我正在想的時候，聽到有人在唱南無地藏王菩薩，而且還是一個高音一個低音的二重唱。「喔！我知道了！」突然間我醒過來了，醒來後我在飛機上東找西找的，坐在旁邊一起去印度的團員也被我吵醒，問道：「老師，妳在找什麼？」

我迷迷糊糊地說：「我的石頭怎麼不見了？」

她睡眼惺忪地看了我一下說：「老師，妳在作夢喔！哪有什麼石頭？」我這才真的清醒過來，原來是夢啊！

回到台灣之後，恩恩直接趕到醫院去看爸爸。

恩恩告訴我，到醫院時已經下午三點了，父親的精神狀況很好，全家人都圍在旁邊聽她講有關印度的事。爸爸問她那邊是什麼樣的學校啊？是什麼佛啊？恩恩一一地告訴父親，她還問：「爸爸你相不相信有菩薩？」

爸爸說：「相信啊，我雖然比較愛喝酒，可是我也是會拜拜的，我也是拿香的……」就這樣全家有說有笑，和樂融融的聽恩恩講話，恩恩說那是她有生以來第一次看到父親這麼快樂。

最後，恩恩的爸爸還跟她們母女三人懺悔，讓恩恩覺得很不可思議。爸爸對她們說：「我不應該不珍惜自己的身體，導致今天躺在這裡，如果讓我有機會回到去年，我會珍惜並積極地接受治療，我也會聽你們的話不喝酒不發脾氣，你們是我生命中最愛也最重要的三個寶貝。」然後交待恩恩、佩佩二姊妹要好好孝順、照顧媽媽，他說：「其實妳們的媽媽是個很好的女人，只是我不懂得珍惜她，也不懂如何跟她相處……」

佩佩問爸爸：「爸，你有沒有恨過媽媽？」

爸爸回答：「妳媽不恨我就不錯了，我怎麼會恨她？」

佩佩又問：「爸，你有沒有什麼遺憾？」

爸爸說：「遺憾的是沒有辦法親自牽著你們走上紅毯，不過沒關係，一切就交給妳媽吧，這是不用擔心的……」

到了晚上七點，恩恩的爸爸說他有點累想睡一下，九點桂蘭打電話給我時，先生已經進入彌留狀態了。

掛了電話，我走到魚缸旁邊，從裡面揀起一塊黑色的石頭，然後用硃砂在石頭上畫一個藥罐，但我怎麼畫都畫不上去，正當我覺得奇怪的時候，有一個聲音提醒我：「要摻膠水啦！」我趕緊找出膠水加上去，真的就畫上去了。然後我將石頭放在佛堂上，剛放上去的同時，我們家的音響自動放出南無地藏王菩薩的音樂，跟我在飛機上聽到的一樣，一高音一低音的唱著。

我先生一臉狐疑地問我：「老婆，這麼晚了妳放音樂幹嘛？」

我回頭看著他說：「冤枉啊大人，我沒有放啊，是它自己跳出來的。」

這時，我知道桂蘭的先生已經讓菩薩接引走了。畫這個藥壺是在祈禱，希望桂蘭的先生再轉世時，能將這一世的疾病都丟棄，帶一個健康的身體而來。

後來，桂蘭告訴我，前夫走的時候很平靜、很祥和完全沒有痛苦。在桂蘭前夫的喪禮上，桂蘭一直跟我道謝，她說：「老師，真的不知道該怎麼跟妳說，真的很謝謝妳！恩恩這一趟去印度改變很多，回家後將家裡打掃得乾乾淨淨，人開朗了笑容也多了。」

後來，恩恩也交到一個不錯的男朋友，我想，不久之後應該就有喜餅可以吃了吧。

「快一點，我在忙！」是現代父母的口頭禪，講求快速、效率與分工合作的父母常常把教養子女的工作分配給家裡的長輩、菲傭以及學校老師，然後將「陪伴孩子成長」的工作歸類為「很重要但不急」的待辦事項，排在自己未來有空再做的時間表裡，等到自己有空，想要完成這份工作時才發現，小孩已經不需要也不想要你的陪伴。

孩子的成長是一份「很重要但急不得」的工作，必須安排在自己每一天的行程裡，每天花一點點的時間去完成它。有照顧才會有問候，才會有傾聽，才能夠瞭解並體諒對方的感受。

14 母親的溺愛　成為孩子最大的阻礙

信任與智慧的引導、菩薩和神明的幫助，才能讓願望真實發生。「迷信」與「道聽塗說」往往是我在工作時最無奈的阻礙。

馬太太是個美容師，我跟她認識四年，期間她介紹了兩個好朋友來找我。在親眼看到這兩個朋友的問題都順利解決後，她才鼓起勇氣問我是不是可以幫助她大姑的兒子。這個小孩從高三就會吸毒，從吃的、吸的、打針的到最後連強力膠都好，戒了又犯，犯了又戒，反反覆覆都不知道多少次了。

八字亂亂跑　原來孩子是養子

預約那天馬太太沒有來，她大姑自己來了。當我把小孩的八字資料寫在卜卦紙上時，怪事發生了，我明明寫直的，但寫完後看到的名字卻是歪的，而且我在卜卦紙上看不到他的八字。我心想怎麼會這樣？是不是我頭暈？還是眼花了？眨眨眼之後，我看到他的八字一直在紙上跑來跑去，怎麼都湊不起來。

我問：「妳確定他是這個時間生的嗎？」

馬大姑說：「對！」

我又問：「這真的是他的姓名嗎？」

馬大姑嚇了一跳說：「唉喲！妳真的很厲害耶。我們家以前逃難的時候改過姓啦！」大姑一講完，小孩的八字跑得更遠了，同時我看到大姑的後面跑出一堆灰灰的。

我客客氣氣地問馬大姑說：「大姑，請問一下，這個小孩不是妳親生的對不對？」

她的臉色馬上變得慘白，她以為是馬太太告訴我的，她問：「是我弟妹跟妳說的嗎？」

我說：「沒有啊！是妳自己跟我說的。」

馬大姑急忙澄清說：「我哪有！」

我不慌不忙地告訴她：「我陰陽眼看到的啦！妳後面的人應該是這個小孩的親人。」

她聽完臉色變得更白，很害怕地一邊偷偷往後瞄，一邊跟我說：「妳不要嚇我啦！是啦，這個小孩是個遺腹子！是我去領養的，家人都不知道，連他爸爸都不知道，只有我那個弟妹知道啦！」

我問：「他們怎麼可能不知道？」

她說：「因為我沒有跟公婆一起住啊，那時我先生都在國外工作，我跟他說我準備了一個禮物等你回來……所以到現在都沒有人懷疑過喔。」

我心想：「那時候的人還真好騙。」

大姑來找我的時候，這個小孩已經二十四歲了，不但吸毒還愛賭，馬大姑說她之前就找過好幾個師父替兒子祭改，先改他的賭再改他的毒，可是完全沒有效，後來她又把兒子送出國，希望他脫離這邊的環境後可以完全斷絕毒品的誘惑。

我問：「妳把他送到哪？」

她說：「馬來西亞啊。」

唉，聽了簡直要暈倒，我皺著眉頭問：「妳怎麼會把他送到那邊？那邊要買毒品不是更容易嗎？」

馬大姑自己也很氣地說：「我那知啊？就有朋友在那邊啊，想說有人可以照顧，誰知道送過去更糟糕，吸毒吸到回台灣後還被送進療養院裡住了快一年。」

我說：「妳先生不也在國外工作嗎？妳怎麼不把他送到他爸爸那邊？」

原來，這個兒子和父親的感情不好，父親會教訓他，因此他不願意和老爸在一起。而馬大姑非常寵愛小孩，她說她幾乎所有的心思都放在這個小孩的身上，但沒想到竟然會養出一個賭徒跟毒蟲。

我請她回去拿二件兒子的衣服來給我，我還交待她，過來之前要先將這兩件衣服拜拜自己家的祖先，誠實地稟告祖先，跟他們講清楚這是你們的養子，因為有壞的行為，所以現在要去論緣堂請邢老師幫忙，請祖先幫忙保佑這個小孩。

後來，當我拿到這兩件衣服的時候，我突然湧出一股無能為力的感覺。

過度寵愛　讓改變困難重重

我跟馬大姑說：「我覺得我好像幫不上妳的忙耶。」

馬大姑很慌張地說：「妳怎麼這樣說？妳一定要幫忙啦！錢不是問題啦，看要多少都沒關係！我去別的地方弄都已經花好幾百萬了……」

我搖搖頭，很心疼她為這個小孩的付出，另一方面也覺得很不可思議，怎麼可能花這麼多冤枉錢而不心疼？

我看著馬大姑帶來的衣服，一件黃色的、另一件是粉紅色的，當我把這兩件衣服放到佛桌上時，我看到從衣服的中心點開始滲出黑色的墨水，仔細看，那個墨水變得更大塊了。我以為我又眼花了，揉揉眼睛再看時，衣服上的墨水不見了！但過一會兒，當我回頭和馬大姑講話時，衣服又變成黑色的了。

我很坦白地告訴馬大姑我看到的現象，我覺得我幫不上忙。她很緊張地問我：「會嗎？該不會是衣服髒了吧！」她一邊說一邊拍打著衣服，看得出來她真的很疼這個小孩。

我說：「我很擔心妳不配合……」

她不等我把話講完，馬上一隻手舉起來發誓說：「我保證，我一定會配合啦！」我叮嚀她說：「那妳回去一定要照我交待的把東西放好，最重要的是妳絕對不能去幫他！」馬大姑點頭如搗蒜地發誓保證。

之後，我教她回去將一件衣服放在兒子的枕頭裡，另一件放在床墊下。她拿回去放好後，第三天就打電話來了：「老師，妳是作什麼法啊？讓我兒子這麼痛苦？」

「那是他毒癮犯了！」我告訴馬大姑。

可是馬大姑認為以前兒子毒癮發作時也沒有這樣啊！自從衣服放好後就特別痛苦，她還告訴我：「我看他最近很乖啊，應該沒有吸毒。」

我肯定地告訴馬大姑：「他趁妳不注意的時候偷偷地吸。」我知道馬大姑很心疼這個兒子，我很擔心她會心軟，所以我再次交待她：「妳千萬要看好妳兒子，如果他要出門，妳一定要跟在旁邊。」

後來，馬大姑果然破功了！第四天時，馬大姑的兒子吵著要出去吃東西，馬大姑拿了五百元給兒子去吃飯，也沒有和兒子一起出門。更慘的是，兒子出門後她就把衣服拿起來了，因為他覺得這個衣服讓她兒子很痛苦，她捨不得。幾個小時後兒子回來了，而且突然變得很安靜，眼神空洞好像很累一樣，早早就去睡覺了。到了晚上，馬大姑聞到一股很奇怪的味道，後來她竟在兒子床下找到五十支強力膠。她很傷心，馬上打電話問我她可不可以帶她兒子來。

我聽了更傷心，我說：「妳太寵他了，不配合帶來也沒用。」

沒想到馬大姑竟然跟我說：「有這麼嚴重嗎？他吸強力膠應該還好啦！」

我真的很無力，馬大姑竟然覺得吸強力膠還好？她覺得只要不是安非他命或海洛英就不算真的毒品。我不客氣地回答馬大姑說：「妳只給他五百，他當然只能買強力膠啊！強力膠也會造成他的精神幻想啊，妳乾脆把他帶去勒戒所好了！」

馬大姑著急了，她說：「他就不要啊！每次我要送他去勒戒所他就鬧自殺，說要死給我看！」

就這樣，我敵不過她的苦苦哀求，我又被說服了！我嘆了一口氣說：「好，我再給妳一樣東西，妳明天過來拿。」

迷信與道聽塗說　讓事情功虧一簣

這次我在一張黃紙上寫了字，然後捲起來，要馬大姑回去後放在兒子的枕頭裡。馬大姑回去照做後，兒子奇蹟似的恢復正常，不但不吸毒還出去找工作了，而且完全沒有吸毒的意念，連介紹大姑來的馬太太都跌破眼鏡大呼不可思議。馬大姑兒子的第一份工作是在便利商店、第二份是在大賣場、第三份工作在豆漿店，豆漿店的老闆還非常讚賞他，說他手腳靈活、動作俐落。就這樣，他兒子正常了半年。

為什麼說半年呢？因為他親愛的好媽媽——馬大姑，跑去把枕頭拆開，把我給她的小紙捲給拿出來燒掉了。拿出來的原因是，馬大姑覺得那是符，放久了會出事，她越想越毛，擔心寶貝兒子會出問題，所以就把小紙捲給燒了。

馬大姑把小紙捲拿掉後，兒子就不工作了，每天都很痛苦的樣子，一天到晚跟她要錢、一直要往外跑，錢不夠還會去找舅媽馬太太借。後來馬太太看到他在公園跟人家交易，才發現事情似乎又嚴重起來了。

馬大姑這次沒有預約就直接跑來我家，哭天搶地地求我幫忙。我看到她身前和身後都有下雨的景象，我無奈地嘆口氣跟馬大姑說：「妳就別哭了，好吧，我挑一個日子，如果那一天下雨，妳就來，我幫妳！如果那天天晴，那就是我能力不夠，妳就另請高明吧。」我幫馬大姑安排在兩個星期後的下午，那一天是水日，我估計應該下雨的機率非常高。不過馬大姑聽完後只講了一句：「一定要等這麼久嗎？我不曉得我兒子可不可以撐到那時候……」

我心想：「妳怎麼不想想是誰讓妳的寶貝兒子這麼痛苦的？」

快到約定日的那個星期，我每天都很注意氣象報導，報導說一整個星期都會下雨，可是到了晚上，我夢到關老爺坐在我的辦公桌前很生氣地跟我說：「沒有用的啦！你寫一百張紙給她都救不了她兒子的。」祂一邊說一邊氣得拍桌子，我嚇了一跳，因為第一次看到帝君發這麼大的脾氣。夢裡我還結結巴巴地問祂：「幹嘛這麼生氣？」結果到了約定那天，一大清早就出了個大太陽，快中午時我打電話給馬大姑，告訴她不用來了，我幫不了她。

她在電話裡求我，她說：「我給妳三十萬，妳再幫我寫一次那個黃紙好不好？」

我說：「妳給我三百萬也沒有用，妳既然已經拿出來燒掉，我現在重寫放回去也沒有用了。」

馬大姑不斷地在電話裡懺悔說：「沒有啦！妳每次給我的方法都很有用啦！是我該死！第一次是我捨不得看我兒子很痛苦啊，就把衣服拿起來……這一次我想說，他都已經好了，這個符放久了不知道會不會沒命耶！人家跟我說符見效以後就要趕快丟掉，放久會短命啊……」

「迷信」跟「道聽塗說」是讓我常常感到無奈的一件事，馬大姑聽信別人所說的：「符只要有效就要趕快丟掉，不然災難就要來了。」所以她看到兒子「好像好了」，就趕快把捲紙拿出來丟掉。她有事會來找我解決，有問題卻不來問我，她的心態真是讓我又氣又無奈。

掛了電話之後，我還是去求了關老爺，我跟關老爺說：「可不可以再幫這小孩一次？這一次您不要給我任何東西，看看是否可以讓我用智慧去幫助這個小孩？」不過關老爺很沉默，沒有給我任何的反應跟指示。

幾天之後，一個特別的人出現在我家。

無私大智慧　幫助浪子回頭

那天下午我沒有客人預約，我坐在辦公桌前發著呆，想著馬大姑的小孩。這時突然門鈴響了，是馬太太來找我，她從來沒來過我的辦公室。

她是來拜託我幫她大姑的兒子的。馬太太非常客氣地說：「邢老師，妳不要為難關公啦！也不要為難任何神明，更不要去理我那個大姑！妳不是有陰陽眼嗎？是不是可以請妳用妳的力量來看看這小孩的命？他的生日其實是錯的，當初我陪我大姑去抱這個小孩時，他已經出生兩三個星期了。後來當我想再回去查他的出生資料時，什麼都查不到了。我想，邢老師妳可不可以用妳的方式往前推兩三個星期，看看這小孩適合做什麼？」

馬太太的話點醒了我，我想了一下跟她說：「好！我試試看，不過要給我一點時間。」

她離開後，我在一張紙上畫一個圓，圓圈裡寫馬大姑小孩的名字，然後在左下角跟右下角的地方各畫幾個圈，每一個圈都放上一粒米，然後把紙放在供桌上，前面再放三個碗。三天後，答案出現了！三個原本空的碗裡，分別跑出八粒、二十一粒及七粒半的米，因此我推算他正確的出生年月日應該是八月二十一日早上七點半。

這時，我突然覺得自己好厲害喔！這到底是誰教我的？我好像上輩子、上上輩子曾經學過的樣子。

在等待答案的這三天裡，我跟馬太太並沒有真的坐在家中傻等。當她要求我用自己的方法來查看這個小孩時，她跟她兒子也想了一個方法來治這個小孩。馬太太說，馬大姑太寵這個孩子了，從小到大他從來沒有被罵或被打過，基本上，他根本就是個不知道天高地厚、人心險惡的小鬼頭！所以她們商量好，決定找幾個跟他同年齡的朋友去揍他。

馬太太找這些人來打他之前還特別交待：「鼻子不可以打歪、牙齒不可以打斷，因為做牙很貴；肋骨打斷沒關係，但是腿不能打斷；小弟弟是傳宗接代要用的，碰都不能碰……」馬太太一邊敘述，我在旁邊已經笑到不行，她們找來的朋友也是笑得東倒西歪的。

我稱讚她說：「我都不知道，原來妳做事這麼有計畫！」果不其然，這個方法真的奏效了！大姑的兒子嚇得不得了，不只變得比較乖，也願意去戒毒了。只是不知情的馬大姑氣得跳腳，一直吵著要報警抓打她寶貝兒子的兇手。

後來，我請馬太太跟馬大姑一起來我家，我告訴她們：「這小孩手很巧，可以走有關『金』方面的工作。」馬太太希望我講得更清楚一些，我告訴她，比如說：電器、電腦、打鐵、五金或是汽車、機車等都算。

馬大姑和弟弟（馬太太的先生）合開的店就是賣電器的，什麼都不配合的馬大姑，這時突然積極起來了，說：「好啊！那這家店就讓他做啊！等我跟他阿舅死了，這家店就交給他吧！」馬太太一聽心裡當然不很好受，她心裡想：『妳有兒子，我就沒有兒子喔？為什麼這家店要讓給你兒子？』不過馬太太個性真的很好、很有肚量，她回家後告訴自己正準備要去當兵的兒子：「你不要想回來頂你爸爸的店，那間店已經有候選人了，你要爭氣的話，就要靠自己打拼！」馬太太的兒子也真的很爭氣，退伍後考入銀行，最後做到分行的副總。

後來，我告訴馬大姑和馬太太：「這個小孩的四柱八字中有三破，所以很容易胡思亂想、講謊話、亂花錢，而且一個星期七天總要懶三天。」

她們不約而同地點頭說：「這個小孩真的越接近週末精神越好，星期日一過又變得很懶散，不過中午不起床。」馬太太很能體諒她大姑生不出來、偷抱又擔心被人發現、因此特別寵愛兒子的心境，她很有智慧地幫忙大姑說服先生星期六、日也開店，讓大姑的小孩星期四、五、六、日在店裡工作，星期一、二、三放假休息。

自助天助

就這樣，馬大姑的兒子恢復正常後，她把兒子帶來找我，我問他：「你覺得一個男人的婚姻要好，來自哪些原因？」

他說：「來自有錢、有事業、讓人看得起。」

我心想：「不錯，還沒吸毒吸到腦袋壞去。」

我給他一個鼎三角，要他回去放在床頭，我告訴他：「每天晚上躺下後，你開始從中央觀想：『我的事業做得很好』，然後往右看，並觀想：『我娶到一個非常好的老婆，她非常愛我』，之後再轉向左邊，想：『我也很愛她，我們的婚姻很幸福很美滿』，想完之後再回到中間，想：『我的一切都很圓滿』。每天一定要這樣想三次，然後連續七天，中間如果有一天忘了做，那麼就得重頭開始。」

我發現這個小孩其實是可以教的，我告訴他：「我勸你還是一次做完，因為如果你中間斷掉一次，之後你連續七天都會遇到不好的事情，比如說被打啊、毒癮又犯啊……」

他一聽就很害怕，擔心地說：「不要……不會……我會做的。」

教他放鼎三角的那天晚上，我夢到關老爺像在表演特技一樣，站在兩匹馬上跑這個鼎三腳，看到關老爺這麼賣力，我也跟著在旁邊搖旗吶喊，我想祂應該也在幫忙加持吧！

後來，我和馬太太聊天時，我問她當初怎麼會為了這個小孩跑來找我？馬太太才說，其實她是個虔誠的佛教徒，她一直覺得大姑的小孩並不壞，不是沒得救，只是她的母親太寵他了。馬太太說她來找我之前，她在家給觀音菩薩上香時有提到要來找我，當她把香插進香爐時，她看到菩薩對著她笑，所以她相信來找我一定沒錯。

馬太太說：「菩薩都已經指點出這條路是對的，那就要堅持走下去，不要懷疑。我大姑就是太愛胡思亂想了。」

兩年後，馬大姑的兒子毒戒了、煙也戒了、電器店經營得也不錯。有一天他突然來找我，而且還不想讓他媽媽知道。他跟我說他喜歡上一個女生，大他五歲，也會吸毒。他知道這樣不好，家人也一定會反對他和這個女生交往，所以他希望我能幫助這個女生。他說他曾經跟這個女生說我很厲害，她可以來找我尋求幫助，不過這個女生當場拒絕了他。

我問：「你們怎麼認識的？」

他說：「以前我在超商打工時，她常來買煙，所以見過面。最近在路上又碰到了，所以就聊聊天，可是我問她在做什麼，她都不回答。」

當大姑的兒子把那個女生的名字寫給我時，我建議他先不要去幫她，因為我覺得很難，她有二個小孩又同時和二個男人交往，工作並不單純。

他疑惑地問我：「老師，妳做這個工作不就是要幫助人嗎？怎麼也會拒絕幫助人啊？」

我笑了笑說：「你先不要問這個問題，也先不要幫這個忙。現在先不要幫啦，下次你再碰到她，又出現想要幫助她的衝動時再跟我說，我再看看時間對不對。」

他又問我：「為什麼現在不是時候？」

我說：「以後你就知道了！」

這一天晚上，我夢到這個女的跟另外一個男的被抓了，我問關老爺說：「關老爺您沒有提醒我去幫他們，是因為這是他們要受的苦對不對？」關老爺點點頭。我又問，那馬大姑的兒子是不是業障結束了，所以不會跟他們產生共業。關老爺說：「他的業沒有了，但如果他沒有智慧，再跟他們黏在一起，就會變成共業中的別業，就會受到牽連。」

兩個月後，馬大姑的兒子看到新聞，他喜歡的那個女生跟另外兩個男的是販毒集團，落網被抓到了。他告訴我：「老師，我現在知道妳說的『不是時候是什麼意思了』，如果那時候我幫了她，現在可能就被當成共犯了。」

很多來找我解決孩子問題的父母，其實他們小孩的問題都很好解決，真正要費心處理的反而是父母的問題。就像故事中的小孩，他最大的問題就是母親過度的疼愛與保護，形成他人生中最大的絆腳石。父母疼愛子女是天經地義的事，愛多、愛少不是問題，問題就出在於「要如何愛」？除了關懷與信任以外，適時的引導跟合理的要求，才是幫助孩子發展健全人格的關鍵。

Chapter 5

婆媳問題 心結難解

百年才能修得共枕眠，能成為婆媳，也是難得的因緣。前世種下惡因，今日必定收成惡果，唯有用包容心和同理心，才能在今世化解婆媳間的種種心結。

麻雀飛入金絲籠　婆婆拆散好姻緣

婆媳之間的相處一直都是個棘手又難解的問題，做長輩的往往為著一股無名的權威感，壓著媳婦喘不過氣來。一顆溫柔體諒的心才是化解彼此尷尬處境的良方。

分不清是真愛　還是遺憾

民國九十年的時候，秀蓮經由朋友的介紹來找我，當時的她三十六歲，離婚已十年。

秀蓮在家中排行老大，有二個妹妹。秀蓮的媽媽是童養媳，在秀蓮的認知裡，媽媽很愛也很怕爸爸，但因為爸爸一直認為自己兩歲就被父母安排娶親，從小就失去選擇的機會，心裡一直覺得很不公平，所以爸爸對媽媽沒有什麼感情。也因為這樣的婚姻關係，所以媽媽為了不讓女兒步她的後塵，便主導了秀蓮與大妹的婚姻，秀蓮的小妹因為不願意被媽媽安排，很早便離家一個人獨立生活了。

秀蓮說：「小妹是家裡最有主見也最獨立的，國中畢業就去學美髮，二十一歲就和朋友合夥在永和開店。後來因為我媽經常到她的店裡吵鬧、要錢，最後小妹受不了才搬走的，那時候搬到哪也沒人知道。」

秀蓮曾經試著去找她的朋友問，可是都問不到正確的地址，只聽說好像搬到台南去，已經一年多沒有連絡了。

我問秀蓮說：「妳覺得妳的小妹妹現在過得好不好？」

「應該不錯，她非常的獨立，很早以前她就告訴我，她不要讓媽媽主導她的人生，她覺得自己已經是大人了，凡事都該自己做主。而我大妹……問題就很複雜了……」

秀蓮最初來找我並不是為了她自己，而是來問她大妹的婚姻。她的大妹很愛玩，大學只唸了一年就不唸了。她高中時交了一個男朋友，姓蔣，大學時又認識了一位楊先生，楊先生家境很好，父母都是知識份子，秀蓮的母親對楊先生滿意得不得了，最滿意的部份當然就是「有錢」了，不過，大妹最愛的卻是蔣先生。

三年前，大妹應母親要求嫁給了楊先生，可是結婚半年後就分居了，而且還跑去跟初戀情人蔣先生同居。楊先生之前就已知道蔣先生的存在，他很生氣但並沒有放棄，他希望秀蓮能幫忙勸勸大妹，可是大妹卻只想離婚。秀蓮來找我，就是想問：「我妹妹到底該不該離婚？離不離得成？」

我告訴她：「妳妹妹這個婚離不成的。」

她又問：「有什麼方法可以讓她離成嗎？她已經花了很多錢想斬斷這個姻緣，每個算命仙都告訴她回去的隔月就會辦離婚，可是都沒有效。」

我搖搖頭說：「我沒有看到她會離婚耶。她們的婚姻還有很長的一段路要走，而且我看到她跟她先生會一起養小孩。妳有沒有問過妳妹妹，她到底是遺憾沒有嫁給蔣先生，還是真的愛這個蔣先生？」

秀蓮仔細地想了一下說：「老師，妳有講到重點耶，我覺得我妹妹很矛盾，似乎沒有搞清楚狀況。其實她跟蔣先生也經常吵架，只要一吵架，我妹妹就會搞失蹤，這個蔣先生就會來找我，要我勸我妹妹回家。」

我問：「回哪個家？回他身邊嗎？妳應該勸妳妹妹回楊先生身邊吧！」

秀蓮說：「有啊！她只要一和蔣先生吵架，就會跑回老公楊先生的身邊，他老公也會收留喔。」

我搖搖頭告訴秀蓮說：「我覺得妳不應該花錢幫她斷這個婚姻，這不是妳該做的，如果妳將這段婚姻斬掉了，既對不起楊先生，也害了蔣先生。」

秀蓮疑惑地問我：「怎麼說？」

我告訴她：「畢竟，楊先生是愛妳妹妹的，他可能是在等待，等待妳妹妹回頭。如果妳聽妳妹妹的話結束他們的緣份，楊先生必須面對失去愛人的痛苦，而妳妹妹改嫁給蔣先生，最後的結果可能也是離婚，那妳妹妹不只要再痛苦一次，也害了蔣先生跟著痛苦。所以我覺得妳應該讓她自己學著負責，教她去確定自己到底愛的是誰？」

秀蓮點點頭很認同的說：「我小妹以前也曾經講過她：『沒有勇氣跟蔣先生私奔，嫁給楊先生後卻又跑去跟蔣先生同居，這樣是不對的。』我也和她聊過，她說她就是不甘心，因為她的第一次是給蔣先生的，她覺得蔣先生應該對她負責。」

我問：「負責？負什麼責？負責虐待她嗎？」

秀蓮想了一下說：「唉！我想我和我妹大概是遺傳到我父母吧！我爸以前常提到一個他唸高中時很喜歡的女生，就住在我們家附近。我小的時候，爸爸經常騎著腳踏車帶我一起去看這個女生。他常常跟我們抱怨說：『如果不是因為妳媽媽，我一定會和這個女生結婚的，全村都知道我有童養媳，我從小就娶老婆了，這不公平！我才兩歲就幫我娶個老婆……』我媽則是恨她的家人，因為她還有很多姊妹，所以她覺得為什麼就要她去做別人的童養媳？我跟大妹從小就受到他們影響，對於自己的幸福不敢放手追求，除了我最小的妹妹以之外。」

因為挫折　所以成長

秀蓮第二次來找我的時候才真正聊起她自己的事，當時她要問可不可以換工作。我看到她身上散發出紫色帶桃紅的顏色，那個紫色像是葡萄太熟快爛掉的顏色，而且她左邊肩膀出現二條毛毛的東西。

我問：「妳為什麼想要換工作？」

她嘆口氣地告訴我：「我現在的老闆對我非常好，可是……他已經有老婆了卻還來追求我。我覺得他好像生病了，他幾乎天天喝醉酒，一喝醉就跑到我家問我：『妳愛不愛我？我們一起去殉情好不好？』最好笑的是，他來找我訴苦還會看著我叫別的女人的名字，我每次看到他心裡都毛毛的，很怕他哪天真的抱一桶瓦斯來找我。我很煩，白天工作已經累得要死，晚上還要安慰他，真的很想打電話叫他老婆來看看他的樣子。」

我聽了覺得很好笑：「醉到會叫錯名字喔！妳確定他對妳有意思嗎？他會不會找妳殉情，結果到了閻王面前發現帶錯情婦啊？不過還好妳是有智慧的啦，沒有讓自己陷下去。」

秀蓮其實是有心動的，但是紫色的光芒說明了她的智慧，還好秀蓮選擇了保持理智，沒有迷失在愛情的漩渦中。

秀蓮說：「老師妳放心啦！我也不是小孩子了，年輕時媽媽幫我嫁一個有錢人家或許是對的，要不是我婆婆真的讓我沒辦法在那個家待下去……」秀蓮慢慢地講出了她自己的故事。

秀蓮的婚姻是母親一手主導的。她高中畢業後，為了幫忙家計放棄了升學，二十歲那一年經由母親的安排以及媒婆的介紹，在男方看過滿意後，秀蓮和她先生沒有交往就結婚了！可惜的是，這段婚姻只維持了短短的六年。

「從離婚一直到現在，我從來沒有後悔過，我不曉得做一個媳婦竟然會這麼辛苦。」她看著我，平靜地繼續說道：「結婚後，我婆婆告訴我的第一句話是：『想跟我兒子相親的人可是排很長的，要不是因為我兒子喜歡你，不然我怎麼可能讓妳進我家門！妳沒有學問，嫁來想穿金帶銀是不可能的，而且我也不會給妳生活費……』我的公公和婆婆都是留學日本的，所以我婆婆原本想找留過學的女生，可是她兒子看過很多都不滿意，一直看到我才點頭說好。

我婆婆講完後給了我一張工作表，每天幾點要做什麼事都寫得清清楚楚的，我好像是去他們家打工的一樣。老師你知道嗎？我一共要照顧五位老人家，我婆婆的公婆都還在，還有一個姨婆是婆婆的妹妹，沒有結婚，我一個人要煮七個人的飯，而且要等所有人都吃完以後，我才可以把桌子收一收把剩下的飯菜拿到廚房裡吃。因為我是媳婦，所以不能上桌跟大家一起吃飯，我婆婆告訴我：『不要懷疑，我以前也是這樣的。』」

秀蓮還說，她的姨婆人很壞，會監視秀蓮，然後在秀蓮的婆婆面前講三道四的。結婚第一年，有一次秀蓮收碗筷時把前一天只剩下一口的剩菜吃掉，這個姨婆就跑去告狀說秀蓮偷吃東西，婆婆一氣之下竟然要秀蓮罰跪二個鐘頭。

秀蓮天真地以為先生回來後會很心疼她，沒想到他先生回來看到並沒有要她起來，反而面無表情地告訴她：「我們家家教就是這樣子，媽媽罰妳，只有媽媽才能叫妳起來，我不敢叫妳起來。」講完後，就從秀蓮的旁邊走過。

秀蓮說：「我當時好傷心，我想怎麼會有這種家庭？晚上回房間時我告訴我先生，我並沒有偷吃，只是那個剩菜就只剩一點點，熱也不好熱，丟又有點可惜，所以我就把它吃掉。我先生聽完一點反應都沒有，我好像在自言自語一樣。」

秀蓮接著告訴我：「結婚前四年的壓力很大，因為我婆婆每個月都會檢查我的月經。有一次月經晚了幾天，我以為懷孕了很高興，結果月經來時我婆婆氣得跳腳，當天還不准我吃晚餐。一直到第四年我才懷孕，隔年生了一個兒子，那時我二十五歲。」

我問：「兒子生完以後，妳的日子有好過點嗎？」

秀蓮搖搖頭說：「生完兒子後我的利用價值等於零，我婆婆對我更是加倍挑剔。因為她們家常有很多應酬聚會，她覺得我帶不出場，所以曾經要求過我退讓做二房，讓我先生再娶一個門當戶對的大老婆回來。她甚至明白地告訴我，她已經看上一個醫生的女兒，對方是個剛從國外唸書回來的博士。」

「還好，我先生當時不同意，我婆婆的計劃才沒有得逞，可是她並沒有放棄，她逼我跟我先生分房睡。而且生完兒子後我一天比一天不快樂，我覺得我好像得了憂鬱症，某天去醫院看病的時候，我逃跑了！我打電話告訴我媽，我媽只是要我回家，我跟我媽媽說：『如果我回去，我會死在那個家裡，我沒有辦法再待在那個家。』沒想到，我媽是要我回娘家，她願意收留我，當時我好感謝我媽，在我最需要的時候支持我。」

「後來，我婆婆出面要我無條件離婚，並且把小孩留下。我在逃跑前其實已經有心理準備了，所以我跟我的小孩說：『媽媽要走了，很對不起我沒有辦法把你帶大。』」

秀蓮輕輕嘆了氣，繼續說：「我嫁過去整整六年的時間，一毛錢都沒有碰過，因為吃、用都在家裡，買菜也是傭人去買，我的工作就是洗菜煮飯，我的先生只有在過年時會給我六仟六，這六仟六就是給我去打理娘家所有人的紅包。」

我說：「你都不用錢的嗎？」

她說：「那時候傻傻的，我只是一直在學怎麼做個好媳婦，想辦法讓自己懷孕，我先生會買一些書給我看，像是怎樣保養身體、怎樣受孕，我好像他們家買回去的孵蛋器！剛結婚時還好，半年後我開始會哭泣，我很希望我先生帶我出去走走，我曾經有整整十個月只踏出過家門二次，而且都是因為生病去看醫生。後來，我發現似乎要裝病才能出去。」她一邊講眼淚一邊掉，她說：「老師，妳說那像不像監獄？我覺得那六年的時間在我的人生裡好像一段空白。」

我問：「那離婚的時候妳先生難過嗎？」

她說：「沒有。他的表情跟看到我罰跪的時候一樣，沒有任何表情。我覺得他真沒希望了，他都沒有自己的想法。」

秀蓮離婚後，開始很努力地工作，每天清晨五點就爬起來唸書，她用了半年的時間，從完全不會日文到可以跟日籍的主管對話。三十二歲大學畢業後，她聽我的建議將工作辭掉出國進修英文。後來，因為她的工作主要是做歐洲的市場，所以她又休息一段時間去歐洲進修。

她告訴自己：「不要貪圖有錢人的錢，要想想自己什麼時候才能變成有錢人？怎麼做才能變成有錢人？一切都要看自己怎麼努力。」秀蓮認為，人都要知道上進，不能因為沒有學問被人家看不起，而且不能靠別人，一定要靠自己。這二個觀念讓她堅持不斷成長，秀蓮的堅強與上進讓我很佩服，我們因此成了很好的朋友，工作上若碰到難以抉擇的事時，她也都會打電話來詢問我的意見。

九十年的答案九十四年應驗　九十五年的預言九十七年兌現

民國九十五年，秀蓮再來找我時告訴我，我在九十年告訴她有關她大妹的那些事，在九十四年時都應驗了。先是年初的時候，秀蓮的大妹發現同居的蔣先生有了外遇，兩人為此吵得不可開交。到了中秋節時，她妹妹發現自己懷孕了，小孩是蔣先生的，但是蔣先生卻不認為小孩是他的，而到年底的時候，他們終於分手了。

秀蓮搖搖頭說：「老師，我妹她很勁爆耶！她和蔣先生分手的隔天就搬回楊先生那裡，楊先生非常高興，他很確定肚子裡的小孩不是自己的，但他卻願意接受這個小孩，還說會把他當成是自己的親骨肉照顧。」因為楊先生無怨無悔的等待，終於打動了秀蓮的妹妹。

秀蓮說：「老師，真的就像妳講的，我妹妹跟她先生現在很快樂地一起養小孩。我現在終於了解妳那時候所講的話，如果當年我硬是幫他們斬斷了婚姻，那我現在不就害了這個小孩。」

我點點頭，然後問了秀蓮她妹妹跟先生的狀況，秀蓮說：「她們好得不得了，家庭和樂、幸福美滿，而且小孩長得很可愛。」

我問：「他們有沒有為過去的事情吵過架？」

秀蓮說：「沒有，完全沒有。我很感謝我這個妹夫，我也曾經問我這個妹夫，是不是頭殼壞掉了？他長得這麼好看，事業又做得這麼成功，竟然甘願這樣等我妹妹回頭！他很老實地跟我說：『沒有啊！就愛一個人嘛！』」

秀蓮講到這嘆了一口氣說：「如果是我嫁給楊先生，像我這麼感恩、這麼認真、這麼努力做的人，他怎麼就沒有福氣娶到我呢？結果我卻嫁給一個沒有辦法保護我、愛我的人，我覺得我跟我妹妹應該交換一下才對，像她這麼鴨霸的人應該去對付我婆家那些人！」

我看著秀蓮突然問她：「秀蓮，我們從九十年認識到現在，妳從來沒有卜卦問過妳和妳前夫有沒有可能破鏡重圓，妳要不要問問啊？」

秀蓮連想都不想就猛搖頭說：「不要！不可能！我想到那種生活……」我接著問：「妳前夫都沒有來找過妳嗎？」

她遲疑了一下說：「其實離婚的第七年他有找過我，他說他的母親生病了。因為在他大一的時候，他爸爸跟公司的會計發生外遇，後來他爸爸雖然放棄了那個會計，但他父母從此以後就分房睡，而且相敬如冰至今。他說，因為他媽媽有這樣的陰影，所以才會擔心來家裡的女生是好還是壞。」

我問：「妳聽完的感覺呢？」

秀蓮冷冷地說：「沒感覺！我跟他說：『我聽不懂。你這時候來告訴我這些，只會讓我更討厭你媽。』老師，太久了，我在他家待了六年耶，六年他可以跟我講很多事，可是他沒有，離婚七年後他突然跑來跟我講這些事，根本於事無補。」

我又問：「那妳有沒有想過小孩？」

秀蓮紅著眼眶說：「當然有，我唯一對不起的就是這個小孩。」

我看了一下羅盤說：「搞不好喔……」

秀蓮猜到我要講什麼，她馬上打斷我的話說：「不要！不要！妳千萬不要幫我這樣想。」

我還是繼續說：「再過幾年妳還是會『應觀眾要求』回去的。」她的頭搖得像波浪鼓一樣，完全不想繼續這個話題。

她來找我的這一天，剛好喇嘛在我家修法做法會，她問我：「法會是要做什麼的？」

我說：「祈福啊！消災啊！」

她問我她可不可以也為自己祈福？她希望自己的工作順利，然後能找到一個真正愛她的人。

九月，我要去印度供僧前，她突然開口說想要幫她失聯多年的小妹妹祈福，還問我應該要怎麼做？

我告訴她可以掛隆答（五色旗）隨喜供養，風在吹，旗子飄得越高祝福越大，當旗子經過風吹日曬雨淋慢慢風化完畢時，妳的願望也就達成了。十月份我從印度回來後，她打電話告訴我說，她失聯很久的小妹竟然主動打電話給她了！小妹現在住在高雄，嫁了一個花蓮人，生了一個兒子，先生很努力也很上進，他們開了一家麵店，生活雖然有一點辛苦但是她過得很快樂。

到了九十六年，秀蓮的前夫主動找她談了三次，九十七年過年時，他也問秀蓮要不要回家一起過年。他和秀蓮說：「媽媽希望妳能回家過年。」七月時，她老公還叫兒子出馬開口要秀蓮回家。

秀蓮說：「當我兒子說奶奶的身體狀況不太好的時候，我發現我對婆婆已經沒有恨了，我覺得她這麼老了，十幾年來受了這麼多的折磨，也滿可憐的。」

我很高興她放下了對婆婆的恨，我說：「其實妳先生是個孝子，當初你們還年輕，也沒有足夠的時間互相了解，妳嫁到一個新環境沒有人指導妳、安慰妳，所以妳是恐懼的。但現在不同了，妳們都成熟了，而且既然小孩都對妳開口了，妳就回去吧。」

秀蓮說：「為了小孩，我會試著相處看看的。」

九月時，秀蓮就如我所說的，「應觀眾要求」回去了，而這個觀眾就是她的婆婆、先生跟兒子。

秀蓮並不會因為遇到不平等的待遇而自暴自棄，「輕視」與「瞧不起」反而讓她更覺得自己要成長、要進步，她的堅強與毅力讓我非常欽佩。

當困苦與挫折來磨難我們的時候，我們究竟要把它當成一個埋怨人生不公平的果？還是將它當做激勵自己成長、邁向成功的因？這個選擇權握在我們自己每一個人的手裡。

坎坷婚姻路　幻化浴火鳳凰

親情的力量是最偉大的，當我們遇到挫折、對自己感到迷惘時，有了父母的支持與兄弟姊妹的鼓勵，就是最明亮最有力量的光明燈。

我跟麗華是二十幾年的朋友了，我們的成長背景相似、年齡相近，她因為家裡經濟狀況不好，所以商職畢業後就回台南工作了。而我那時剛好南下工作，我們工作的地方又很近，久而久之，我們就變成很好的朋友了。

夫家背景顯赫　婆婆初見面下馬威

民國七十一年底，麗華那時是服飾店的店員，偶然之下認識了黃先生。黃先生也是台南人，身材微胖、臉上有兩個酒窩，看起來蠻老實可靠。黃先生家所經營的事業規模不小，他是家中長子，不過他並沒有承接這個事業。黃先生有一個姊姊、一個弟弟和妹妹，因為他父親是入贅的，所以他們幾個兄弟姐妹全都從母姓。

麗華和黃先生認識的那一天，剛好是黃先生相親結束，心情不佳的一天。當時因為黃先生的阿公重病在身，所以家人很急著想幫他辦喜事、沖沖喜。相親好幾次，黃先生每個都沒感覺、不來電，所以這天他相完親後就一個人在街上閒晃，然後逛進了麗華的店裡。聊了一會兒，黃先生覺得和麗華很投緣，之後他就常常藉故到麗華的店裡買東西找她聊天，第二個月，兩人就墜入愛河了。

交往後沒多久，某天，黃先生突然帶著麗華回去和阿公及父母見面。

身體不好的阿公看到麗華自然是非常高興，只有黃媽媽擺個大臭臉。麗華看到黃媽媽不知道在跟阿公講些什麼，講完後，黃媽媽就把阿公跟黃先生支開，然後單獨詢問麗華家裡面的狀況。聊沒多久，黃媽媽便說了：「等一下我兒子回來，妳不要跟他說我跟妳講過話，而我也不可能接受妳這種媳婦，你們倆就到今天為止！」

頓時麗華感覺晴天霹靂，笑不出來也哭不出來，她還是留下來把飯吃完了。其實在來黃先生家之前，麗華完全不知道黃先生家的背景這麼顯赫，看到黃媽媽的態度，麗華真的嚇壞了，黃先生也看出了她的不對勁，提議要先送她回家，可是麗華堅持要自己坐公車回家，黃先生知道一定有事，但怎麼問都問不出所以然來。

那陣子麗華每天心不在焉的工作，她很難過但又不能對黃先生說。當時我沒有告訴麗華我可以看得到一般人看不到的事情，我安慰她說：「妳要看清楚這個男生到底愛不愛妳喔！」正當我跟她講到黃先生時，我看到麗華的背後出現一個畫面──她牽著兩個兒子，很傷心的樣子。我不敢講跟麗華說，只是在心裡想著：「天啊！他們倆該不會是注定的吧！」

麗華開始逃避黃先生，但黃先生仍舊每天狂打電話到麗華工作的店裡，甚至直接到店裡找她。麗華的店長為了幫助她，也為了不要影響到店裡的生意，就把麗華調到其他的店去了。

悲傷母親牽兩子　預言坎坷婚姻路

黃先生仍然每天到原來的店裡等麗華，失魂落魄的他似乎真的把麗華當作結婚對象看待。不過，就在麗華躲了一個月之後，終於躲不下去了，因為麗華懷孕了，她必須找黃先生好好地談一談。

黃先生知道麗華懷孕後，決定帶著麗華去找阿公，阿公當然是開心得不得了，馬上就要他們看日子辦結婚。黃媽媽氣死了，極力反對，她說：「等小孩生下來再說，如果是男的就姓黃，如果是女的，妳一步也別想進我們家門！」

阿公聽到後，很嚴厲地罵了黃媽媽一頓，而且很清楚地告訴黃媽媽：「這件事，妳沒得反對。」黃媽媽只好退讓，同意讓麗華他們先去公證結婚，其餘等生完小孩再說。

幾天之後我再看到麗華時，她背後的畫面變得更悽慘了！畫面上她的表情非常頹喪，而且她牽不到她的小孩，似乎很努力地抓但怎麼就是抓不到。

麗華把經過告訴我時，我心裡暗想：「還好妳生的是男生。」

我很猶豫是否要告訴麗華我看到的畫面，於是我試探性地說：「麗華，妳相不相信有菩薩啊？」

麗華點點頭說：「相信啊！」

我婉轉地告訴她：「昨天晚上我做了一個夢，夢到觀世音菩薩給了我四顆彈珠，我拿到後就將這四顆彈珠送給你，你把這四顆彈珠放在二邊的口袋裡，菩薩說，這可以讓妳的婚姻很美滿喔。」

麗華只是笑笑，沒有把我說的當一回事。我很著急，過了半個月我買了四顆彈珠送給她，但她還是沒有把它們放在口袋裡，我很難過，卻也無能為力。

幾天後，他們到法院公證結婚時，雙方家長都沒到，只有麗華的店長以及店裡的送貨小弟當見證。

勢利婆婆亂栽贓　山盟海誓如雲煙

阿公很擔心自己看不到小孫子出世，所以他承諾麗華，如果這一胎生了男孩，一定會包三十萬的大紅包給她。日子一天一天過去，或許是因為結婚和懷孕等好消息，阿公的病逐漸好轉，而且精神越來越好。不久，麗華的兒子出世了，但是她沒有拿到阿公的紅包，不是阿公不給，而是黃媽媽沒有把錢交給麗華。而且黃媽媽還要麗華騙阿公說她拿了，也已經把錢拿回娘家了。

阿公聽了覺得麗華很孝順，沒想到黃媽媽卻乘機和阿公抱怨說：「你看，她只要有錢就拿回娘家，以後我們家的財產她是不是也要通通搬回娘家？」

麗華的公公，也就是黃媽媽的老公，他沒有站在他太太那邊，反而對麗華很好，但因為他是入贅的，所以在家裡沒什麼地位，家裡所有事情都是黃媽媽做主。

麗華無奈地告訴我：「因為阿公很喜歡吃粉圓，所以我公公每天都會買給阿公吃。有一次他多買了一份給我，剛好被我婆婆看到，我婆婆二話不說直接把整碗粉圓打翻，然後罵我公公說：『你在幹什麼？我生小孩的時候都沒看你端給我吃過，你現在竟然端給這個女人吃？』我公公什麼話都不敢說，只是默默地拿拖把抹布把地板清理乾淨。」

其實那時黃先生也在場，但他同樣不敢頂撞他母親，回房後他安慰麗華說：「我媽是不太好相處，不過妳不要在意，我們倆相愛就好了。」

只是當麗華生完老大後，沒多久，黃先生至死不渝的愛就變了。他變得經常需要出差、應酬，黃媽媽很開心，甚至在一旁煽風點火地說：「唉，妳就是不聽我的話，妳當初來的時候我就告訴過妳了，我不喜歡妳，也不可能接受妳。而且妳對我兒子根本就不了解，他是個喜新厭舊的人，唸大學時交過五個女朋友，在日本唸書三年也交了五個女朋友，我太了解我兒子了！因為當初我們一直要他相親，他才會隨隨便便在路上撿一個回來交待，是妳自己不要臉把肚子弄大，想說生米煮成熟飯，妳就可以飛上枝頭做鳳凰當我們黃家的媳婦了嗎？天底下沒這麼好的事情啦！」

我剛聽到時，真覺得太不可思議了，這種對話不是連續劇的惡婆婆才說得出來嗎？而且不只如此，黃媽媽日後的種種舉動更是離譜至極。

之後，因為黃先生的大學同學會正好在台南舉辦，聚會結束後黃先生就邀請同學來家裡玩，其中有一個女生剛從國外唸完博士回台，黃媽媽便看上了這個女生，而且心中暗想：「我的媳婦就應該有這樣的水準才對。」

同學會結束後，黃媽媽開始盤算：如何把麗華趕走，還要鋪路牽線讓兒子和這個留學歸國的女孩子在一起。

她先是栽贓麗華，偷偷將自己的珠寶首飾藏在麗華的房間裡，然後謊稱東西不見了，驚動全家進行搜查，甚至報案請警察來家裡，把事情鬧得很大，讓所有人都看到東西是從麗華的房間裡搜出來的。

這次事件結束之後，沒過多久，某天麗華的媽媽來看麗華，黃媽媽突然良心發現，對麗華媽媽的態度非常好，在麗華媽媽離開前，還特地拿了一包魷魚跟一包香菇給親家母讓她帶回去。親家母一離開，黃媽媽立刻跟阿公告狀說：「你那個好孫媳婦啦！趁我去市場的時候叫她媽來，把冰箱的魷魚跟香菇都偷給媽媽了。」麗華在一旁只是默默的，不敢講話為自己跟母親辯解。

阿公這時的身體已經不太好了，他很疑惑為什麼自己的女兒一直不喜歡這個媳婦？到底是真有這些事？還是自己的女兒在搬弄是非？所以阿公決定親自打電話給麗華的媽媽，問說：「親母啊！今天妳有來喔？我沒看到所以沒跟你打招呼，不好意思啦！那有沒有帶點東西回去啊？」

麗華的媽媽一聽阿公這麼客氣，回答道：「有啦！有給我魷魚和香菇啦！不好意思吶！又給你們討東西，很謝謝吶！」

阿公並沒有再細問是誰給的？電話掛了之後很生氣地把麗華罵了一頓，說：「妳不應該自作主張把家裡的東西拿回娘家。」

不過阿公也對黃媽媽說：「都是一些小東西，拿一點給親母有什麼關係？不要計較這麼多。」

可是麗華的弟弟覺得事有蹊蹺，怎麼會有人給了東西又打電話來問？所以他問了麗華，當他知道真相後，便氣呼呼地跑去麗華家要找黃媽媽理論。但是囂張跋扈的黃媽媽不僅沒有一點不好意思，反而狠狠地羞辱麗華的弟弟說：「你們這些窮鬼不要來我家啦！不要帶衰我們的生意，趕快離開趕快離開……」邊說還邊用掃帚把他轟出去。所以麗華的弟弟不要說是和阿公解釋，甚至連大門都還沒進去就被掃出來了。當然，這件事讓麗華的弟弟非常受傷。

婆婆編導羅生門　為求平安辦離婚

麗華大兒子一歲半時，麗華又懷孕了，這時阿公的精神和身體都更差了，但對麗華還是很照顧。有天，阿公把麗華叫到跟前來，說：「妳這次會再生一個兒子喔！可以再賺一個三十萬。」麗華覺得很奇怪，當時她才剛懷孕，還驗不出來是男是女，阿公怎麼能這麼篤定她會再生一個兒子？

麗華來不及想那麼多，阿公就過世了。阿公過世後一個月，麗華的爸爸也走了，再四個月後，麗華的弟弟出車禍，也死了。麗華對她弟弟的車禍很懷疑也很內疚，因為自從上次被黃媽媽用掃把轟出來後，她弟弟就一直很怨恨，不斷責怪母親當初為什麼不阻止姊姊嫁入黃家。父親走後，麗華弟弟的行為舉止變得更極端更怪異，麗華甚至認為弟弟是心中太多怨恨，憤而自殺的。

一連發生了這麼多事，黃媽媽開始把錯都怪在麗華身上，她說麗華是掃把星，家裡辦喪事辦不停都是因為她，還說麗華肚子裡的小孩不吉祥、帶衰，所以一直吵著要帶麗華去把小孩拿掉。不過黃媽媽並沒有得逞，麗華還是順利地把小孩生下來了。

沒有得逞的的黃媽媽開始在兒子的面前加油添醋數落麗華的不是，離間他們夫妻的感情，並且說：「算命的告訴我，如果你們再不辦離婚的話，不是死你們的長子，就是要死我的長子。要辦離婚才不會再有喪事，而且還要有一個入門喜（就是要重新再娶一個回來），不然家裡不會平靜的啦！」其實黃媽媽已經安排好了，她早就看好了新媳婦人選，那就是剛從國外唸完博士回來，黃先生以前的同學。

黃先生的弟弟知道黃媽媽的計畫，他覺得很荒謬，認為自己的媽媽實在太離譜了，便跳出來幫麗華講話。但黃媽媽警告他：「這個你管不到啦！你如果真的要管，以後的財產你都分不到。」黃先生的弟弟一氣之下，財產也不要了，很快地搬出家裡自行創業、成家而且還改信了基督教。

黃先生對留學歸國的女同學印象不錯，所以和母親串通好一起勸麗華說：「為了讓家裡和諧、不要再有糾紛，妳就先答應吧！這個女的進來後讓她住在三樓，我們住二樓，不會有事的。」黃先生再三保證他也是不得已的，麗華承受不住壓力，最後就答應了。只是他們還沒辦離婚，那個女人就先搬進來了，而且在進門前半個月，黃媽媽就開始大費周章地將三樓重新裝潢，看起來真的就像要辦喜事一樣。

麗華天真地以為先生的保證與承諾都是真的，她相信黃先生，所以辦完離婚後麗華並沒有搬走，直到小兒子滿二歲的時候，麗華才看清事實，離開黃家。

麗華說：「最後我會真的放棄，是因為很多晚上，我半夜醒來都發現他不在床上，但早上起床時他都會睡在我旁邊。在我生完第二個兒子之後，我跟他之間就沒有性愛了，我發現他對我沒有愛了，加上我婆婆處心積慮地想把我趕出去，所以我不如自己走出他們家。」

昂首踏出黃家門　鳳凰浴火即重生

麗華離開黃家時和黃先生的協議是：她每個月可以去看小孩一次，但是不能進門，不然他們黃家會衰，所以黃先生每次都是把小孩帶到路口，再讓麗華把小孩帶出去半天。麗華坦白說：「其實我只去看過二次，後來我覺得這樣不是辦法，因為每次見面我都哭得非常傷心，回家後自己睡也睡不好。我想想，要讓小孩健康地成長，就一定要更努力地工作賺錢，先把自己和母親顧好，當我能力夠的時後，我才能把小孩接回來給他們補償。」

幾年過去了，因緣際會中我又遇到了麗華。這時她整個人的顏色都變成了粉金色和亮紫、帶著一點橘的顏色，這是有自信、有智慧、有金錢與快樂的顏色。那時候她已經是一個服裝設計師了，當時正準備受邀出國辦一場個人秀。

我坦白地告訴她之前我所看到的畫面，我說：「那時妳身後出現的畫面，是妳牽著兩個小孩不斷地哭泣，我知道這代表著失敗的婚姻，同時也代表妳有責任生下這二個小孩。或許過去世妳跟黃家有過什麼因緣，所以妳必須經過這麼一遭，希望妳不要恨，抱著樂觀的心態，因為這是妳必定要走的過程。而且你把兒子們留在黃家，讓他們有完整的照顧和教育，妳和他們都會因為這樣的歷練，更茁壯，也更成功。」

麗華說：「我很感謝我媽媽和我姊姊，她們一直不斷地鼓勵我。我姊姊沒有多問我發生了什麼事，就只是要我加油，鼓勵我放手去做，雖然她的學歷不高，但是她卻給了我受用一輩子的話，她說：『**一次失敗不要害怕，人不怕失敗，就怕不堅定！**妳只要抓住你確定要的，堅持一條路繼續做下去，妳一定會成功。』」

麗華受到姊姊的鼓勵，想到自己從以前就很想做服裝設計，所以她開始摸索。剛開始的時候，她把衣服一片一片拆開，然後再一片一片地縫起來，摸索出衣服怎麼做之後，她就開始設計，然後自己買布自己做，做好了拿去賣，慢慢地客人越來越多，也越做越好。

麗華說，她對黃先生沒有恨，她說：「畢竟他曾經給過我很甜蜜的戀愛。其實我很同情他，他一直屈服在他母親的權威之下，我很希望他能跟他的同學好好地白頭到老，好好地愛我的小孩。」

我問她：「妳要不要為妳自己打個卦？」結果她卜到一個「解卦」，當我看到這個卦時，我覺得實在太符合她現在的狀態了！這是經過長久的努力，所有的痛苦都解開了，開始走向康莊大道的一個卦。

我接著說：「我看到妳會再婚、會富有，而且妳的個人秀很成功喔！努力地往前走吧！」

她聽完我的說法後，說：「真的耶！這幾年我的追求者很多，就看我要不要而已。但我不會再像以前那樣沒打聽清楚就陷進去了啦。」

我問她：「如果讓妳重新選擇，妳還會選擇黃先生嗎？」

麗華說：「或許會，可是時間會拉長，我會讓我的婆婆知道，我是聰明的、是肯努力的，我可以把他們家的事業做得更好，這點我很肯定，所以是他們沒有福氣。」麗華講話的自信讓我覺得她整個人好亮麗。

我再問：「妳當初離開的心態是什麼？」

麗華說：「我覺得我不帶小孩是對的，那個時候我要照顧媽媽，又不確定自己的未來，所以我無法把小孩養好，比較起來，他們家養二十個小孩都不會有問題。」

我又問：「妳怕不怕小孩將來像前夫一樣沒有用？」

麗華講了一句很實在的話，她說：「老師，人各有命不是嗎？他們必須學會掌握自己的命運。」她突然想起什麼似的問我：「那時候妳跟我講的彈珠，是妳希望我放的嗎？」

我點點頭。麗華大笑說：「如果妳那時跟我說妳會卜卦，那我一定會放！不過如果放了，現在的結局會不一樣嗎？」

我笑笑地搖搖頭回答：「結局還是一樣，只是妳會比較敢為自己、為家人伸張正義，妳的心情會平衡一點。」

這次換她點頭了，她說：「對啊，我現在比較後悔的就是這部份，應該爭取的時候就要爭取。所以我等一下就去買彈珠，而且一輩子都會帶在身上。」當她這麼說的時候，她身後的金色不斷地冒出來，越來越旺。

善惡終有報　只等時候到

麗華離開黃家之後，反而與搬出黃家的小叔變成很好的朋友，而且一直保持連絡。她幾個月前和小叔一起吃飯時，小叔說麗華離開後的這幾年家裡發生了很多事情。先是黃媽媽因為感冒，失去了左耳的聽覺；黃爸爸因為憂鬱症，導致嚴重厭食；黃先生則是因為嚴重的青光眼與高血壓住院，現在已接近失明的地步。也因為黃先生已經沒有辦法照顧厭食的父親和母親，所以打電話請求弟弟回家。

又過了幾年，黃爸爸因為厭食症過世了，小叔回去見了父親最後一面，並為父親處理後事。

小叔告訴麗華說：「如果我沒有搬出來，我的下場應該就跟我父親一樣吧。」

黃爸爸過世前和這個小兒子說：「麗華是個好媳婦，是黃家沒有福氣。」他請小叔一定要把這句話帶給麗華，還告訴小叔，他死後會去跟阿公說的，他把所有的事情都看在眼裡。麗華聽完非常地感動與感恩。

而在黃媽媽巧心安排下嫁給黃先生的那個女生，嫁進黃家後一直都沒有懷孕，後來到醫院檢查後發現有卵巢腫瘤，只能開刀把整個卵巢和子宮都拿掉。

麗華偷偷地告訴我：「當我聽到這個消息時，說真的我有點高興，因為這樣他們就不會虐待我的小孩，不會有那種『你的小孩和我的小孩打我們的小孩』的問題。」而這個女生開刀拿子宮的同一年，黃媽媽因髖關節鈣化開刀，但復原的狀況不理想，最後需要拿輔助器才能走路。

我直覺是，這真是一個血淋淋的現世報。黃媽媽以前常常譏諷麗華的外公和爸爸是聾子與跛腳，沒想到她的晚年竟會因為感冒而失去聽覺，甚至後來要拿輔助器才能走路。而黃先生的青光眼也應驗了他過去經常對著自己的兒子責罵道：「我真是眼睛瞎了才會娶妳媽這種女人，生下你這種兒子。」這就像是詛咒一樣，我和麗華對看了一下，我很感慨地說：「做人真的要存好心、說好話、做好事。」

來到我這裡尋求幫助的朋友，大多數都是不夠勇敢，不肯面對自己，遇到失敗就只會放棄和自我打擊，然後怪東怪西，千錯萬錯都是別人的錯。

麗華雖然跌倒過，但她很堅強地爬起來，她勇於承擔自己選擇的結果，願意改變自己並修正自己的錯誤，不怨恨、更堅強、更清楚地知道自己要的是什麼，正如同她姊姊所說的，成功的不二法門，真的就是「堅持」二個字。

婆婆是甜蜜婚姻的第三者

家家有本難唸經，當婆媳問題、外遇問題來臨時，我們要如何面對？當離婚對小孩造成傷害時，我們又應該如何彌補遺憾？

小愛跟我是在正法源佛學會認識的，她自稱是一位「已婚婦女」（已經離婚的婦女），當她告訴我她的婚姻故事時，我相當訝異和佩服，她樂觀、正面以及積極的態度，更讓我由衷地敬佩她。希望藉由她的經歷，可以讓許許多多在婚姻這條路上受重傷的朋友，找到療傷的方法。

因不瞭解而結合　因瞭解而分開

「我們的婚姻啊，完全就是：因不瞭解而結合，因瞭解而分開。」小愛輕輕鬆鬆地講了這十三個字，而且還說，這句話就是她對自己的婚姻所下的評語，講完後，自己還哈哈哈大笑了起來。

我說：「小姐，妳正經點，我們現在要討論很嚴肅的話題欸。」

小愛收起笑容回答我：「我講的是真的啊！這也是很多人婚姻出狀況的答案，不是嗎？」

我想想：「也對啦，這麼多年來，處理過這麼多婚姻的案例，很多問題的根本都是雙方在還不了解的情形下，就草草地完成了自己的終身大事，天真地以為自己可以改造對方，從今以後王子和公主就可以過著幸福快樂的日子。等到結了婚，在一起生活後，才發現浪漫的背後其實是必須付出代價的。」

我問小愛：「你們交往多久結婚，怎麼會不瞭解對方呢？」

小愛吐了吐舌頭告訴我，他們才認識三個月就結婚了，結婚前她和男方的父母親只見過一次面，一直到結完婚，她才知道她的婆婆不喜歡客家人。

「認識才三個月就結婚喔！你們是一見鐘情嗎？」我問。

「才不是咧，我第一次見到他的時候感覺很不好，討厭死了，但沒想到他卻對我展開追求，為了躲他，我乾脆把工作辭了跑回南部去。」小愛說。

「那後來呢？」

「我回南部之後，他每天寫一封信給我，那時候我年輕單純、沒經驗加上好騙，就開始覺得他好像滿有誠意的，所以約他來家裡坐坐，沒想到這一坐就坐出我未來十年的功課了。」小愛繼續說：「我父母看過他以後，都沒有表示什麼意見，可是我的姨丈覺得他很古意、很老實，可以做為結婚的對象。因為姨丈是做生意的，見多識廣，平常也很照顧我們，所以我們家什麼事都會聽姨丈的意見。當時我已經二十六歲了，老師妳也知道，我們那個年代二十六歲還沒結婚，是真的會全家拉警報的。所以就在家人都認為我已經『很老』，不要再挑東揀西的情況下，半威脅半逼迫的要我把握這大好機會，而他大我九歲，當時也很急著想結婚，所以我們就結啦！」

婆婆成為婚姻的第三者

婚後，小愛跟先生並沒有和公婆一起住，不過住得很近，公婆有一把他們家的鑰匙，可以隨時隨意地進出他們家。而小愛婚後才發現，她的先生非常聽婆婆的話。

結婚第三個月，小愛就懷孕了，或許是還在新婚蜜月期，夫妻倆的感情很不錯，先生也很疼愛她。

「老師妳生過小孩一定知道，懷孕的時候特別容易想睡覺，我那時沒有上班，所以早上都會睡晚點，我老公會很貼心地將泡好的牛奶放在我的床頭前，讓我一起床就可以喝到牛奶……」

「妳老公很體貼你欸！」我笑著說。

小愛給了我一個很不以為然的表情，繼續說：「這個舉動看在我婆婆眼裡卻十分不是滋味，她是非常重男輕女的，所以很生氣自己的心肝寶貝兒子竟然要伺候媳婦。」

那時，單純的小愛並沒有發覺婆婆對她存有偏見，一直到孩子出生，婆婆幫她做月子，婆媳之間的問題才真正浮現檯面來。

小愛說：「一直到我婆婆幫我做月子的時候，我才知道她是個非常斤斤計較的人耶。」我開她玩笑說：「幹嘛？她跟妳算終點費啊？」

小愛說：「因為我完全不會喝酒，所以每次麻油雞吃完後，我都是直接倒在床上不醒人事。還有人家說孕婦生完小孩之後三十天是不能碰水的，所以這三十天內我婆婆都會幫我洗碗，但三十天結束，第三十一天她就告訴我：『今天開始妳自己洗碗。』洗碗當然沒問題，但是剛吃完麻油雞我頭暈得很厲害，所以想先睡一下再去洗。等我醒來後，家裡一個人也沒有，一直到我先生回家時才跟我說，他媽媽哭得一把眼淚一把鼻涕的，說我糟蹋她，月子做完了還要她洗碗。天地良心喔！從此以後，我的苦難就開始了……」

小愛後來自己也反省，當年她太不懂得察言觀色、不懂得溝通，遇到事情沒有立刻解決，放任問題不管的結果，就是讓彼此間的嫌隙越來越大，等到發現事情不對時，這個嫌隙已經形成深深的鴻溝，想跨也跨不過去了。

疑心病終將導致勞燕分飛

生完小孩沒多久，小愛的先生像變了個人一樣，變得很嚴肅、很龜毛，最糟的是變得疑神疑鬼。有一次小愛帶著女兒去參加同學會，回家時男同學順路送她回家，正巧被小愛的先生看到了，小愛的先生認定她紅杏出牆給他戴綠帽子，他們為此吵了一架。從此以後，小愛只要出門，先生就會懷疑小愛是不是出去約會，兩人關係變得劍拔弩張，經常為一點小事吵得不可開交。

她很痛苦，好幾次離家出走後又被家人勸回去，她曾提過離婚，公婆也很贊成，可是先生卻堅持不願意。時間久了，小愛也就放棄希望、放棄再談離婚，所以結婚第三年後他們夫妻就分房睡，先生睡一間，小愛和女兒擠一間。她說她當時真的很沮喪，也不曉得能怎麼辦，日子就在過一天算一天的情況下慢慢熬過。

一直到小孩五歲的時候，當時小愛的先生常常和朋友混在一起，也借了一些錢給其中一個朋友。有次大家聊天，小愛的先生就聊到了夫妻之間的狀況，和她先生借錢的那個朋友說：「唉呀！你老婆就是欠修理啦！」回家後，小愛的先生竟真的開始「修理」起小愛來了。

「這一打，把所有的感情都打掉了！我對他寒心到了極點！後來，這個朋友跑路了，借的幾百萬一毛也要不回來。當時我真的很恨他，我講的話他一句都聽不進去，可是朋友跟他講的他卻言聽計從。」小愛一臉無奈地告訴我。

小愛曾提醒過她先生不要借這麼多錢給這個朋友，可是先生不聽；他朋友說老婆要用打的才會乖，他回家馬上實踐。那時的小愛對生活與婚姻，已經不再抱任何期望了，一顆原本柔軟的心早已被熬到失去溫度、失去感覺，她開始變得麻木，放棄再做任何改變……

一直到結婚第十年，原本一直不肯離婚的先生開始每天跟小愛吵著要離婚，這一次換小愛不想離婚了。小愛打算就這樣在同一個屋簷下和先生各過各的走完一生，可是先生現在卻每天吵吵鬧鬧逼著要小愛簽字離婚。後來小愛才知道，她先生在外面有女朋友了，所以才這麼心急著要離婚。

某天晚上，正當小愛在廚房洗碗盤的時候，她先生又開始吵離婚的事了，而且把話講得非常的難聽。受夠精神虐待的小愛一氣之下衝出廚房，將一整盆的肥皂水潑到先生的臉上，再衝回廚房拿了兩把西瓜刀出來，一隻架在先生的脖子上，另一隻抵住先生的鎖骨，全身顫抖。女兒被她突如其來的舉動給嚇得嚎啕大哭，她先生更緊張，細聲安慰女兒不要哭之外，還要女兒趕快去找住在附近的大伯。小愛說，她當時真的是被氣瘋了、被逼得要崩潰了，不過她很清楚知道自己在做什麼。

說到這，小愛突然用一種惡作劇的表情告訴我，當時她會這麼做，其實是故意嚇她先生的，也是為了方便日後的談判，她想過了，要談就一定要一次談清楚，不要拖拖拉拉。她伸一伸舌頭說：「他不知道其實我只是拿刀背架在他脖子上啦！」小愛奸詐地笑笑說：「不過他真的是太惡劣了我才會這樣！我每天被他疲勞轟炸逼到抓狂，我用盡全身的力量，歇斯底里地對著他嘶吼，我警告他，叫他給我滾出去，如果他敢回來，我就牽瓦斯管半夜灌瓦斯進他的房間毒死他。我想他大概真的被我嚇死了，他躲到他大哥家住，一個月內辦好離婚，期間他都沒敢再踏進家門一步！離婚時我只有一個條件，我要二十四小時隨時都可以回家看女兒，所以我有一把家裡的鑰匙，離婚後我還是每天回家煮飯給女兒帶便當，一直到她高中畢業為止。」

心靈成長　面對問題

離婚後的小愛也曾經對自己的前途感到茫然，痛苦的她像是失了魂一樣，常常開車開一開，不知不覺就開回了前夫家的樓下，然後在車上痛哭失聲。她也曾四處求神拜佛想知道自己到底做錯了什麼？為什麼要受這種懲罰？日子就在徬徨與悲傷中一天天度過，小愛告訴自己，她必須站起來，於是在朋友的介紹下，她參加了一個身心靈的成長課程。

我很好奇地問：「妳怎麼會想參加這個課程？」

小愛很肯定地跟我說：「因為我要處理、解決我的問題，我不要再這樣過日子，我一定要解開這個結，我一定要走出這個陰影，所以我告訴自己要成長才行。第一次五天的課上完，老師說下次會開二十天的課程，還要去加拿大上課，我聽了第一個報名。這個課程真的讓我收穫很多，也解開了我心中的結，慢慢走出來之後，我整個人變得有精神，也比較看得開，不再那麼埋怨自己的人生了。」

「參加心靈成長課程除了讓妳解開心中的結之外，還有其他的收穫嗎？」

小愛說：「真的很奇妙，在加拿大上課的時候，我們和世界各地來的朋友圍成一圈坐著，老師將所有人的名字丟進一個筒子裡，然後告訴我們，誰先被抽出來就先解決誰的問題，結果第一個被抽到的就是我。我覺得好像有個天使，知道我很傷心、很迫切地需要解決問題，所以將我的名條第一個放到老師的手裡。在老師的引導下，我回到了小時候，找到了影響我日後婚姻關係的癥結點，在老師的幫助下，我看清了我的問題，並將它連根拔起，不再讓它影響我。」

「當天晚上我就做了一個夢，我夢到女兒胸口的地方破了一個大洞。醒來後，我回想起拿刀警告先生的那一幕，那時才十歲的女兒嚇得在旁邊哭喊著並試圖阻止我，還跑去找大伯幫忙，我突然一陣心痛，我知道我傷害了她，我了解到不論用再怎麼理智、和平的方式離婚，對小孩來說永遠都是很受傷的。」

我說：「妳想怎麼彌補女兒呢？」

小愛說：「隔天我把夢告訴老師，老師要我回去用更多的愛來愛女兒，不過不是溺愛，而是用正面的態度去引導她、陪伴她。所以我不論工作多忙，都會回家幫她準備晚餐及帶便當，我用朋友的方式跟她溝通，不斷地告訴她，我跟先生都是很愛她的，我們會離婚不是她的問題，我要她好好為自己唸書，我讓她感覺到父母一直都在她的身邊，不曾想過遺棄她。我的女兒也很聰明喔！功課一直都很好，她的同學跟老師都不相信她是來自單親家庭的小孩。」

宗教慰藉　幸遇根本上師

小愛說她從來不後悔離婚，但過程中她真的很後悔做了很多傷害女兒的事。

「去加拿大上課回來後二年，我遇到了我的根本上師——堪仁波切，堪仁波切帶我進入佛法的世界，我很感恩很慶幸。我認識堪仁波切十二年了，我現在能這麼快樂、自在、自信，都要感謝佛法、感謝堪仁波切。**學佛不是逃避、不是寄託，而是讓自己成長、讓慈悲心增長，佛法給我動力與活力，讓我保有正面積極的態度，讓我可以面對人生的起伏**。我不恨我的前夫，在婚姻裡沒有誰對誰錯，我們只是缺乏溝通、信任與安全感。現在的我很感恩，我跟我的前夫還是朋友，我佈施、努力做功課、種福報、迴向給有大眾。我的女兒很優秀，到國外唸書都拿獎學金不花我一毛錢，我過得很快樂。」小愛滿足地對我說。

當年心靈成長課程的老師建議小愛可以當婚姻諮商老師，替人解決婚姻問題。小愛說：「婚姻是一種學習，每一個階段都有不同的課題要學。當婚姻出狀況，「離婚」絕對不是第一個解決問題的方法。就像我們感冒會去找醫生一樣，婚姻關係亮起了紅燈，應該先試著找婚姻諮商老師聊聊，而且夫妻應該一起面對，試著一起解決問題，真的無法走下去時，該分手就要分手，不要不甘心，**白頭偕老不能只是一廂情願**。」

我問她：「既然妳可以協助處理別人的婚姻問題，而且妳也原諒了妳先生，如果有機會，妳會和妳先生重修舊好嗎？」

小愛很肯定地回答我：「不會，因為第一，我成長了，可是他沒有，還是那個老樣子一天到晚疑神疑鬼的；第二，原諒並不等於遺忘欸！我可以原諒他但是我沒有辦法忘記他曾經做過的事，所以不可能再繼續一起生活。」

小愛很清楚自己的決定，很自信地繼續說：「而且，這次參加完堪仁波切的茶篦，我發願要幫助更多的人，讓自己的小愛變成大愛才是我現在最想做的。」小愛在她的人生跌到谷底時，選擇承認錯誤並面對錯誤，用積極正面客觀的態度自我檢討，她做到的不只是找到答案解開心結，而是讓自己成長，朝更好的方向前進。

上師告訴我們：「貪是輪迴的因，恨是輪迴的果。」心中有恨，人生就不會圓滿、無法跳脫輪迴。放下恨，就不會有痛苦難過，不會去傷害別人更不會傷害自己，這樣的人，才能有力量和資格去給別人力量。

國家圖書館出版品預行編目資料

望穿前世今生之家有千千結（十週年典藏紀念版）／
邢渲著 .-- 初版 .-- 台北市：春光出版：家庭傳媒城邦
分公司發行；民105.11
ISBN 978-986-6572-31-9（平裝）

296.1　　98001898

望穿前世今生之家有千千結（十週年典藏紀念版）

作　　者／邢渲
採訪撰文／小牛
責任編輯／張婉玲

行銷企劃／周丹蘋
業務主任／范光杰
行銷業務經理／李振東
總 編 輯／楊秀真
發 行 人／何飛鵬
法律顧問／台英國際商務法律事務所　羅明通律師
出　　版／春光出版
台北市 104 中山區民生東路二段 141 號 8 樓
電話：(02) 2500-7008　傳真：(02) 2502-7676
部落格：http://stareast.pixnet.net/blog E-mail：stareast_service@cite.com.tw
發　　行／英屬蓋曼群島商家庭傳媒股份有限公司城邦分公司
台北市中山區民生東路二段 141 號11 樓
書虫客服服務專線：(02) 2500-7718 / (02) 2500-7719
24小時傳眞服務：(02) 2500-1990 / (02) 2500-1991
服務時間：週一至週五上午9:30～12:00，下午13:30～17:00
郵撥帳號：19863813　戶名：書虫股份有限公司
讀者服務信箱E-mail: service@readingclub.com.tw
歡迎光臨城邦讀書花園　網址：www.cite.com.tw
香港發行所／城邦（香港）出版集團有限公司
香港灣仔駱克道 193 號東超商業中心 1 樓
電話：(852) 2508-6231　傳眞：(852) 2578-9337
E-mail : hkcite@biznetvigator.com
馬新發行所／城邦（馬新）出版集團　Cite(M)Sdn. Bhd
41, Jalan Radin Anum, Bandar Baru Sri Petaling,
57000 Kuala Lumpur, Malaysia.
Tel: (603) 90578822 Fax:(603) 90576622 E-mail:cite@cite.com.my

封面設計／黃聖文
內頁排版／極翔企業有限公司
印　　刷／高典印刷有限公司

2009 年（民 98）3 月 31 日初版
2016 年（民 105）11 月 29 日二版 15 刷

Printed in Taiwan

售價／350元

ISBN　978-986-6572-31-9

城邦讀書花園
www.cite.com.tw

廣　告　回　函
北區郵政管理登記證
台北廣字第000791號
郵資已付，免貼郵票

104 台北市民生東路二段 141 號 11 樓

英屬蓋曼群島商家庭傳媒股份有限公司
城邦分公司

請沿虛線對折，謝謝！

遇見春光．生命從此神采飛揚

春光出版

書號：OC0049X　書名：望穿前世今生之家有千千結（十週年典藏紀念版）

請於此處用膠水黏貼

讀者回函卡

謝謝您購買我們出版的書籍！請費心填寫此回函卡，我們將不定期寄上城邦集團最新的出版訊息。

姓名：________________________________

性別：□男　□女

生日：西元____________年______________月________________日

地址：____

聯絡電話：______________________ 傳真：______________________

E-mail：____

職業：□ 1. 學生 □ 2. 軍公教 □ 3. 服務 □ 4. 金融 □ 5. 製造 □ 6. 資訊

□ 7. 傳播 □ 8. 自由業 □ 9. 農漁牧 □ 10. 家管 □ 11. 退休

□ 12. 其他 ____

您從何種方式得知本書消息？

□ 1. 書店 □ 2. 網路 □ 3. 報紙 □ 4. 雜誌 □ 5. 廣播 □ 6. 電視

□ 7. 親友推薦 □ 8. 其他 ________________________________

您通常以何種方式購書？

□ 1. 書店 □ 2. 網路 □ 3. 傳真訂購 □ 4. 郵局劃撥 □ 5. 其他 _____

您喜歡閱讀哪些類別的書籍？

□ 1. 財經商業 □ 2. 自然科學 □ 3. 歷史 □ 4. 法律 □ 5. 文學

□ 6. 休閒旅遊 □ 7. 小說 □ 8. 人物傳記 □ 9. 生活、勵志

□ 10. 其他 ____

為提供訂購、行銷、客戶管理或其他合於營業登記項目或章程所定業務之目的，英屬蓋曼群島商家庭傳媒（股）公司城邦分公司，於本集團之營運期間及地區內，將以電郵、傳真、電話、簡訊、郵寄或其他公告方式利用您提供之資料（資料類別：C001、C002、C003、C011等）。利用對象除本集團外，亦可能包括相關服務的協力機構。如您有依個資法第三條或其他需服務之處，得致電本公司客服中心電話 (02)25007718請求協助。相關資料如為非必要項目，不提供亦不影響您的權益。

1. C001辨識個人者：如消費者之姓名、地址、電話、電子郵件等資訊。
2. C002辨識財務者：如信用卡或轉帳帳戶資訊。
3. C003政府資料中之辨識者：如身分證字號或護照號碼（外國人）。
4. C011個人描述：如性別、國籍、出生年月日。

請於此處用膠水黏貼